홍
합

제3회 한겨레문학상 수상작

한창훈 장편소설

홍
합

한겨레출판

차례

비

　팔풍받이 동백섬 옆구리 물목에는 가막만(灣)으로 빠져나가
는 썰물 기운이 한참이고 맞은편 가풀막에는 빗물을 버티지 못하
고 쏟아진 황토가 그대로 바다로 빠져들며 누런 색깔을 보태고 있
었다. 아침부터 내리던 비는 환갑 진갑 다 넘긴 노인네 뒤통수 꼴
을 한 해송 숲에도 한 부조해서 여러 날 가문 끝에 제법 물오른 때
깔이 뿜어져 나왔다. 비는 바다에 수없이 많은 동그라미를 그리다
가 해 질 녘이 되자 사람들 가슴속에도 자그마한 파장을 만들어내
기 시작해 동네는 유난히 조용했다. 이런 날은 호들갑스러운 갈매
기들마저도 얌전해지게 마련이었다.
　"홍합 삶은 물 남었습니까? 아까 기름을 실었등만 영 안 지
네요."
　"솥에 있어. 막 버릴려든 참이여."
　문기사는 솥에서 노란 물을 한 바가지 퍼내 트럭 짐칸에 골고

루 뿌리고 씻었다. 천연색 기름 띠가 뜨거운 홍합 국물을 만나자 흔적도 없이 사라졌다.

"참말로 희한해. 지름 묻은 손을 씻어봐도 이 국물이 비누보다 훨씬 낫다니께."

인부 하나가 옆에서 말로 거들었다.

"그래서 홍합이 화장품 재료로도 안 들어갑니까."

"긍가? 하긴 그럴 거여. 지름때가 저리 잘 지는디."

"열네 개. 백사십 킬로입니까?"

"백삼십칠이여."

부장이 장부 정리를 하다가 돌아보았다.

"빗길에 조심해서 올라가고 내일 첫차 올 때 후드발브 하나 사 와."

"동끼(바닷물을 빨아올리는 모터)에 쓸 겁니까?"

"이."

"비 오는데 고생하셨습니다요."

"아이고 말도 마. 가뭄 끝에 온 비라서 좋기는 한디 일이 엉망이여."

삶은 홍합은 바닷물에 깨끗하게 씻겨 탱글탱글 맑은 빛이 났다. 문기사는 줄을 맬 것도 없이 바닥에 깐 바구니에 천을 씌우고 타이탄 트럭에 기어를 넣고는 눈앞의 풍경을 잡아당겼다. 축축한 날씨에 종일 구접스럽던 일이 끝나가는 중이었다. 빗물받이 차양이 걷힌 다음 비질이 한참인 소호 현장이 뒤로 멀어졌다. 소호면에 있는 이곳 현장은 바다에서 따 온 홍합을 솥에 삶고 까는 곳이었다.

종일 스티로폼을 깔고 앉아 홍합 까던 노인네들이 허리에 각도를 두고 허위허위 비를 피해 골목길로 사라져갔다. 막차였다. 하루 동안 이시렁 저시렁 소란스럽던 마을은 이제 방이나 술집에 들어앉은 사람들과 감풀에 기우뚱 배를 깔고 누운 고깃배가 한가지로 여유로운 모습이었다. 여러 날 뜨끈뜨끈하게 지지고 볶던 끝이라 반가운 비였고 마음이 먼저 젖어들어 쓸데없이 사람들의 기분을 눅눅하게 만들었다.

그는 와이퍼로 빗물을 닦아 쓸면서 이럴 때를 대비해 남겨놓은 노래 하나를 듣지 않을 수가 없었다. 중고로 산 지 3년이 넘었다는 타이탄 트럭은 늙을 대로 늙어 고장 날 때가 더 차(車)다웠지만 그래도 노래 하나만은 막 얼굴 내민 가수처럼 힘 있고 깨끗하게 나왔다.

나의 과거는 어두웠지만
나의 과거는 힘이 들었지만
그러나 나의 과거를 사랑할 수 있다면
내가 추억의 그림을 그릴 수만 있다면*

암캐 수캐 비 맞으며 연애 거는 마을 끝을 막 빠져나오는데

---

* 전인권, 〈행진〉, 1985.

문기사의 눈에 웬 물건 하나가 눈에 확 들어왔다.

끼익.

커브에서 차를 세웠다. 2층짜리 현대횟집을 반대편에 두고 제대로 손보지 않아 고추 대궁과 호박잎이 한데 뒤섞여 빗물에 고개를 까닥거리고 있는, 밭을 허리에 찬 회색 담벼락 옆 키 낮은 슬레이트 지붕 아래에서 중늙은이 여자 하나가 뛰어들며 손을 들었던 것이다. 밍그적밍그적 별 자신 없이 손을 들어도 마음이 약해지는 판인데 보자기 두른 함지박을 머리에 이고 숫제 나를 죽여라, 달려드는 판에 어찌 차를 세우지 않을 수 있겠는가. 더군다나 알 만한 얼굴이었다.

"기사, 나 좀 태워줘."

"워디 가시요?"

"쩌그."

"쩌그라고 하믄 쩌그가 워딘지 누가 안다요."

"앗따, 쩌그가 워디겄어. 여천이제."

말 몇 마디 나누는 사이에 여자는 벌써 문기사의 옆자리를 엉덩이로 누르고 있었다.

"십오 분 차가 지랄한다고 시간도 안 되았는디 똥구멍에 불을 붙여불등만. 인자 마지막 탕인가?"

하루에 네댓 번씩 저 사는 마을로 홍합을 실으러 온 차라는 걸 뻔히 아는 터라 여자는 스스럼없이 안면을 붙여왔다. 하긴 그게 한 세월 묵은 여인네들의 장기이기는 했다. 그네들에게 세월이란, 수줍음이 무늬가 되던 몸에서 독기가 새록새록 피어 나오다가 끝내 몰염치의 아성으로 굳어지는, 그 독한 시간대를 말하는 것이다. 사람의 몸에는 부드러운 맨살도 있고 일에 혹독하게 달궈진 끝에 반들반들 닳은 굳은살이 있듯이 사람들 중에도 교양으로 제정신의 꽃을 피우는 부류와 이렇게 딱딱한 살로 차가운 바닥을 버텨내주는 부류가 있었다.

"예. 끝 탕이요."

"많이들 깠든가?"

"엄씨들 앉아서 뭐 하겠소. 까는 것 하나는 잘합디다. 쬥일 까고 자빠졌으니께."

"요새도 합자가 많이 나데이."

"아줌마는 생합(생홍합) 까지라."

이 마을 여자들은 주로 홍합을 까는데 문기사가 받으러 다니는 삶은 홍합을 까는 축과 집에서 따로 생것만 까서 시장으로 내보내는 패로 나뉘어 있었다. 삶은 것은 알을 털어내기만 하면 되는 쉬운 일이므로 나이 든 이들이 많았으나 생것은 칼로 일일이 발라내야 하기 때문에 손 빠른 젊은 편들이 주종이었다. 공부 배우며 큰 아이는 공부로 늙고 일 배우고 자란 아이는 일로 늙었다. 이 마을이 별 변화 없이 지속된다면 칼질하던 젊은 것들은 나이가 들어 손이 느려진 다음에는 손쉬운 맨손질로 먹을 것을 벌 터였다.

"이."

"그것이 벌이가 더 낫소?"

"손이 싸야 써. 나야 인자 손이 느려갖고 그짝 현장 가서 하고 접어도 메누리가 집이서 생것 간께 같이 해야제 워쩌겠어."

딴에는 문기사네 현장에 다니지 않는 주제에 차 얻어 타는 게 마음에 걸린다는 변명조다.

"벌써 메누리도 있소이."

"히히. 아들놈이 작년에 어디서 꼬셔 왔단께. 얼굴은 센찮한디 손이 영 싸."

"아들이 뭣 하는디라?"

"저 민(面)이서 방우 받고 안 있는가."

"어리네?"

"어리제. 노상 품 안이서 코찔찔이등만 그새 커서 하나 뎃고 왔당께. 메누리가 아들이랑 갑(동갑)인디 친정이 돌산이라등만. 거그서 갯것을 많이 해봐서 그랑가 즘이는 나 반도 못 까등만 인자는 얼추 내 곱을 깐당께."

"여무요. 잘 살겄소."

문기사는 그쯤에서 아줌마를 태우느라 줄여두었던 소리를 키웠다.

　행진 행진 행진 하는 거야
　난 노래할 거야 매일 그대와
　아침이 밝아올 때까지*

동네에서 엄씨들을 태워보면 대충 두 가지로 나뉘었다. 하나
는 태워주는 것만 해도 감지덕지하는 축으로 에멜무지로 앉아 기
사가 뭣을 틀든 끽소리 않고 얌전만 떠는데 이런 이는 노랫가락
하나도 그냥 넘어가는 법이 없었다.

"군대 노랜가?"

"왜요?"

"워디를 행진한다고 했싼게."

"유행가요."

"이."

"근디 다 늦은 시간에 뭐 하러 시내는 나가시요?"

"저자에 물건 좀 갖다놓고. 또 병원 좀 가니라고."

"이 시간에 병원이 문을 여요?"

"노상 댕기는 디가 있어. 당직 간호사가 있잉께."

"어디가 아프시요?"

"안 아픈 디가 있어야 말이제. 땡기고 쑤시고 패고 날마다 꼭
죽겄어."

"나이 잡숴 그런 거요."

"맞어. 한 가지 뼤따구 갖고 평생을 쓰는디 안 그러겄어?"

"옳은 말이요."

차가 날물을 보내 몸뚱이를 키우고 있는 마을 뒤켠 너른 갯가

---

* 전인권, 〈행진〉, 1985.

를 지나 둔덕 넘어 여천 신시가지로 들어서자 아줌마는 내렸다. 예전에는 군(郡)이었으나 하루가 다르게 몸집이 커가더니 우습게 시(市)가 되어버린 곳이다. 여수시가 반은 바다라 넘쳐나는 사람들이 뭍 쪽으로 몰려 산을 타고 아파트가 오르더니 그것도 옛말이 되어버리고 이제는 우르르 널찍한 여천으로 모여들어 금방 덩치가 커져버렸다. 4, 5층짜리가 흔하고 항구 인접에 어울리게 회사보다는 술집과 당구장, 나이트 따위가 지천인데 급히 큰 곳이라 재래시장이 한 곳도 물러서지 않고 제자리를 지키고 있었다.

"고맙네이. 돈 많이 벌소."

묵은데기 하나 내려놓고 정류장 사거리를 지나 순천 가는 국도로 접어들었다. 비는 고만고만한 상태로 계속 내리고 앞 유리에는 와이퍼를 따라 물무늬가 생겼다가 사라지고 있었다.

지난봄 그가 이곳에 내려와 이 일을 시작하게 된 날도 비가 내렸다. 여러 도시를 떠돌다가 고향이랍시고 자신도 모르게, 어찌 보면 눈에 익은 길이라도 한번 밟아보고 싶어서 내려왔는데 산이나 바다만큼은 변함없이 그대로였고 도시는 제법 커져 있었다. 지금은 이사를 해 가족이 아무도 살지 않는 도시에서 그는 손가락으로 몇몇 꼽아지는 옛 친구를 만날 생각도 하지 않았다. 그는 여행(旅行) 중이 아니라 도보(徒步) 중이었다. 지쳤기도 했고 비를 피해 어디론가로 들어가야 했고 또 모처럼 디뎌본 고향 땅이라 향수 같은 것도 있어서 홀로, 옛날 그가 친구들과 뻔질나게 드나들었던 단골 포장마차로 들어갔다. 나무 의자에 엉덩이를 걸치고 앉아 푸짐하게 쌓아놓은 농어·병어·갈치·해삼·멍게·대합·족발 따위를 물끄러미 바라보다가 주인이 바뀌어 얼굴이 낯선 주모에게 헤실 웃으며 소주와 김밥을 시켰다. 그러면서 삭아서 낡아빠진 연줄이라도 확인해보려고 예전에 이곳 주인이었던 백야도 아줌마는 어디로 갔느냐고 물었다.

"참말로 오랜만에 왔는갑소이. 이거 나한테 넘기고 부산으로 간 지가 벌써 한 오 년 되았소."

그는 좋게 갔느냐 궂게 갔느냐 다시 물었다.

"좋을 것도 궂을 것도 없소. 거기 친구가 식당을 냈는디 같이 하자고 연락이 와서 갔응께. 잘 사는지 못 사는지 나가 알겄소?"

그 정도로 김밥밖에 못 시키는 안면값을 치렀다. 그리고 잠시 주머니 속을 헤아렸다. 이틀이나 간신히 버틸 정도의 돈밖에 남아 있지 않았다. 다른 도시처럼 기차 왕래가 빈번한 곳이라면 역 광장에서 지내며 여러 날을 더 보내볼 수 있겠지만 여수는 전라선의 종착역. 도무지 밤을 새울 곳이 못 되었다.

그래도 술 한잔 들어가자 막 저물어가는 연등천(川)은 빗방울과 포장마차 불빛을 고즈넉이 받아 그런대로 보기에 괜찮았다. 피곤과 엷은 주머니와 그가 버리다시피 두고 떠나온 세계와 이제는 일을 해서 돈과 방을 구해야 된다는 생각이 뒤범벅이 되고 있을 때 조금은 우습게 인연 하나가 만들어졌다.

"혼자신가?"

40대 중년쯤으로 힘꼴깨나 쓰게 보이는, 눈이 부리부리하고 콧잔등이 넓은 사내 하나가 옆자리에서 취한 목소리로 말을 걸어왔다.

"예."

"나도 혼잔디. 비 옹께 좋구만이."

"어쩌다 혼자 드십니까?"

"뭣 좀 사로 나왔다가 한 꼬푸(컵) 하는구만. 버스 시간 다 돼서 인자 올라가봐야 써."

올라가봐야 쓴다는 사내는 그러나 한동안 이런 소리 저런 소리 착실히 엮어내더니 더 이상 마땅한 얘깃거리가 없는지 어디 사느냐고 물어왔다. 그럭저럭 대답을 하던 그도 더 이상 할 말이 없었다. 대답 대신 행여나 하고 취직자리를 알아보러 돌아다니고 있다고 말했다. 주모가 그러면 그렇지 하는 갈고리 같은 눈빛으로 새삼 그를 바라보고 사내는 뜻밖에도 반색을 했다.

"우리 공장 댕길랑가? 운전사가 그만둬서 요즘 용달을 쓰는디. 참, 트럭 운전은 해봤는가?"

"차가 뭡니까?"

"타이탄이여. 두 돈(톤) 반. 고물이기는 한디 하여간 기사를 구하는 중이여 시방. 공장에 방도 있고. 가만있자 공장장하고 또래나 되었냐 어쩠냐. 몇 살인가? 이, 한 살 밑이구만."

그가 좋다고 하자 사내는 다짜고짜 팔을 끌었다. 일찍이 뱃일부터 시작해서 안 해본 게 드물다는, 부모 일찍 죽고 형제들과도 멀리 떨어져 지낸다는, 성이 김(金)인 사내는 전화 한번 해보더니 공장장이 보자고 했다며 버스 속으로 그를 밀어 넣었다. 그래서 도착한 곳이 신풍에 있는 홍합공장이었다. 김씨는 마을에서 뚝 떨어진 외딴집에서 부인과 같이 공장에 다니고 있었는데 그 이후로 문기사의 훌륭한 술친구가 되어 두 계절을 함께 지내고 있는 중이다.

갑자기 트럭이 오른쪽으로 꼬르륵 틀어졌다. 펑크였다.

이런 지미럴…….

여편네를 태울 때부터 알아볼 수작이었다. 내일모레 금방이라도 고철덩어리로 변하여 빗물이나 받으며 꼭 저 같은 것들이랑 왕년의 행보나 떠듬거리며 녹이나 틔울 고물 트럭은 바로 이런 것이 문제였다. 어찌 된 게 이놈의 차는 지나가다 나이 든 여자만 태우면 펑크가 나는지 모를 일이었다.

쌍봉에서 안경 쓴 아줌마를 태웠을 때도 그랬고 미평에서 머리에 호박 인 아줌마를 태웠을 때도 그랬다. 물론 태울 때마다 그러는 것은 아니지만 다른 때는 장거리를 아무리 뛰어도 끄덕도 않던 것이 일부러 맞추려 해도 안 될 판으로 아줌마만 태우면 지레 한쪽 공기를 놓아버리는 거였다.

문기사는 한숨을 내쉬며 공구를 찾아 들었다. 가뜩이나 벽돌 쪼가리 하나 보이지 않았다. 차들은 물줄기를 튕겨내며 씽씽 내달렸다. 한참이나 걸어 구해 온 벽돌을 깔고 자키로 차를 띄우고 바퀴를 갈아 끼우다 보니 몸은 푹 젖었다.

"어째 인자 온가."

"워디서 처녀 만나고 온갑구만."

마지막 차를 기다리느라 청소를 한 뒤에도 한참이나 죽치고 있던 여자들이 우르르 덤벼들며 한 소리씩 했다. 시간 죽이느라 그랬기도 했고 비 핑계도 있고 해서 작업대 위에는 반찬 그릇과 막걸리 병이 적당한 풍경을 이루고 있었다.

"빵구가 나서 바꾸 가니라고 늦었소."

"빵구?"

"소호에서 엄씨를 태웠는디 또 빵구가 나부렀소."

"문기사, 옛날에도 엄씨 태웠다가 빵구 났다고 했잖어."

"이 차는 희한하게 어멈만 태우믄 빵구가 난당만."

"처녀 태워도 그란가?"

입 심심했던 이들이 천천히 다가오는데 승희네는 배싯 웃으며 벌써 포장을 풀기 시작했다. 삼십 초반의 이 젊은 과부는 동작이 빠르고 행동거지가 촘촘했다.

"처녀가 이런 차에 타간디."

김씨다. 그새 여러 잔 마셔댄 얼굴이었다. 힘이 좋아 일하기 좋기는 한데 근력만 믿는 탓에 게으른 구석도 있어 일이 조금만 헐하다 하면 술잔을 잡아버리는 버릇이 오늘도 나온 것이다.

"차가 늙어서 홀애비마냥 엄씨만 타믄 헬렐레 해부른 모양이 구만."

"긍께 말이요. 아줌마들이 어떻게 차 좀 달래주시요."

앞뒤 구분 없이 와르르 떠들어대는 소리에 문기사는 흘려보내듯 대답하고는 승희네와 좌우로 서서 짐칸을 허물었다. 청색 앞치마를 두르고 여자들은 순식간에 홍합을 들어 내려 팬 작업(냉동시키기 위해 홍합을 소형 바구니에 낱개로 펼치고 폴리 필름으로 덮는 작업)을 해치워버린다. 작업을 하다 보면 두 다리로 서고 고개는 숙이고 손은 뻔질나고 눈알은 희번덕거리니 일 없이 노는 게 입이었다. 하여 팔다리 무겁고 허리 아프고 고개 뻐근한 걸 달래주는 게 저절로 열리는 입이었다. 너무 떠들어대다가 같이 떠들던 반장 강미네한테 주의도 받고 그래도 멈추어지지 않아 공장장에게 야단을 얻어 듣기도 했다. 그러나 지금같이 한동안 놀다가 하는 마지막 팬 작업은 입 끝 하나 움직이지 않고 우르르 손을 재게 놀리게 되었다. 비까지 내려 뭔가 기대되는 시간이기도 했다. 137킬로그램 홍합이 필름을 층층이 덮고 금방 팬에 들어차버렸다.

냉동실에서는 항상 수증기 같은 냉기가 떠돌았다. 문기사와 김씨는 팬 작업이 끝나기를 기다렸다가 그것들을 대차라고 부르는 칸막이 없는 리어카에 싣고 가 냉동실 문을 열고 쇠 파이프가 층층이 쌓인 곳에 가지런히 팬을 꽂았다.

"입고(入庫) 다 됐소."

"이, 알았어."

냉동공장 황기사가 단추들을 눌러 냉동기를 돌리기 시작했다.

가뜩이나 시끄럽던 기계가 더 요란해졌다. 이제 냉동실은 영하 35도까지 온도가 떨어져 홍합을 얼릴 것이다. 어미 몸에서 뿔

뿔이 뿜어져 나와 바닷물을 타고 흐르다가 아무 데고 저 몸 닿는 곳에 뿌리를 내리고 몸을 피웠다가 양식 줄에 촘촘히 묶여 살을 키운 홍합은 현장에서 솥에 푹 삶겨 뜨거운 맛을 보고는 벌러덩 벌어져 흐물흐물 고물고물하다가 껍데기와 떨어져 이렇듯 차가운 맛을 보게 된 것이다. 하루 종일 삶기고 씻긴 저것들은 밤새 꽁꽁 얼었다가 다음 날 낱개로 떨어져 박스 포장이 된 다음 다시 냉장실로 옮겨지고는 훗날 컨테이너에 실려 멀리 유럽으로 갈 터였다. 이름만 들어본 먼 외국으로 가는 것도 그렇지만 새끼 두셋 낳아 반평생 뒷바라지로 허덕이는 인간들에 비하면 어쩌면 저 알아서 흘러가고 저 알아서 크는 이것은 훨씬 더 고급스러운 생물일지도 몰랐다.

냉동공장 마루에도 빗줄기가 한참이다. 처마에서 줄을 지어 내린 빗물이 모랫바닥에 옹달샘을 팠다. 마당에는 모래를 깔아 비가 와도 물 빠짐이 좋았다. 왼편은 사무실과 숙직실이고 그 뒤로는 전무가 직접 가꾸는 화단이 있어 동백 노간주나무들이 얌전히 빗물을 받고, 공장에서 키우는 어미 개 돌순이는 내리는 비가 재미 적어 제 집에서 앞발을 개고 앉아 멍하니 이쪽을 바라보고 있다. 늦봄에 받은 강아지 두 마리만 빗속과 제 집을 들랑날랑하고 있다(모두 여섯 마리를 받았는데 세 마리는 사장과 전무가 아는 곳에 선물하고 한 마리는 공장 냉각수 통에 빠져 죽었다. 남은 두 마리는 키웠다가 복중에 마을 개와 바꿔 먹을 용이다).

마당 너머로 4차선이 깔리기 전 2차선 때부터 적잖은 사람이 차에 치여 죽는다고 소문난 찻길이 있고 그 너머로는 애꿎은 코스모스 모가지만 못살게 구는 철도가 놓여 있다. 저 길을 통해 내려와야 할 사람들은 내려오고 올라가야 할 사람들은 올라간다. 문기사도 오래전에 저곳을 통해 뭍의 가운데로 들어갔고 또 저곳을 통해 운동화에 구멍을 내며 터벅터벅 내려왔다. 그만이 아니었다. 많은 이들이 저곳을 통로로 하여 목울대에 힘주고 큰 도시로 올라가 낯선 곳에서 뿌리를 내려보고자 안간힘을 쓰고 있을 것이다. 그러나 간혹 하릴없이 떠밀려 오기도 했는데 생각해보면 다들 뿌리 대신 꼬리를 가지고 있는 덕에 물줄기를 따라 흘러 다니고 있는 듯도 했다.

그리고 그 너머로 여수공항이 있어 국내선 비행기들이 오가는 곳이고 그 뒤로는 광양만(光陽灣), 바다였다. 태평양과 통해 있는 바다이긴 했으나 만(灣)이 끝나는 곳에 정면으로 여천공단이 자리를 잡고 있고 근처에 율촌공단이 있어서 그곳은 마치 갇혀 있는 호수로 보였다.

공장장은 냉동공장 사무실로 입고 확인을 하러 들어가고 문기사는 마당에 동그라미를 치고 있는 빗줄기를 멍하니 바라보았다. 젖은 몸을 말리지 않고 냉동실까지 들어갔다 나와서인지 으스스 한기가 돌았다. 그러나 이 정도의 한기쯤이야 뜨거운 국물에 소주 한잔하면 뚝 사라질 거였다.

"가시내가 또 입고 계산을 틀리게 해놨다니께. 내가 승질이 나서."

사무실서 나온 공장장이 툴툴거렸다. 홍합공장은 냉동공장 뒤에 딸려 있었다. 냉동 냉장 보관이 주 업무인 냉동공장 사장이 여벌 사업으로 홍합공장을 따로 벌였고 조카인 전무가 관리를 도맡아 했다.

팬을 냉동실 칸에 집어넣고 나왔는데도 여자들은 집에 갈 생각도 않고 작업대 옆에 모여 서서 까르르거리고 있다.

"얼릉 와 얼릉. 지금 날궂이 한다."

석이네가 손사래를 쳐서 남자들을 불렀다.

"뭐 하는디요?"

"망구 노래한다."

"저 씨발년이 또 망구라고 한다."

쌍봉댁은 작업대 위에 서서 석이네한테 눈을 부라렸다. 얼굴이나 몸이나 한가지로 둥글넓적 넉넉하고 특히 큼지막한 눈은 쌍꺼풀까지 뚜렷해 젊었을 적 눈초리들깨나 모았음 직한 데다 나이 들어서는 후덕함이 더욱 살아나 말 그대로 보살형인 쌍봉댁은 그러나 공장 안에서 나이가 가장 많아 같이 몰려다니는 국동패들이 망구라고 불렀다.

"망구 노래한다."

한 소리 들은 석이네는 숫제 박수까지 쳐가며 슬슬 약을 올렸다. 신풍패들도 좋단다.

"안 해, 씨발것."

"아이고 언니, 이모, 고모, 할매, 안 하께 망구를 망구라고 안 할 건께 노래 불러봐. 그것 좀 불러봐아, 어머니 비가 옵니다."

여자들은 이미 웃음에 전염되어 까르륵거리느라 정신없다. 그 나이의 여자들이 장기로 갖고 있는 게 그런 거라 쌍봉댁은 석이네나 한번 노려보다가 자기도 따라 으헤헤거렸고 그러다가 노래 부를 채비를 차렸다.

"근디 총각들 있는디 그것 불러도 되까?"

"괜찮어. 나이가 멫 살인디. 해봐 얼른."

공장을 빙 둘러 네모나게 친 천막 따라 낙숫물이 떨어지고 간혹 포장을 들추고 바람도 안을 기웃거리는데 쌍봉댁은 넉넉한 몸을 작업대 위에 세우고 노래를 부르기 시작했다.

어머니 비가 옵니다
걱정을 말어라 말좃 같은 니 아부지 자지가 있다

좋고, 좋고. 석이네가 빈 막걸리 병을 두드리며 추임새를 넣었다.

아버지 비가 옵니다
걱정을 말어라 항아리 같은 니 엄니 보지가 있다

여자들은 자지러지고 남자들은 한 걸음 뒤에서 입 다문 웃음을 머금었다.

"뭔 그런 노래를 부른다요, 세상에. 총각들도 있구만."

일테면 때가 덜 빠졌든지 때가 덜 탔든지 둘 중의 하나가 확실한 승희네가 타박 아닌 타박을 했다.

"모르믄 가만있어. 여기 아니믄 언지 저런 노래 들어봐? 승희 너도 저 나이 되믄 똑같이 부른당께."

"인자 안 해."

"문기사, 망구 노래 안 한단다. 빨리 술 받어 와."

석이네 고함에 문기사는 곧바로 줄달음을 놓았다. 굳이 따지자면 트럭 펑크 때문에 늦어서 그 시간 채우려다 술판이 시작됐으므로 나름의 책임감으로 그런 것인데 사실 따지고 말 것도 없이 그런 술판은 수시로 있기도 했고 문기사는 공장장과 달리 술도 잘 받아주는 편이었다.

이런 날은 아무래도 특별한 날이다. 하늘에서 물 몇 방울 떨어진다고 사람들 마음이 그새 창호지마냥 녹녹해지는 게 아주 우습지 않은 것도 아니지만 그러나 두루 보면 비라도 좀 내려봐라, 나는 그 핑계 대고 놀란다, 세상만사 잊어불란다, 소주 몇 잔만 눈앞에 있으면 온갖 시름 떨쳐버릴란다, 작정을 할 만큼 그들은 고달픈 것이다. 아침 8시부터 일을 시작하여 종일 서서 팬 작업과 탈판(냉동된 홍합을 낱개로 떨어낸 다음 얼음물에 클렌징하고 1킬로그램으로 소포장 한 것을 20개씩 박스에 넣는 일)을 하느라 몸의 기운을 다

써버린 다음이었다.

날이 날인 만큼 문기사가 막걸리 네 병에 쿨피스 한 병, 소주 두 병하고 김치, 두 남자 저녁 반찬으로 밥집에서 준비한 돼지갈비 한 냄비를 들고 오자 여자들은 한순간에 우와와 까르르 무너져 내렸다.

따라라 잔 비었다, 오매 넘친다 작것아 그만 부어라, 다들 고개를 처박고 권코 자코 하고 나니 한순간에 더욱 불콰해져서 초벌 술에 재벌 술까지 겹친 태가 완연했다. 빗물 떨어지는 소리가 더욱 짙고 포장 안은 수시로 북적대는 와중에 더욱 시끄러워졌다. 중령네가 줘, 줘, 나선 것이다.

"줘봐."

"괜찮겠소?"

"괜찮다니께, 주기만 하랑께."

중령네는 안 되는 사투리 흉내로 그예 취한 표시를 냈다. 가느다란 몸매, 작은 체구에 얼굴도 얍상하게 생긴 그녀는 일에 도통 흥미를 붙이지 못해 언제나 짜증 섞인 얼굴이었는데 술 한잔에 홍조를 띠며 씩씩해져가고 있었다. 두 달 전 공장 생활을 시작한 뒤 처음으로 힘이 넘치는 모습이었다. 출근할 때면 시험 치러 가는 학생처럼 시무룩한 모습이었고 하루 일이 다 끝나 돌아갈 때도 오늘 하루도 제대로 벌었다는 흐뭇함보다는 내일 출근이 벌써부터 귀찮고 성가시다는 투였는데 술 한잔에 확 달라진 것이다. 달리 보면 이제 슬슬 공장 생활이 몸에 익어가는 중일 수도 있는데 그러든 말든 같잖다는 표시가 국동패 얼굴에 씌어 있었다.

반장 강미네, 쌍봉댁, 광석네, 석이네, 이렇게 여수 국동패 네 명은 닳고 닳은 프로들이었다. 일찍부터 공장 일을 시작하여 쥐치·장어·새우·서대·홍합·피조개·새조개, 여하튼 바다에서 난 것들 중에 그들의 손에서 난도질되지 않은 것이 없었다. 50대 초입인 쌍봉댁 말고는 셋 다 갓 사십 안팎으로 젊기도 해서 주로 처리장 시간 일을 하는 패들이었는데 술도 세고 입도 걸었다. 거기에 비해 공장 인근 신풍면에서 온 신풍패들은 신참급들이었다. 개중에는 공장 경험이 아주 없지 않은 이들도 있지만 거의 밭일 논일로 묵은살을 만들어 온 축들이었다. 그건 공장에서 새로운 일감이 눈앞에 나타났을 때 나타나는 반응이 다른 데서도 알아볼 수 있었다. 국동패들은 그게 무슨 일인지 바로 알아차리고 덤벼들었고 신풍패들은 일의 앞뒤를 알기 전까지 눈치로 살피려 들었다.

문기사가 들어온 지 얼마 되지 않았을 때 왜 일부러 차비에 시간까지 덤으로 달아주며 멀리 사는 여수 아주머니들을 쓰느냐고 공장장에게 물은 적이 있었다.

"맨날 밭매고 논매다 온 엄씨들이라 손이 늦어 못 쓰겠등만. 일 가남(가늠)도 늦고 입 한번 열었다 하믄 손은 딱 스톱이고. 바쁘믄 바쁘다고 떠들 줄이나 알지, 당췌 왜 바쁜지도 모른당께. 햇볕에 고구마 순 말르는 것은 알아도 생물 썩는 줄은 모르고. 그래서 시범조로다 부른 거여."

그러니까 국동패는 숙달된 시범 조교들이었다. 갯것 처리장은 육지 것 만지는 것과 달리 시간을 다투는 일들이 많아 그만큼 손이 잰 기술자들이 필요했다. 금방 상하는 것이라 특히 그랬다. 처음에는 서로 서먹하기도 하고 느린 손을 쳐다보기가 답답해 조교들의 잔소리도 나오고 그러다 보면 삐치기도 했지만 하루 가고 이틀 가고 특히 오늘처럼 자연스레 술 한잔하는 날을 보내다 보면 자분자분해지는 건 시간문제였다.

돈벌이는 훨씬 더 오래, 많이 했지만 사실 국동패들이 더 가난했다. 신풍패들은 그래도 대부분 논밭 집을 가진 땅 임자들이었다. 일찍이 부동산 붐이 떴을 때 여기라고 예외는 아니었다. 여수시와 순천시의 딱 중간에 자리한 신풍면은 비행장이 있고 또 여천공단이나 율촌공단 덕에 여수 순천 간 국도가 4차선으로 확장되면서 땅값이 뛰었다. 산비탈 돌밭에 고생보따리를 풀고 이놈의 신세야, 가슴 치고 아이고 고생이야, 허리 두드리다가 밭에서 금 캔 것도 아닌데 졸지에 효자들을 본 거였다. 땅을 팔 요량도 없고 해서 땅이 바로 돈이 되지는 않았지만 그래도 누구네 땅은 평당 얼마니까 그 집 재산은 얼마다, 쳐주는 세상이 되어 돈은 없으되 재산 있는 집들이 되었다. 그러나 국동패들 중에 산동네라도 집 한 채 갖고 있는 이는 쌍봉댁뿐이었다. 남은 셋, 반장 강미네, 광석네, 석이네는 전세살이를 하고 있었다.

일명 망구, 쌍봉댁은 보살형이라 하는 짓도 보살이다. 나이가 들어 단단한 뼈마디와 예리한 눈썰미로 살아가는 중간급 젊은네들을 따를 수는 없지만 인자한 얼굴, 거칠지 않은 행동, 재미난 노래로 그 부족한 것들을 메웠다. 그냥 있어도 웃는 듯한 눈매와 형광등에 반짝거리는 코, 입술연지를 바른 두툼한 입술 끝은 위로 살짝 말려 올라가 누구든 싫어하는 사람이 없다. 그러기에 마음 놓고 망구 망구 놀리는 거였다.

쌍봉댁은 더 하라는 성화를 못 들은 척 작업대에서 내려와 석이네가 따라주는 막걸리 한 잔을 시원하게 들이켰다. 그러고는 김치 한 조각으로 입가심하고 곧바로 가방 메고 가려는 채비다. 늙은이답게 어디에 쏠리지 않는 눈치였다.

"씨발것들이 괜히 노래하라고 그래서 시간 다 가부렀당께."

잔웃음을 머금고 술잔 받는 문기사에게 그녀는 순한 얼굴로 한마디 했다.

"가실라고라."

"이, 가야 돼."

"더 놀다 가시지 그러시요."

"가야 써. 청춘에 죽은 시동생 제사여 오늘이."

그러고 있는데 석이네가 뽀르르 쫓아왔다.

"어엄니 비가 오오느은데 어디르을 갈라고오 그라요."

흉내를 내며 얼굴을 빤히 대고는 기롱지거리를 했다. 그렇다고 쌍봉댁이 깩소리 한마디 안 할 이가 아니었다.

"씨발년이. 노래 부르라고 해서 불렀고 술 묵자고 해서 술 묵었고 했으믄 가야제. 지금 안 가믄 사십오 분 차 놓쳐야."

"사십오 분 차 놓쳐부르믄 일곱 시 반 차 타고 가제. 망구가

뭐 한다고 얼른 갈라고 그라요? 영감이 말좆 달고 지달립디여? 깔
깔깔."

석이네를 따라 광석네도 또르르 쌍봉댁 팔을 감았다. 쌍봉댁
따라 엉겁결에 나섰다가 석이네가 잡자 선 채로 순식간에 마음이
변한 것이다.

"오늘 묵어부러 씨발것?"

"묵어부러?"

쌍봉댁의 잔주름 가득한 눈에 고운 기운이 실린다.

"묵어불잔께."

늙은이는 두 여자에게 팔목을 붙잡혀 돌아왔다. 그 꼴을 보고
다른 패거리들이 웃느라 야단이다. 국동패가 노래를 했으니 신풍
패도 안 할 수 없었다. 그러나 그 패에는 그만큼 배짱 있게 나서는
이가 드물었다. 모두 앉아서 웃을 준비나 하고 있었다.

"인자 이 동네 엄씨도 하나 불러봐."

"우리도 가수 있소이."

"옴매 누구여, 나와봐."

"나구마. 내가 하나 하꼬마."

눈가에 놀이 짙은 중령네가 일어서자 주변에서 잡아 앉혔다.

"워째 진이 너가 나서냐."

"와요, 이 동네 가수가 누군데? 아무도 없스모 나 아닌교."

"아이 근태야, 너 안 할래?"

무덤덤하게 앉아 있던 근태네는 고개를 가로저었다. 공장 여

인네들이야 늘 일로 사는 일꾼들이지만 그중에 일로 눈부신 이가 바로 근태네였다. 잡살 없는 얼굴이 검게 탄 이라 모르는 눈으로 보기에 여자로서는 보아줄 만한 데가 드물지만 품 팔아 집안 식구 거둬 먹이는 데는 특급이었다.

"으이그 이 씨발년들아, 무슨 일을 그따구로 하고 자빠졌냐."

그럴 때면 이 한마디로 눈앞에서 알짱거리던 여인네들이 실실 웃으며 뒤로 물러났고 그 자리에 그녀가 끼어들면 어떤 일이라도 한순간에 후딱 해치울 수 있었다. 국동패들도 혀를 내두르는 이가 바로 그이였다.

흔히 밥을 많이 먹어도 빼빼 마른 인물들이 간혹 있는데 딱 그런 인물인 근태네는 기운도 세고 동작도 빠른 데다 우선 가만있지를 못했다. 점심시간 한 시간 동안 다른 이들은 응달에 몸을 눕히거나 앉아 시간을 보냈지만 이 여자는 밥을 뚝딱 해치우고는 사라진다. 그 사이에 뒷산에서 소꼴을 한 짐 해놓고 오후 일을 시작하는 시간에 나타났다.

그녀가 그렇게 별스런 일힘을 가지고 있는 것 때문에 특징이 하나 있었다. 배 속에서 곡기가 사라졌다 하면 아이고 앵꼬다, 하고 그 자리에서 쓰러져버렸다. 영락없이 기름을 넣어야 돌아가는 자동차였다. 배가 고프면 한 발자국도 움직이지 못했다. 뭘 먹어도 먹어야 했다.

그리고 먹을 때 가히 독보적인 면이 있었다. 밥이 우선 다른 이의 두 배였다. 맛도 별로 따지지 않았지만 뜨거운 것과 차가운 것은 전혀 먹지 못했다. 수제비가 눈앞에 놓이면 찬물을 한 사발 부어 먹었고 살얼음 낀 콩국수가 놓이면 따끈한 밥 한 그릇을 뒤섞어서 먹었다. 혹심한 노동으로 잇몸이 다 헐었다는 것을 자신도 짐작할 수 있을 텐데 일하느라 보건소도 찾지 않았다.

그렇게 일로 눈부신 여인네가 또 하나의 장기를 가지고 있었다. 노래였다. 탁한 목소리가 얼마나 트로트에 어울릴 수 있는가는 그 여자의 노래를 들어보면 알 것이다. 그 입이 신통할 때가 그 경우였다. 노래와는 전혀 인연이 없게 생겼는데 그게 아니었다. 누가 시키거나 막걸리 한 잔과 저 마음속에서 뭔가 서럽거나 답답한 것이 꽈배기를 틀어 한 곡조 뽑고 싶은 마음이 솟아올라 맞물리면 한두 번 빼다가 담담하게 일어서서 곡조를 뽑는데 그러면 좌중이 모두 조용해졌다. 감정도 별로 없이 수건 아래 숨은 눈을 지그시 감으면 열두 마디 노래가 스물네 번 구부러지고 서른여섯 번 끊길 듯하다가 감칠맛 나게 이어지고 이어질 듯하다가 아쉽게 끊어지며 구불구불 구비야 구비야 흘러나왔다. 듣는 사람만 한숨을 쉬지 정작 자신은 노래가 끝나면 뒤도 돌아보지 않고 자리에 앉아 일을 찾아들었다. 제 기분이 나야 부르는, 확실한 자신감의 소유자이기도 했다.

"아, 부르고 싶은 사람들이나 불러."

"봐라, 안 부른다 안 하나. 나 하나 부를꼬마."

신풍패들은 술맛을 가늠할 줄 아는 몇 명만 한잔씩 하다 말고 나머지들은 쿨피스나 사이다하고만 입을 맞추는데 중령네는 국동패와 사내들 사이에서 주고받은 술기운이 바로 낯바닥에 표시를 드러내고 있었다.

"진이 너는 가만있어 봐. 근태 엄마 노래 하나 들어보고."

"안 한다 하구마."

"너 술 췄냐?"

"술 묵고 안 취하는 사람이 어딨노."

실랑이가 벌어지는 경황을 쌍봉댁이 정리해주었다.

"부르기 싫은 사람은 냅두고 새댁 하나 불러봐. 부르고 싶다 믄 불러야제."

중령네가 거봐라, 하면서 가느다란 몸매를 세워 한 곡 뽑았다. 뽑아봤자 별것 아닐 것 같았는데 들어보니 그건 또 그것대로 귀에 담기가 나쁘지 않아 여인네들은 박수로 박자도 넣어주었다. 중령네는 다시 한번 거봐라, 하며 앉아 술을 찾았다.

"노래 잘하요이."

"어디서 노래는 배웠는갑다요."

문기사와 김씨가 추켜세워주자 여인은 으쓱거리기 시작했다.

"사람들이 들어보지는 안 하고 마 무조건 주저앉힐라고만 하고마."

공장장만 같잖다는 얼굴을 하고 두 남자는 허허 웃었다. 밤도 샐 것처럼 설치던 여인네들도 그러나 이제는 때가 됐다고 생각했 는지 다들 일어섰다. 국동패들이, 그중에서도 청춘에 죽은 시동생 제사로 갈 길 멀어하던 쌍봉댁이 먼지를 툴툴 털고 일어서자 집에는 가야겠고 이 자리는 재밌고 해서 갈팡질팡하던 이들도 따라서 제 엉덩이 깔개들을 정리했다. 그게 또 그런 여인네들의 모습이었다. 국동패가 먼저 버스에 맞춰 핑 사라지고 뒤이어 신풍패들도 썰물처럼 빠져나갔다. 모두 다 공장에 남아 있으면 마을에서는 으레 일이 안 끝나서 늦으려니 하지만, 만약 일이 끝나서 누구는 왔는데 우리 집 누구는 안 왔다는 것을 알게 되면 떨어질 큰소리들이 무서웠던 것이다.

"아이고 잘 묵었소. 낼 봅시다."

소리는 그냥 여인네들이고,

"우리는 갑니다. 안녕히들 주무시시요이."

사근스럽게 인사를 차리는 이는 승희네였다.

"고생했습니다요."

시끌벅적하던 처리장은 한순간에 조용해졌다. 여인네들은 비를 피해 한 우산 속으로 모여들며 떡판 같은 엉덩짝으로 길을 재촉했다. 남아 있는 이는 사내 셋에 여인 둘, 바로 김씨네와 중령네였다.

"안 가시요?"

공장장이 말로 중령네를 밀었다.

"공장장님은 마 사람들 보낼라고만 하요. 한잔 더 안 할랑교? 가입시더. 내가 살끼요."

"얼른 집에 갑시다."

사태가 용이치 않다는 것을 알고 김씨네가 남편 옆에 붙어 서서 재촉을 했다.

"가만있어 봐."

"가만있으믄, 술백이 더 묵으요. 얼른 갑시다. 아그들 기달리
겄소."

"김씨 아저씨요, 같이 가서 한잔 더 합시다. 내가 한잔 살끼
요."

"얼른 집에 갑시다."

김씨는 졸지에 두 여인네 사이에 끼었다. 공장장이 나이 든
여인네 편을 들었다.

"진이 엄마도 인자 그만 들어가시고 아저씨도 들어가시요. 오
늘만 날이요?"

"니미, 날은 항상 오늘만 있으니께 오늘이 날이지 언지가 날
이여."

김씨는 한잔 더, 소리 쪽으로 이미 마음이 기울어 있었다.

"가입시더."

이미 중령네가 앞서고 있었다. 이래도 좋고 저래도 좋은 문기
사가 웃으며 뒤따르고 김씨는 마누라에 대한 인사로 어쩔 수 없
다는 풍으로 꾸깃꾸깃 뒤따르고 공장장은 아따, 참말로, 해가면
서 뒤따르고 김씨네는 얼굴에 불안과 불만을 가득 담고 어그적어
그적 꽁무니에 매달렸다. 일행은 각자 기분대로 걸으며 밥집 문을
열었다. 밥집 안에는 다른 사람들이 있었다. 그중 흰머리 노인 하
나가 앞장서서 들어오는 중령네를 쳐다봤다.

"아니, 새아가."

"아버님요, 술 드시고 계십니꺼."

중령네 시아버지가 친구와 술을 마시고 있었다. 김씨가 나서서 인사를 차렸다.

"술 자심니께."

"엉? 이. 누구라고. 자네도 공장 일 한다메? 욕보네."

"욕은 무슨 욕입니까."

"근디 아가, 어쩐 일이냐?"

"아버님요, 잘됐십니다. 우리 술 좀 사주이소. 내가 한잔 산다고 약속을 했심더."

"응? 그, 그래? 그래. 하, 한잔씩들 드시게들."

"와 서 있능교. 후딱 앉지이소. 여기는 우리 공장 공장장님이고예, 여기는 기사님입니더."

공장장과 문기사가 어중간하게 인사를 했다.

"그, 그란가? 욕들 보시네. 저기, 우리는 일어서세."

두 노인네는 반쯤 남은 소주병을 포기하고 일어섰다.

"아가, 오천 원 줘놨으니께 묵어라이."

"아버님요, 있으믄 만 원 주이소. 사람이 몇 명입니꺼."

"그, 그래."

"밥은 아침에 한 솥 해놨어예. 어머님이랑 차려 드시이소."

"그래. 너무 늦지는 마라이."

두 노인네는 곤혹스러운 얼굴로 우산을 폈다.

"그럼 드시고들 가게이."

곤혹스러운 이들은 노인네들뿐만이 아니었다. 사내 셋이 허리를 굽힌 채 서서 그대로 인사를 이었다.

"그럼 올라가십시요."

노인네들은 밥집 옆 골목으로 금방 자취를 감췄다. 사내들은 떨떠름한 얼굴로 자리에 앉았다. 그건 밥집 주인인 세자 엄마나 세자도 마찬가지였다. 두 모녀는 눈을 휘둥그레 뜨고 혀를 내둘렀다.

"아버님이 영 좋으시요."

문기사가 어색한 공기를 깼다. 답을 김씨가 받았다.

"저 으르신이 화내는 것을 본 사람이 읊어. 원래 집안 남자들이 다 좋아."

그러니까 여자들은 별 볼 일 없다는 그 말은, 그렇게 순한 사람이라 며느리의 당돌한 행동을 받아주었지 그렇지 않았으면 벌써 뭔 사단이 나도 났을 거라고, 은근히 중령네를 겨냥해서 접지르는 소리였지만 그녀에게는 전혀 먹혀들지 않았다.

"아지메요, 우리 술하고 안주 쪼메 주이소."

세자 엄마가 대답도 않고 소주와 안줏거리를 갖다 주었다. 이제 술청은 호젓하게 그들 차지가 되었다.

"어쨌든 한잔합시다."

"말좃 꼬푸 좀 주시요."

김씨다.

"맥주 컵이라고 좋은 이름 놨두고 어째 그 말만 쓰요."

세자 엄마가 타박을 하며 맥주 컵을 놓아주었다.

"묵을라믄 쪼깐한 잔에다 묵으시요."

의자 모서리에 엉덩이만 살짝 걸치고 술좌석에 완전히 끼지도 못하고 그렇다고 집으로 가지도 못하는 김씨네만 불안한 얼굴을 하고 있다. 그러나 그 소리가 김씨 귀에 들어갈 거라고 생각하는 사람은 아무도 없다. 김씨는 누가 뭐래도 마실 때는 큰 컵에다 마셔야 직성이 풀리는 이였다. 살뜰하게 따르고 알뜰하게 마신 다음 카아, 목가심을 했다.

야간 당직을 겸하고 있는 냉동공장 황기사만 들러 저녁을 먹고 가고 밥집에는 비 내리는 소리만 가득하다. 천장에 매달려 있는 끈끈이에 등짝이나 다리가 붙은 파리들만 간간이 제 혼(魂)이라도 뽑아내보려고 버둥거리고 있었다. 비는 여전히 같은 무게로 떨어져 내리고 있다. 냉동공장 직원들도 모두 퇴근하고 밥집 위에 있는 도축장 사람들도 하루의 살생부를 접고 가족들이 기다리는 집으로 총총히 귀가했다. 오늘 도축장에서는 다섯 마리의 소와 일곱 마리의 돼지가 제 육신을 사람들에게 물려주고 어디론가로 돌아갔다. 그들은 음메나 꿀꿀 소리도 가져갔으려니 싶다. 냉동공장에서는 하루 종일 염장 미역이 4톤 복사 차량에 실려 나갔고 홍합공장에서는 수만 마리의 홍합이 열반에 들었다. 사람들 사는 짓거리들이 그래 도대체 어쨌다고 비는 또 이렇게 내리는 것인가. 마을은 일찌감치 조용해졌고 밥집만 조금 소란스러울 뿐이다. 저만치 차도에 차 지나가는 소리와 세자가 켜놓은 텔레비전 소리만 그들의 좌우로 자리를 잡았다.

　김씨네는 밥집 모녀가 텔레비전과 면담하고 있는 안방에 슬며시 엉덩이를 붙이고, 세 남자와 한 여자가 소주잔을 서로 따랐다.

　"밥 묵으믄 술맛이 있간디."

　김씨 말에 문기사가 동조하여 안주로 밥 떠먹는 이는 공장장뿐이었다. 비 오는 저녁 술청은 여인네의 과거 이야기를 듣기에 딱 좋은 곳이다. 여인네는 경상도 사투리에 남편과 시댁 덕분에 몸에 익어가는 전라도 사투리를 섞어 지나간 세월들을 솎아냈다.

　여인네는 경남 진해 출신으로 그곳에서 여고를 나온 뒤 굳이 알고 싶다면 말 못 할 것도 없지만 정 궁금하지 않다면 밝히고 싶지 않은 어떤 기간을 보내다가 어찌어찌 군인이랑 연애를 했고 결혼을 했다. 비는 계속해서 내리고 여인네는 거듭 취해갔다. 연애만 하고 결혼은 안 할 생각이었다. 저 자신은 군인 마누라 되는 게 싫어서였고 집에서는 전라도 남자라고 싫어했다. 결혼을 하게 된 것은 첫째로는 덜컥 아이가 생겨버렸기 때문이고 둘째는, 당시 오르내렸던 말대로 하자면, 전라도 것인데도 드물게 사람이 건실하고 착하기 때문이었다. 코딱지만 한 군인아파트에 살면서 딸 둘을 낳았다. 비는 계속 내렸고 여인네는 더욱 거듭 취해갔다.

　군인 가족이 일일 군인으로 입영해서 사격을 하는데 여편네들 중에 일등을 했다고, 그때서야 자기가 군인의 아내가 된 게 다 이유가 있었다는 것을 알았다며 비시시 웃었다.

　"지는요, 마 대학도 가고 싶고 하고 싶은 게 많았심더. 그란디 연애를 걸어서 팔자가 뒤빠낑 건지 원래 타고난 팔자가 그래서 그때 연애를 걸었는지 참으로 알 수가 없데예. 정신 채려보니 전라도 땅에서 전라도 남편이랑 전라도 시부모 모시고 살고 안 있능교."

"애기 아빠 계급이 뭐였소?"

문기사가 물었다. 여인은 곧바로 답을 않고 고개 들어 붉은 눈으로 빤히 문기사를 바라보다가 몹시 취한 얼굴로 대답을 했다.

"중령이요. 말똥 두 개."

"아니 중령 정도믄 괜찮을 건디 왜 전역을 했다요."

김씨 말에 따르면 중령네 남편은 순천으로 막노동을 하러 다니고 있었다. 문기사는 김씨가 고개를 살짝 흔드는 것을 보고서야 실수를 깨달았다.

"속 모르는 소리 하지 마라. 군바리가 전망이 있나 비전이 있나. 맨날 비상근무에 무슨 무슨 훈련에 마, 몬산다. 그러다 전쟁이라도 턱 나봐라. 식구들 내팽개치고 전쟁터에 나가는 그 꼴을 우예 보노."

대답은 그것으로 끝이 아니었다.

"군인 싫어 제대해삐렀지만 그렇다고 공장 일 하고 살 기라고는 내사마 생각도 몬 해봤다. 내가 온제 이런 일 해봤겠노 말이다. 군인도 몬 해묵겠고 공순이도 몬 해묵겠다마. 내사 때리치아뿌렀으믄 딱 좋겠구마. 문기사요, 한 잔 더 따라보소. 공장 일 이것도 아무나 하는 기 아니더마. 허리 쑤시고 다리 땡기고 밤마다 똑 죽겄는기라. 와 이리 됐노. 이 인간 오상미 마 좆됐다. 내가 무신 죄가 있어가 이 고생을 하노. 전라도 사내 사랑한 죄밖이 읎다, 나는."

중령네 말투에서 높임말이 사라지자 김씨네가 다시 나섰다.

"엔간히 취했소. 인자, 그만 갑시다."

"참말로. 가고 잡으믄 너 혼자 먼저 가."

고개를 처박은 여인네는 밖에서 비가 오는 것도 부족해 그예 제 눈에서 가랑비 한 줄기를 만들어내기 시작했다.

"공장 일 하고 살 기라고는 내사마 생각도 몬 해봤다."

김씨네가 공장장과 문기사에게 좀 어떻게 하라고 눈짓을 보냈다.

"그만 들어갑시다."

"먼저 가."

"승질내지 말고 같이 갑시다."

"콱, 얼릉 가. 나 이것만 묵고 갈랑께."

"우산이 하나뿐이요 안."

"걱정 말고 쓰고 가랑께."

급기야 고개 숙여 눈물을 뽑아내는 중령네와 세 남자를 불안하게 돌아보며 김씨네는 빗속으로 멀어졌다.

"새댁, 인자 그만 가 얼릉. 아, 시부모 지둘러, 남편 지둘러, 애들은 또 애들대로 애타게 찾겄구만. 얼릉 가 얼릉. 취했어."

술 취한 여자 다루기가 남자들에게는 보통 어려운 게 아닌 것을 잘 아는 세자 엄마가 나잇값에 주인값을 얹었다.

"아지매, 우리 집 알지요? 전화 좀 걸어주소."

"그래 주시오, 좀."

공장장은 여인네가 취해 주정 떠는 풍경이 꼴 보기 싫어 안달이 났다. 혀를 차던 세자 엄마가 면 단위에서 나온 전화번호부를 뒤적였다.

"가만있자, 그 집 어른 함자가 뭐드라."

"박용수요, 우리 시아부지가, 용용 자에 물가수 자. 삼 반 십칠 번지."

"삼 반 박용수라, 바악요옹수우라아……. 여깄구먼."

세자 엄마가 전화를 걸어 여보세요 소리를 서너 번 하고 난 다음 거기가 거기 맞으신지, 별일은 아니고 여기가 다름 아닌 바로 여긴데 거기네 애기 엄마가 여기에서 다소간의 음주로 약간의 문제가 생겼으니 일차 왕림 운운의 점잖은 말투로 사정을 알렸다.

중령네는 엄마도 찾고 아버지도 찾고 친구도 찾고 청춘도 찾고 하며 울다 웃다 했다. 하긴 비 오는 밤은 여인네가 울기에 괜찮은 때이기는 했다. 김씨는 이미 취한 여자 따윈 안중에 없이 문기사와 공장장에게 뭐라 씨분대고 여인네는 여인네대로 주절거렸기에 젊은 두 남자는 난감한 표정으로 눈을 좌우로 주기에 바빴다.

빗길을 뚫고 남자가 나타났다. 늘씬하지만 강단 있어 뵈는 몸매의 남자는 예닐곱 살가량의 여자애를 데리고 있었다.

"우리 신랑 왔네."

"엄마."

"아이고, 이쁜 우리 진이도 왔나."

남자는 아내가 딸애를 껴안은 모습을 바라보다가 김씨에게 인사부터 차렸다.

"왔능가. 자네 사람이 어짜다 봉께 술이 과하신 모양이여."

남자의 눈에 한순간 경직된 그 무엇이 나타났으나 그게 오래 가지는 않았다.

"아버지한테 들었습니다. 죄송합니다. 어이 가세."

"가만, 우리 진이 민이 과자 좀 사고."

여인네는 비틀거리며 딸애 손을 잡고 과자를 고르기 시작했다.

"저기 인사가 늦었습니다."

공장장과 문기사가 일어서서 세 남자가 인사를 나누었다.

"한잔하십시요."

남자는 사양했다.

"공장장님, 문기사님, 내일 봐요. 잘 자이소. 호호. 여보 나 취했다."

남자가 아내를 부축하고, 아내는 과자 봉지를 들고, 아이는 우산 하나를 따로 쓰고 그 집 가족들은 빗속으로 들어갔다.

"여자가 저러믄 못써. 시아부지한테 술을 사주라고 하지를 않나, 취해서 서방보고 오라 가라 하지를 않나. 세자 너는 나중에 시집가서 저러믄 내가 쫓아가서 쎄려 직인다이."

"나는 그리 안 해. 걱정 말어."

세자가 대답을 하는데 김씨가 그냥 넘어가지 않았다.

"저것이요, 시집을 가고 잡긴 한갑다요."

대꾸는 없다.

"남자가 진짜로 엔간한갑소."

"영 좋아. 인사성 밝고. 원래 그 집안 남자들이 그렇당께. 저거 위 성이 둘 있는디 둘 다 그래."

김씨가 세자를 향하던 말머리를 바로 했다.

"근디 희한하게도 그 집 메누리들은 다 저런당만."

"갑자기 공장 생활 시작하게 됐지, 졸지에 시부모 모시고 살지, 뭐 그래서 속상한 게 쌓여서 그라겠지라."

"지만 고생하고 사능가? 얼른 철이 들어야 쓰는디."

"근디 중령이 맞긴 맞소?"

군대를 면제받은 데다 조금 전 문기사의 말실수를 눈여겨보지 않았던 공장장이 뒤늦게야 제 궁금한 것을 내놓았다. 군인 계급이라면 빠질 수 없는 세자 엄마가 끼어들었다.

"나이가 몇 살인디. 젊잖어. 한 서른 몇이나 됐을라나. 우리 아들이 지금 중원디 중령 같은 걸 할라믄 잘 풀려도 근 마흔은 돼야 한다고 그라등만."

그때서야 짐작이 간다고 공장장이 고개를 끄덕였다. 김씨가 놓쳤던 말머리를 다시 잡았다.

"들어봉께 노가다 해서 번 것이 중사 월급보다는 훨씬 낫다고 하등만."

그쯤에서 세자 엄마는 다시 방으로 들어가고 세 남자는 한동안 서로 잔을 부딪치는 소리만 냈다.

밤이 되면서 비는 더욱 선연히 내렸다. 밤 깊어 지나가는 차 소리도 점차 줄어들고 천장 끈끈이에 매달린 파리들만 꾸물거렸다. 어디선가 개 짖는 소리가 들렸다. 그 식구들은 잘 들어갔나. 술 취한 아내를 남편이 떠메고 딸이 밀고 하는 풍경도 비가 오는 밤에는 그런대로 보아줄 만한 거였다. 머리도 젖고 옷소매나 바짓가랑이나 신발도 젖었을 테지만 아마 시부모 호령도 없을 듯하고 하니 그냥 잠 속으로 빠져들어 중령 계급장 이마에 단 남편과 사진 찍는 꿈이라도 꿀 수 있는 밤 아닌가.

세 남자가 마시는 술병의 수위는 내려가고 밥집 앞 고추밭 도랑의 빗물은 올라가고 있다.

남과 여

　신풍 출신 여인네들이야 공장이 마을 안에 있고 공장 일꾼보다는 농사꾼으로서의 역사가 깊은 만큼 그런 경우가 드물었지만 해 뜨면 나오고 해 지면 들어가는 국동패들은 종종 눈언저리에 파랑 물을 들이고 오는 경우가 있었다. 남편과 아예 척지고 사는 광석네는 예외였으나 성질빼기를 문패로 둔 석이네가 단골이었고 사람 좋고 마음 너그러운 쌍봉댁마저도 아주 없지는 않았다.

　한번은 쌍봉댁의 눈언저리에 옅은 그림이 그려져 있었다. 화장으로 진하게 덧칠을 했으나 깨끗하게 숨기지는 못했다. 다른 사람이면 몰라도 보살 같은 여자가 맞고 왔다는 사실에 사람들은 제 살의 상처를 보듯 했다. 행동거지가 부드럽고 찬찬한 이였으니 맞을 이유가 있을 것 같지 않았기 때문이다.

　"거긴 왜 그랬다요?"

　"즈그 아배가. 못됐지 이?"

그렇게 답할 때는 얼굴에 막된 기운이 실리는데도 그 순한 모양은 그대로였다.

"아니, 아줌마 같은 사람을 그래요. 왜 그랬소?"

"어디서 술을 잔뜩 묵고 와갖고이 나가 정지서 뭐 치다가 꼬푸를 하나 깼는디 이 씨발년이 인자 정지굿을 한다요, 하등만 한 방 눠불등만."

"왜 그랬으까다?"

여인네들과 경험이 상당한 공장장마저 잠시 일손을 놓고 물었다.

"뭐 기분 나쁜 일이 있었능가 낑낑대는디 암 말도 안 항께이, 승질이 더 났던 모양이여. 저는 뭔가 기분 나쁜 일이 있는디 안 물어본다고."

"좀 물어보지 그랬소."

"그거 안 물어봤다고 사람을 패? 대한민국에 각시들 하나도 안 남겄다. 공장장하고 문기사하고는 난중에 결혼해서 그러지 마이. 마누라를 이삐게 해줘야 써이."

"그람 그람. 여자를 공손하고 이삐게, 얌전하게, 하여간 애기한테 분 발라주댓기, 물 풍선 들댓기, 참지름 따르댓기, 계란 까댓기 그렇게 다뤄야 써."

기회를 노리고 있던 석이네가 표정과 억양을 살렸다.

"그라믄 뭐가 좋소?"

문기사는 일부러 모르겠다는 표정을 지었다.

"여자들은 워낙 약하고 부드러웅께 이삐게 다뤄주믄이 내조 잘해주지, 받들어 모시지, 반찬 맛난 거 해주지, 서비스 끝내주지, 하여간 좋을 것이 쌔고 쌨어."

"무슨 서비스 말이요?"

그 대목에서 석이네는 말을 멈추었다.

"하지만 망구가 되뿔믄 아무리 잘해줘도 서방이 꼴 배기 싫어하기는 해이."

석이네는 그렇게 귓속말로 속삭이고는 재빨리 자리를 떴다. 쌍봉댁이 두 남자의 웃음소리를 놓칠 리 없었다.

"저 작것이 또 망구 소리 했지?"

"아니요. 서비스 차원에서 한 이야기였는디요."

"하여간 난중에 절대 마누래 패지 말어. 마누래 패믄 사실 지가 읃어맞는 거여. 다 하늘 보고 침 밸기랑께. 알었제?"

"때릴 데가 어딨다고 때린다요."

"때릴 데가 왜 읎어. 이리저리 튀어나온 디가 다 때리라고 나온 거제."

기껏 때리지 말라고 얼르던 석이네가 저만치 서서 이번에는 아주 딴소리를 내뱉었다.

"마누래 패믄 지옥 가."

그러든 말든 쌍봉댁은 사람 좋게 웃어 보였다. 구부러지는 눈가를 따라 파랑 물이 길어졌다.

뭐 그런 날도 있었다. 그만큼 흔할 수 있는 게 남편들의 폭력이었고 사실 그 폭력에 가장 시달리는 이는 바로 석이네이기도 했다. 그런데 사람 야무진 반장 강미네도 그 선상에서 벗어나지 않았다.

강미네가 반장이 된 이유는 여러 가지가 있다. 부지런하고 일 맥 잘 보는 거야 기본 사양이고 여차하면 남자들과 대거리마저 서슴지 않는 것도 반장의 덕목이지만 무엇보다 공장에 헌신적이었다. 공장에서 가장 늦게까지 남아 있는 이가 바로 강미네라 문기사는 처음에 홀로 사는 여자인 줄 알았다.

공장이나 현장보다 작업선이 바쁠 때가 있다. 내수 주문이 밀려 생합만 처리하게 될 때가 그랬다. 주로 대도시 포장마차로 팔려 나가는 생합은 아침 일찍부터 바다에서 홍합을 따 세척하여 망에 담아 올려보냈다. 현장은 아무래도 헐거워지고 대신 작업선에 사람이 더 필요하게 되는데 그러면 현장에 투입됐던 부장이 배로 가고 대신 공장에서 현장으로 지원을 나갔다. 또 현장에 일손이 딸리거나 할 때는 공장에 공장장만 남고 문기사와 강미네가 현장으로 내려갔다. 봄에 한동안 그랬는데 이번에도 소호 현장에 사람이 부족해 강미네가 내려갔다.

현장의 인부 일은 이랬다. 네모나고 긴 쇠솥을 철공소에 주문 제작해서 시멘트를 발라 고정시킨 다음 쇠 망으로 짠 바구니에 홍합을 넣고 버너로 삶는다. 한소끔 삶아진 것을 바구니로 꺼내어 쏟아부으면 까는 사람들이 까기 시작한다. 마을에서 구한 남자 인부들이 솥을 맡아 관리하는데 버너 담당이 있고 껍질을 처리하는 이가 하나 있고 나머지는 운반을 맡는다. 책임자가 저울을 달고 수거한 홍합 알맹이를 해수(海水)에 씻은 다음 차곡차곡 담아 차에 실어 보내는 일을 맡는다. 모터로 뽑아 올린 바닷물에 홍합을 씻으면 때와 잡물이 깨끗하게 씻겨 반지르르 윤이 났다. 죽어서도 저 살던 곳이 좋은 건지 해물(海物)은 바닷물에 씻어야 꼭 윤기가 났고 민물에 씻으면 탱탱한 맛이 금방 죽어버렸다.

현장을 맡고 있던 부장이 경상도 쪽으로 양식 현황을 보러 갔기 때문에 그 빈자리를 강미네가 맡고 문기사는 오가는 시간을 빼고는 현장에 붙어 있게 됐다. 현장은 공장처럼 정리된 맛이 없이 노상 뭔가 발에 차이고 어수선한 데다 버너가 고장난다든지 전기가 누전된다든지 싸움이 벌어진다든지 해서 한 치 앞을 알 수 없는 것투성이였지만 대신 바다가 탁 트여 있어 시원한 맛이 있었다. 영 내키지 않는 얼굴로 몸만 비틀어대는 강미네가 내려가던 날로 싸움이 있었다.

현장은 김기석 씨 집 마당이었다. 마당 입구에서 담벼락 쪽으로 비켜 걸어놓은 솥에서는 김이 무럭무럭 오르고 하우스 뼈대를 세워놓은(겨울에는 뼈대에 포장을 친다) 곳이라 한눈에 찾을 수 있었다.

현장은 어수선한 재미로 일하는 곳이라 정말로 어수선했는데 찾아오는 사람들이 많아서 더욱 그랬다. 우선 관련 사업자들이 자가용을 타고 인사차 정보수집차 찾아오고 면사무소나 동사무소,

해경, 파출소 순경 등 공무(公務) 핑계로 모자 쓴 이들이 오는 경우도 적잖았다. 게다가 계란 장사, 카세트 장사, 일자리 알아보는 남자들에, 선거철에는 국회의원 후보까지 각양각색의 인물들이 북적이는 곳이었다. 그중 가장 흔한 게 동네 남자들이었다. 친구가 현장 인부로 있어서, 어머니가 까고 있어서, 또 어째서 이유를 달고 찾아왔다.

머리가 부숭부숭하고 얼굴에 잠이나 술기운이 덜 가신 인물들이 운동복 바지에 슬리퍼 끌고 어슬렁어슬렁 나타나면 딱 동네 남자들이었다.

현장에는 인부들이 마시는 막걸리가 노상 준비되어 있고 솥에 홍합이 있으니 금상첨화였다. 별 생각 없는데 굳이 주겠다니 인정으로 받는다는 투로 한잔 받아 마시고는 뜨거운 김을 내뿜으며 발랑 벌어진 홍합을 솥에서 들고 까먹는데 어느 누구라도 입 다물고 그냥 먹는 이가 없었다.

"참말로 아무리 봐도 똑같이 생겼네."

간밤에 보던 것과 단순 비교하는 측이다.

"어째 이 불쌍한 것을 이렇게 모지랍스럽게 쌂어분다냐. 얌전히 있는 것을 끄집어 올려, 패대기쳐, 불로 쌂어, 빤스 벳겨, 아이고 불쌍한 거."

측은지심 측도 있다.

"제미, 뭐 묵겄다고 쫙 벌리기는. 아이고, 볼가진 공알하고는. 니미, 터럭도 드럽게도 많다."

이렇듯 세심한 관찰형도 있었다. 그렇게 사살 한마디씩 하며 홀러덩 까먹고는 인사로 책임자 붙잡고 요즘 시세가 어떻니, 단가가 저떻니 마진율은 얼마나 되니 마니 몇 마디 뒤를 늘리는 것으로 모양새를 맞추었다.

그날은 부장 대신 강미네가 있어서 사내들의 말투가 바뀌었다.

"아줌마가 부장 대신이요, 아니믄 새로 온 부장이요?"

"저리 쪼깐해도 공장에서 내려온 반장이여."

너스레 좋은 인부 하나가 거들어주었다.

"나가 반장이요이."

강미네도 허리를 좌우로 뒤틀며 말 짝을 맞췄다.

"높으요?"

"겁나게 높으요. 선생 바로 밑이가 반장 아니요."

"와따, 높소. 홍합공장이라서 반장도 여자가 하요이."

솥 근처 남자들이 희영수나 떨고 있다면 천 깔아놓고 들어앉아 까는 측들은 여차하면 악다구니에 난리법석이었다. 일을 하다 보면 까는 사람이 많이 몰리는 경우가 생긴다. 인부와 달리 제가 까놓은 만큼 일당을 받는데 아무나 다 받는 까닭에 사람이 많으면 홍합이 달렸다. 그러면 솥에서 김이 채 나기도 전에 사람들이 솥 주위에 몰려들었다. 국물이 넘쳐흐르면 인부들이 나무 뚜껑과 보온 덮개를 들어냈다. 그 순간 서로 먼저 가져가려고 악다구니가 시작되었다. 말리는 것도 뿌리치고 덤벼들어 서로 솥 안에 가지런히 놓여 있는 바구니 손잡이를 붙잡으려다가 한번은 할머니 하나가 뒤에서 밀어대는 기운에 넘어져 거꾸로 빠지기도 했다. 용케 바구니를 붙잡은 이들도 남들이 앉아 있는 곳 위를 그대로 들고 지나가는 탓에 뜨거운 국물이 사람들 머리에 떨어져 싸움도 났다. 한 푼이라도 더 벌어보겠다는 집착이나 옆사람과의 경쟁이란 그런 것이었다. 나중에 순번을 매기는 등 부장과 현장 인부들이 나서서 질서를 잡을 때까지 적잖은 시간이 걸렸다.

덕분에 그 집 마당은 마을에서 동네 사람들이 가장 많이 모여 북적대는 곳이 되었다.

김기석 씨는 자그마한 동력선 하나로 저인망을 하는 사람이었다. 지난겨울 백야도 너머로 어장을 나갔다가 큰 고생을 한 뒤로 배도 낡고 벌이도 시원찮다는 핑계로 아예 초봄까지 일손을 놓아버렸다.

기석 씨는 지난겨울 백야도 너머 바다에서 그물을 끌었는데 그만 스크루에 줄이 감겨버렸다. 어선을 부리는 사람에게는 드물지 않은 일로 줄이 감기면 엔진이 멈춰버려 오도 가도 못 하는 신세가 되었다. 줄을 끊어보려고 했으나 워낙 단단히 감겨버렸는지 대나무 끝에 묶은 식칼로는 어림도 없었다. 엔진이 멈춰 섰기에 롤러가 움직이지 않아 그물을 끌어올릴 수도 없어 끝내 잘라내야 했다. 지나가는 배를 기다렸지만 늘상 지나다니던 배도 그날따라 보이지 않았다. 하지만 느긋하게 기다렸다. 무전기도 없었지만 있다 해도 그 정도로 구조 요청을 할 것까지는 없었다. 라디오나 틀어놓고 바다만 바라보았다. 워낙 지나다니는 배가 없어서 장소를 이동해보려고 닻줄을 놓지 않았다. 배는 하염없이 떠밀려 갔고 그럭저럭 밤이 되었다. 불을 켜고 닻을 내렸다. 뱃사람이 바다에서 자는 것은 안방 두고 사랑방에서 자는 것과 같이 자연스러운 일이었다. 끊어버린 그물과 어장 포기로 생겨난 손해 계산으로 한동안 끙끙대다가 마침내 탁 털어버리고 나자 모처럼 삼삼한 시간이기도 했다.

두 칸 방에서 아이 둘과 시어른까지 있는 생활이었으니 따로 온천 같은 데 안 가고 배 위에서 별빛과 함께 단둘이만 있는 게, 좋게 본다면 그런 호사가 따로 없었다. 둘은 모처럼 신혼 밤을 보냈다고 했다. 문제는 다음 날이었다. 안개가 끼고 배터리도 약해졌다. 점심때가 되어 안개가 걷히자 위치가 대충 백야도(島)와 낭도 또는 화도나 개도 중간쯤인 것 같기는 한데 정확히 알 수가 없었다. 멀리 무슨 섬이 보이기는 한데 그게 어떤 섬인지 감이 잡히지 않았다. 배가 작아 그동안 가막만 안에서 어장을 해온 탓도 있었다.

오후에 기석 씨가 옷을 벗고 칼을 찾아 들었다.

"여보, 왜 그래."

"왜 그러긴. 들어가서 풀어야지."

스크루에 줄이 감기면 독에 올리든지 잠수부를 불러 줄을 풀어야 했다. 물론 직접 들어가서 줄을 풀어내는 선원들도 있기는 했다. 기석 씨도 두어 번 경험이 있었다. 그러나 그동안 마을 앞 바다에서나 했던 것이었을 뿐 이렇게 넓은 바다에서 홀로 스크루 있는 곳으로 들어가본 적은 없었다. 더군다나 물안경도 없었다.

　망망대해에서, 그것도 한겨울에 맨몸으로 배 밑으로 들어간다는 게 겁이 나고 께름칙했지만 언제까지 앉아서 기다릴 수만은 없는 노릇이어서 그는 마지막 용기를 냈던 거였다.

　"안 돼."

　"왜 그래."

　"그냥 있어. 당신 들어가면 죽어."

　"이 사람이. 죽기는 누가 죽어."

　"이렇게 추운디. 하여튼 안 돼. 나 하자는 대로 해. 안 된다면 안 돼."

　아내는 울면서 허리를 붙잡고 늘어져 죽자 사자였다. 기석 씨는 그나마 다졌던 각오가 스르르 풀리며 털썩 주저앉았다. 밥은 출항 때 들고 온 도시락이 전부였고 그것도 이미 먹어치웠다. 있는 것은 양념 몇 가지와 물뿐이었다. 둘은 물만 마시며 꼼짝없이 굶을 수밖에 없었다. 간혹 지나가는 배가 있어도 너무 멀어 아무리 소리쳐 불러봐도 이내 더 멀어졌다. 두 번째 밤은 더욱 추워졌다. 그는 어쩌면 아내의 판단이 옳았을지도 모른다는 생각이 들었다. 별 사고 없이 줄을 풀었으면 이미 집에 가 있겠지만 만에 하나 심장마비에 걸리거나 잘못해서 배 밑창으로 붙어버렸다면 저는 바닷속에 빠져 죽어 있고 아내 홀로 이 추운 밤을 배에서 지낸다고 생각하니 숨이 다 탁 막혔다. 둘은 발발 떨며 밤을 지냈다. 다음 날 오후가 되어서야 그들은 지나가는 어선에 발견되어 가까스로 돌아올 수 있었다. 기석 씨는 그 일로 오만 정이 다 떨어져 뱃일을 놓고 지냈다. 의욕도 없어져 부모가 궁시렁거리든 말든 모르쇠로 버티다가 화가 복을 불러들였는지 우연히 마당 넓은 것을 보고 찾아온 회사 사람과 말이 되어 현장으로 빌려주고 저도 일꾼으로 일하게 되었다.

기석 씨네 집이 홍합 현장이다 보니 마을에서 홍합을 팔아보려고 선을 대기도 했다. 또 회사에서 그를 통해 계약을 맺는 경우도 있었다. 강미네가 내려오던 날 오후 늦게 홍합을 가득 실은 배 한 척이 현장 앞에 도착했다. 못 보던 배였다.

"어이야, 우리도 홍합 좀 퍼보세."

뱃사람들은 다짜고짜 올라왔다. 집주인이 그들을 맞이하며 억지 인사를 했다. 찾아온 사람은 기석 씨의 오촌 당숙이었고 조카가 현장을 한다는 소리를 듣고 물어보지도 않고 홍합부터 한 배 따 온 거였다.

"무슨 홍합이요?"

"무슨 홍합이긴. 우리네지."

"부장이랑 이야기가 됐었십니께?"

"이야기는 무슨. 자네가 현장을 하는디."

그는 난감한 표정을 했다. 내일 쓸 홍합은 이미 물량이 다 맞춰져 있고 담당 뱃사람들도 이미 돌아간 다음이었다. 바다에서 나온 생물(生物)들은 금방 상하는 탓에 겨울이 아니고는 함부로 두어서는 안 되었다.

"일단 보기는 합시다."

문기사와 강미네가 배로 내려가 세세히 살폈다. 거기서도 강미네는 몸을 좌우로 비틀었다. 제품이 될 만한 게 못 되었기 때문이다. 못 받겠다는 결론이 났다. 난처해진 건 기석 씨였다.

"못 받겠답니다요."

"홍합이 안 좋아?"

"좋든 안 좋든 무조건 따 오믄 워짜자는 겁니까. 먼저 이야기가 되고 또 샘플도 보고 해야제."

"니미 샘플은 무슨 얼어 뒈질 샘플."

둘은 한동안 옥신각신했다. 찾아온 사람은 서열로 누르려고 하고 맞이한 사람은 단지 마당 빌려주고 일 거드는 일꾼에 불과하다고 발을 뺐다.

"좋아. 따주라고 해도 안 따줘. 그러니께 이미 따 온 것은 좀 받아줘야겠어."

"왜 그리 말귀를 못 알아듣습니께. 무조건 따 온 것도 문제지만 공장 측에서 합자가 너무 잘고 잡물이 많아서 안 된다고 안 그랍니까. 안 된다는 것을 난들 어떻게 합니까요."

"아, 알었어. 알었으니께 이것만 받어줘."

"참말로 오춘도. 왜 맘대로 따갖고 와서 억지를 씁니까요."

"그래 못 받어줘?"

"아니, 홍합만 괜찮으믄 어떻게 해보겠지만 제품이 안 되는 걸."

"아 알었어. 받아줘, 못 받아줘?"

당숙은 잔뜩 부아가 올라 있었다. 화가 나기는 기석 씨도 마찬가지였다.

"이리 퍼주십시오. 내가 받을 테니. 내일 내가 바다에 댈라불고(버리고) 현장서 월급 타믄 내 돈에서 합자값 줄 테니께요."

"그래 못 받아주겄다? 알었어."

눈에 힘주고 이쪽을 노려보고 있던 젊은 선원 둘을 데리고 핑 돌아가더니 마을 저쪽 끝에 댔다. 잠시 어색한 시간이 흘렀다.

"어째 좀 미안하게 됐소. 홍합이 좋으믄 몰라도 좋지도 않은 것을 우리 맘대로 받을 수도 없고 해서."

강미네가 막걸리를 한 잔 따르며 위로했다.

"괜찮소. 저 오춘이 원래 좀 저런 사람이요."

그리고 얼마 지나지 않아 싸움이 시작됐다. 일이 모두 끝나 주변은 어두워지고 현장이 거의 정리되어가는데 좀 전 눈에 철심을 박고 있던 선원 한 명이 술이 제대로 오른 얼굴로 슬금슬금 걸어오더니 길가에 있는 모터를 발로 차버렸다. 모터는 양쪽에 호스를 달고 그대로 방파제 밑으로 떨어져 내렸고 전기선이 끊어지면서 스파크가 일었다.

"왜 이래, 당신 뭐야."

문기사가 달려가 팔목을 잡았다.

"누구 합자만 합자고 누구는 개보지냐, 씨팔 좆겉이."

아예 시비를 걸려고 차리고 온 태세였다.

"저거 올려놔."

문기사가 멱살을 잡았다.

"못 올려놔."

"좋은 말 할 때 못 올려놔?"

"그래 못 올려놔."

"아이구, 이 새끼를 그냥 콱."

"오냐, 때려라."

"이런 싸가지 없는 새끼가."

"오냐, 느그 회사 돈 좀 묵자. 때려라."

강미네가 몸을 날려 팔에 매달리고 기석 씨가 청소하다 말고 쫓아 나왔다. 문기사는 길고 청년은 넓은 덕분에 강미네는 그야말로 매달린 꼴이 되어 서슬에 위태로웠다.

"어이, 왜 그래. 문기사 지발 참어."

"왜 그래, 지금 왜 그래."

"이 사람이 괜히 술 묵고 와서 동끼를 발로 차서 안 넘겨부렀소."

멱살 잡고 말리고 어지러운 와중에도 말리는 둘은 말을 주고받았다. 두 사람에 또 두 사람이 달라붙어 밀고 당기고 하다가 강미네가 넘어졌다.

"아이고 씨발, 괜히 술 처묵고 와서 지랄이여 지랄이."

드디어 반장의 성깔이 터질 기세를 부렸다. 그것으로 싸움의

결말은 이미 정해졌다.

"이 씨발놈아, 술을 똥구멍으로 처묵었냐. 왜 사람을 밀어, 응? 왜 사람을 밀어?"

강미네가 두 남자 사이를 파고들어 사내에게 삿대질을 했다.

"이 개새끼야, 우리가 너한테 밥을 달라고 하든 술을 달라고 하든. 왜 사람을 자빠뜨리고 야단이여."

멱살 잡은 문기사의 손이 풀렸다.

"아예 패 직여라, 이 새끼야."

사내는 그렇게 독하지 못한 위인이었다. 하긴 악다구니를 쓰고 달려드는 여인네를 이길 남자가 몇이나 되겠는가.

"내가 어쨌다고."

"왜 말리는 사람을 자빠뜨레. 왜?"

패악질을 넘어서서 한바탕 결전을 치를 각오다. 아예 그레코로만 자세를 취했다.

"어어."

사내는 어떻게 손도 써보지 못하고 연신 뒤로 밀렸다.

"니가 그렇게 쌈을 잘하냐, 이 씨발놈아."

사내는 결국 강미네를 억지로 떨쳐내고 뒤돌아서서 도망쳤다. 기석 씨가 모터를 집어 와 전기선을 다시 연결했다. 호스 때문에 허공에 매달렸던 거라 상처가 크지 않았다. 그쯤에서 싸움이 일단락 지어진 게 다행이었다. 낯선 곳에서 현장을 차리다 보면 싸움은 숱했다. 걸어오는 싸움은 피하지 않되 또 끝까지 가서는 안 되는 게 그곳 생리였다. 현지 사람들과 적정한 친분 상태가 유지되어야 했다. 싸움이 끝장을 보는 지경까지 가다 보면 인부들도 동네 사람 편이 되게 마련이었다. 강미네가 씩씩거리며 돌아왔다.

"씨발놈, 좆도 아닌 것이."

"또 이겼소이."

"아따, 쌈 잘하요. 저런 것은 남자보다는 여자가 붙어야 된당께."

"이히."

"그 배 선원이었지라?"

"오춘 처가 쪽으로 조카 되는 애여."

"형님하고는 사둔이요이."

"오춘이라는 양반이 시켰으까다?"

"그러기야 했겄어. 고생해서 따 온 건디 안 받아주니께 승질이 났던 모양이제. 쩝."

"씨발것이 승질을 부릴 것을 가지고 부려야지. 즈그 홍합 안 받아줬다고 꼬라지를 부려? 가치 없는 것들."

기석 씨가 다시 난감한 표정을 지으며 포장 속으로 들어갔다. 둘은 그날 작업량을 정리하기 시작했다. 강미네가 몸을 또 좌우로 꼬기 시작했다.

"어디 다쳤소?"

"이? 아녀."

"아까부터 몸을 틀어쌌등만. 아프요?"

"암것도 아니어. 그냥 속이 좀 안 좋아서."

훗날 아주 한갓지게 술좌석이 있던 날 강미네가 당시 몸을 틀었던 이유를 말했다.

"문기사, 그때 있잖어. 소호에서 그 동끼 발로 찬 놈하고 쌈하든 날 있잖은가. 나한티 왜 몸을 비트냐고 그랬잖은가."

"참말로 왜 그랬소?"

"진짜 죽겄등만."

"아펐었소?"

"아프긴 아픈 거였제. 챙피해서 나 원."

"웃기는 왜 웃소."

"챙피하지만 말해야겄다. 문기사가 나이는 찼어도 총각이니께 다 알어둬야 써. 강미 아범이."

"……."

"배를 인천에 댄 모양이여. 사내들 거시기 있잖어. 다른 선원들이랑 간 모양인디, 한 메칠 지나니께 거기가 징하게도 근지럽데이."

"근지러워?"

쌍봉댁이 김치를 씹다 말고 모를 일이라는 표정을 했다.

"망구는 가만히 들어봐. 가치 읊이 나서지 말고."

"저것이 또 망구라고 한다요."

"하여간 근지러워 죽겄드라고. 청바지 입었지, 갑바(물옷) 입었지, 긁지도 못하지, 일은 많지."

"거기다 쌈까지 했지."

"헤헤. 쌈할 때는 모르겠등만. 한 삼 일 그러는디 꼭 죽겄드라고. 그게 쌔면발이라는 벌레들이 옮아 댕긴다고 그라대?"

"그란 게 있다드라."

광석네가 말을 받아 강미네의 부끄러움을 가려주었다.

"강미 아배를 봉께 싹 깎었드라고. 누가 그랬다대. 그 병은 싹 깎고 포리약을 쳐야 된다고."

"하이고야."

"자기는 그래서 낫었대."

"강미 너도 꽃잎을 다 깎었냐?"

쌍봉댁이다.

"깎기는 왜 깎어. 약국 가서 약 타 와 발렀제. 깨끗하게 하고 하니께 낫등만. 근디 내가 다 낫고 한 열흘 지났을까. 이번에는 선미가 머리가 근지럽다고 막 긁드라고."

"둘째 선미 말이요?"

강미네가 이마와 머리카락이 만나는 부분을 가리켰다.

"이. 그래서 봉께 이마빡 여기 여기에 두 마리가 머리카락 나오는 구멍에 딱 달라붙어 있등만. 띨라고 해도 잘 안 떨어지대 그게이."

"엄마야. 그래서?"

"징하데 그거. 약 발러 낫었지. 하여간 그때 근지럽던 거 생각하믄 헤헤."

내막은 그랬고 그 인물이 강미네 남편이었다. 강미네가 현장에서 공장으로 돌아오던 날 남편과 싸우고 왔다. 누구처럼 멍이 들거나 하지는 않았는데 피곤하고 짜증난 기색이 완연했고 특유의 생기도 없어 보였다. 자세히 보면 머리채 뜯긴 자국도 있었다.

"세상에, 아줌마도 싸우요이."

문기사가 측은한 얼굴을 했다.

"안 싸우는 부부가 워디 있간디."

"왜 그랬소."

"늦게 들어온다고."

"요즘 집에 있소?"

"이, 씨발놈의 인종."

그러고는 말도 하기 귀찮다고 손을 내저었다. 하루 내내 탈판 작업을 했다. 탈판 작업을 할 때는 사람들이 말이 없었다. 팬 작업이나 다른 일을 할 때는 시간이 맞춰진 게 아니기 때문에 여자들이 새살도 까고 우스갯소리도 하고 그러지만 탈판 작업 때는 작업 속도가 정해져 있기 때문에 다른 생각을 할 틈이 없었다.

우선 공장장이 출고를 달고 냉동실에서 꽁꽁 언 팬을 가져온다. 그러면 김씨가 힘센 여자들을 데리고 덤벼들어 사방 턱이 있는 작업대에 쏟아붓고 날개로 홍합을 떼어낸다. 그걸 바구니에 담아 탈판 작업대로 옮긴다. 광석네가 손바구니에 1킬로그램씩 저울로 단 다음(이 일이 감각이 예민하고 눈썰미가 빠른 광석네의 특기이다) 넘긴다. 다음 사람이 그것을 받아 조금 더 큰 바구니에 넣고 얼음물에 두어 번 헹군 다음 비닐봉지에 담아준다(이게 클렌징인데 언 홍합을 얼음물에 담갔다가 꺼내면 얇은 얼음 피막이 생겨 잘 녹지 않는다). 그걸 받은 사람이 넘기면 이번에는 실링기로 비닐을 봉합한다. 그러면 문기사나 공장장이 이십 개씩 착착 박스에 집어넣고 밴딩을 한다. 대차에 차곡차곡 실은 뒤 입고를 달고 냉장실로 옮기는 일이 탈판 작업의 순서였다. 조금만 게으름을 부리면 눈앞에 일감이 쌓이므로 모두 아무 말 않고 자기가 맡은 일을 하게 되었다. 강미네는 일의 진행을 매끄럽게 이끄는 게 주 임무인데 별다른 사고가 없으면 얼어 있는 팬을 털거나 문기사가 대차를 끌고 가는 것을 밀어주었다.

별말들이 없기도 했거니와 강미네는 하루 종일 시무룩했다.

싸우는 경우야 당사자 말대로 숱했다. 친척 중매로 만나 결혼해 딸 둘 낳고 살지만 어차피 마음에 맞지도 않고 새삼 사랑이니 행복이니 하는 것은 애들이 쓰는 말로나 듣는 입장인 데다 다정다감이 무슨 뜻인지도 모르는 남편이랑 한집에서 살 대고 지내니 싸움이 흔할 수밖에 없었다. 단지 아이들의 아버지라는 이유로 살고 있었다.

강미네 남편 최씨는 요지부동이었다. 여자들이 공장 다니는 집안 남편치고 번듯한 이가 드물지만 그중에서도 최씨는 으뜸이었다. 주먹질 잘하기로는 석이네 남편이 우뚝 솟아 있고, 집안이 어떻게 굴러가는지 나 몰라라 내팽개쳐버린 위인으로는 광석네 남편을 알아주고, 세상만사 훌렁훌렁 대략적으로 사는 부류로는 쌍봉댁 세대주를 찍어주지만 그 모양 없는 사내들을 총체적으로 모아놓으면 만들어지는 인물이 최씨였다.

물론 바꾸어 말하면 최씨는 누구보다는 주먹질이 덜했고(강미네가 워낙 잽싸고 야무져서 잘 맞지 않기도 했다) 누구보다는 그래도 집안을 알았고, 누구보다는 열심히 배를 타는 측이었다. 최씨는 빠치망(멸치잡이배) 선원이었다.

그러나 그는 배에서 배운 버릇을 제대로 집 안에서 써먹었고 아는 것은 없되 아내가 무시한다고 분연히 떨치고 일어나 패악질을 했고 돈을 벌기는 하되 홀로 쓰는 사람이었다. 친구도 별로 없어 어장이 나면 어장에 나가고, 없으면 집에서 텔레비전을 보며 누가 술 먹자고 부르는 것만 기다렸다. 세상 물정이 어두워 아이들 책 글자라도 한 자 보아주지 못했고 동사무소나 어디에서 나랏일로 찾으면 눈만 뻐끔거리며 얼른 돌아가기만 기다렸다. 은행 갈 줄도 몰랐고 가게에서 뭐 하나 사 들고 들어오는 법도 없었다. 그가 들고 오는 것은 배에서 간혹 얻어걸리는 생선이 다였다. 생활비는 강미네가 공장 일로 벌었고 아이들 뒷바라지도 모두 그녀의 소관이었다. 그런 남자와 재미나게 산다는 것은 처음부터 계획에 없던 거였다. 주변 남자들과 비교해 남편이 좋은 점을 굳이 찾는다면 딱 하나. 물정 모르고 계산속이 어둡기 때문에 노름을 못 한다는 것이었다.

그러니 새삼스러울 것도 없었다. 혼자 씨발 거리며 출근해서 일에 파묻히다 보면 어느새 썩은 마음이 다 사라지게 마련이었다.

누구든 막상 작업을 시작하면 집안에 있던 사사로운 것은 금방 잊게 되고 그게 되려 일에 전념하게 만들었다. 친구들과 농담하고 막걸리도 한잔하고 팔 걷어붙이고 일 처리하고 시빗거리가 붙으면 야무지게 대응하며 하루 날이 저물면 상하고 꼬였던 속은 흔적도 없이 풀린다. 그런데 그날은 그렇지 못했다. 사람들이 보기에도 강미네는 맥을 놓아버린 모습이었다. 그런 것을 내보이지 않으려고 단속을 했지만 우울한 기분이 그대로 얼굴에 올라가 붙어 있었다. 마음과 낯바닥은 어찌 그리도 한통속으로 가는지 알다가도 모를 일이었다.

문기사는 4층 높이로 박스를 쌓은 대차를 조심스레 밀고 냉장실로 향했다. 냉동창고는 냉동실 외에 100평부터 150평짜리까지 열 개의 냉장실이 있었다. 8번 냉장실에서 짐을 부렸다. 이곳은 영하 10도 정도로 더운 날에는 일부러 일 찾아 들어올 만큼 시원했다. 영상 30도를 웃도는 무더운 여름날 문기사는 영하 35도 냉동실 안에서 짐 정리를 한 적이 간혹 있었다. 한 시간 정도 일을 하다 밖에 나오면 근 70도에 가까운 온도 차이 때문에 몸이 간지럽고 몽롱하니 붕 뜨는 기분이 들곤 했다. 거기에 비하면 냉장실은 일하기에 딱 좋았다. 혼자 박스 정리를 하고 잠시 앉아 있는데 들어오는 사람이 있었다. 승희네였다.
"박스가 하나 떨어졌습니다."
문기사가 받아 홀쩍 던져 올렸다. 승희네 이마에 땀방울이 보

66　홍합

였다.

"앉았다 갑시다."

"쫌 그랍시다. 앗따 시원한 거."

"반장 언니 무슨 일 있다요?"

"남편이랑 싸웠는갑습디다."

둘은 박스 무더기 사이 오목한 곳에 있는 팔레트에 엉덩이를 붙였다. 120평 냉장실에는 홍합 박스 외에도 미역·갈치·서대·게 따위들이 포장되어 있거나 그냥 내용물만 뭉쳐 잔뜩 쌓여 있었다. 이런 자리라는 게 처음부터 우스갯소리나 하며 넘어가면 자연스럽게 되고 아주 짧은 한순간에 어색하고 심각한 것에 잡히면 또 그렇게 되는 거였다. 둘은 자연스레 있을 수 있는 정점을 놓쳐버려 말없이 앉아 있었다. 그렇듯 말 없는 시간에 마음속에서는 더 많은 말들이 만들어지는 법이었다. 그러나 그렇게 만들어지는 말들이란 게 입 바깥으로 나오기는 아주 어려운 것들이어서 문기사는 문기사대로 큼큼 헛기침만 하고 승희네는 승희네대로 어색한 시간을 보내고 있었다. 그 속에서 보낼 수 있는 시간이라고 해봤자 고작 5분 정도. 그예 승희네가 슬그머니 어깨를 기대 오기 시작했다. 문기사는 속으로 놀라기도 하고 싫지 않기도 해서 그냥 어깨를 대고 있었는데 말로 만들어지지 못할 많은 것들이 작업복을 통해 오고 갔다. 마침 그는 말을 풀 기회를 찾았다.

"이게 뭔지 아시오?"

승희네 쪽으로 맞은편에 한 귀퉁이가 풀어진 박스가 하나 있었다.

"뭔디요?"

"개지 젖꼭지요."

"에? 뭣이라고라."

"개지 안 있소. 키조개. 그거 껍질하고 몸하고 이어주는 꼭지 안 있소. 그거만 떼다가 냉동해놓은 건디. 나도 엊그저께 알았소. 저쪽 냉장실에 이거 박스가 있는디 여기 직원들이 한 박스 숨켜놓고 구워 먹습디다."

"예에."

문기사는 손을 뻗어 박스 속에서 내용물을 꺼냈다. 꽁꽁 언 조개 꼭지가 몇 개 잡혔는데 공교롭게 팔은 승희네 어깨 너머로 있게 됐다. 문기사가 얼른 손을 거두지도 못하고 어정쩡하게 있자 승희네가 팔을 끌어 어깨를 덮게 했다.

그래서 뭐가 어떻게 될지 그건 둘 다 모를 일이었다. 아무도 없는 냉장실 안에서, 둘만의 밀폐된 공간이었으므로, 모를 일이었지만 그래도 일어나지 않는 일은 아니라서, 입을 맞추거나 껴안거나 해도 되겠지만 공장에서 사람들이 기다리고 있기도 했고 또 냉동 기사가 쑥 들어올 수도 있어서 문기사는 그대로 있었다. 승희네도 그대로 있었다.

몸은 그대로 있었지만 마음은 그대로 있지 못했다. 둘의 마음은 같이 한 곳으로 날아가기도 했고 따로따로 제각기 저 좋을 곳으로 떠다니기도 했다.

"뭐 하니라고 인자 와?"

석이네가 그냥 넘어갈 리 없었다.

"박스가 무너졌길래 다시 쌓고 왔소."

둘은 뜨끔했다. 그러나 박스 재정리는 쉬 있는 일이었고 또 그가 말들을 막고자 주머니에서 키조개 꼭지를 꺼냈기에 사람들의 관심은 먹을거리로 쏠렸다.

"이, 개지 아닌가?"

쌍봉댁이 먼저 아는 척해왔다. 문기사는 뒤도 돌아보지 않고 보일러 뚜껑을 열고 그것을 넣었다.

"그건 꾸 묵어야 맛있는디."

"이 더운 날 어딨다가 불을 놓겠소. 저건 삶은 것도 아니고 찌는 것이니께 괜찮을 거요."

문기사가 기다렸다가 수증기에 익은 조갯살을 꺼내 오자 여인네들이 입을 앞세우고 모여들어 하나씩 입에 물고 다들 돌아가고 국동패만 남았다.

"우리 나가서 한잔하까? 어쩨."

강미네가 옆구리를 찌르고 부추겨 모두들 나섰다. 공장장이 뒤처리하느라 한 30분 기다린 다음 버스에 올랐다. 문기사로서는 참으로 모처럼 타보는 버스였다. 버스는 신풍 비행장을 지나 덕양, 석창을 거쳐 여천시를 빙 돌아, 쉴 곳은 모조리 쉬어가며, 쳐다볼 것은 남김없이 쳐다보며 여수로 향했다. 이 여자들은 날마다 이 시간을 들여 출퇴근을 했다. 눈치로 보아 한 시간씩 걸리는 버스 시간이 힘들고 따분해 집과 가까운 공장으로 옮기고 싶어 했으나 반장인 강미네와 떨어지기가 아쉬워 여태 그 먼 길을 다니고 있었다.

공장에서는 날고 기는 이들이지만 이렇듯 버스에 올라타면 궁색스럽고 가년스런 몰골이 그대로 살아났다. 별다를 것 없던 퍼머머리는 값싼 태를 그대로 내보이고 없던 잔주름마저 남김없이 도드라져 땀으로 번진 입술연지와 어울려 꼬여 있는 인생을 배반 없이 나타냈다. 딱 하나 난 맨 뒤 가운데 자리에 쌍봉댁을 앉히고 나머지들은 반원을 그리며 섰다. 버스는 이제 막 하굣길과 만나 타고 내리는 학생들로 가득 찼는데 입이 싸기가 여인네들 뺨치는 것들이 그 애들이라 온통 장바닥처럼 와글바글 낄낄깔깔 요란해 그들은 별말 할 기분이 아니었다.

잔뜩 열어놓은 창문이고 환기구를 통해 한여름의 뜨거운 기운이 밀려들었다. 지나가는 산과 밭, 논은 온통 푸른데 바람 없이 햇살만 가득한 그 풍경이 무거워 어쩌면 가장 왕성한 생명력이란 저렇듯 무겁고 힘든 색깔을 등에 이고 있는 것 같기도 했다. 기사도 조용하고 돈 내고 탄 이들도 조용히 더운 기색에 눌려 입을 봉하고 있는데 역시 청춘은 청춘이라 중고등학생들만 떠들어댔다. 하긴 그 나이가 가장 말들을 많이 만들어내는 시기이기도 했다. 한 가지 보거나 들으면 열댓 가지 곁가지들이 생겨나는 때인데 닥치는 대로 떠들고 하다 보면 나이 들어 그중 몇 가지가 남아 생각 속에서 커지다가 나중에 저를 지탱하는 골격들이 될 터였다.

미평을 지나 시내로 접어들자 서교동 로터리에서 쌍봉댁과 석이네가 내렸다. 모처럼 공장장하고 문기사도 나왔으니 같이 가서 한잔 마시자고 꼬드겼으나 쌍봉댁은 가야 할 시간이면 어김없이 가는 버릇을 살려 몸을 일으켰다. 그것을 보고 석이네도 따라내렸다. 가정이란 또 다른 눈으로 보면 그런 거였다. 아무리 죽여 살려 해도 해 질 때 되면 버릇처럼 찾아 들어가는.

"그래 가라, 드런 것들."

광석네가 야무진 한마디로 그들을 놓아주었고 재잘거리던 학생들이 순간 조용해지며 이쪽을 바라보는 것도 상관 않고 말했다.

"가서 서방 각시 보듬고 잘 묵고 잘 살아라."

창문을 통해 뒤통수에 뒷소리까지 박아주었다. 내린 여인네 둘은 재재 웃으며 뜰까 말까 하고 있는 버스로 뛰어가 갈아탔다. 남은 일행은 시내 복판에서 내렸다. 잠시 공론이 있었다. 강미네는 자기가 사람들을 데리고 나온 만큼 책임도 있고 또 이판사판의 허물어진 마음도 있어서 횟집으로 가자고, 조금은 인사치레가 담긴 소리를 내었는데 공장장이 곧바로 안 된다고 자르고 나섰다.

섬이 고향이고 그곳에서 왕년에 고깃배 탄 이력이 있는 공장장은 횟집 들어가는 것을 제일 꼴사납게 여겼다.

"횟집 가서 봐봐. 양식 아닌 것이 워딨어. 아나고가 딱 하나 자연산인디 요즘 아나고 시켜봐. 팔지도 안 해. 하여간 못된 것만 골라 배우는 것들이 그것들이여."

그 소리에 누가 무엇 무엇은 자연산이 많다고 하면 그냥 넘어가는 법 없이 시비를 따지곤 했다.

"웃기고 있네. 바닥에서 고기 잡아다가 어항에 늫어봐. 스트레스 받아서 바로 몸살을 앓는 것들이 그거여. 지름기가 쫙 빠지지, 저항력 떨어져서 아프지. 암것도 모름서."

그런 인물이었으니 막고 나설 만했다. 그러나 광석네가 받아주지 않았다.

"우리는 회 묵지 말라는 법 있냐. 가자, 가서 분빠이로 묵자."

그래서 돌산대교니 이런 모양 좋은 횟집은 버리고 항구 식당가로 접어들었다. 강미네나 광석네가 아는 집이 없을 리 없었다. 그들이 두 남자를 대동하고 찾은 곳이 일명 짜잔이집. 태광식당이라는 간판이 버젓한데 아줌마 손끝이 맵지 못해 늘 이런저런 것들이 정리되지 않아 꼴사납다고 그들이 붙인 이름이었다.

짜잔이네는 별명답게 빈 그릇, 양념 그릇, 술잔, 술병이 닥치는 대로 뒤엉켜 있다. 탁자와 의자는 비틀 배틀이고 바닥에는 생선 가시와 비늘이 눌어붙어 물걸레 만나본 지가 언제더라, 하고 있었다. 방문은 열려 있고 방 안부터 홀까지 키가 높은 곳에는 옷가지들이 아무렇게나 얹어져 있다. 주인 여자 얼굴 또한 크게 다르지 않다. 어서 오십시오 소리도 없이 이 왔소, 가 다이다.

"행주 좀 줘보시요."

강미네가 행주를 찾아 탁자를 치우고 그릇을 개수통에 옮겨주었다. 그러거나 말거나 여자는 지나가는 사람하고 무슨 말인가를 나누고 있다. 공장장 취향대로 낙지를 시켰다.

"짜잔이네가 달리 짜잔이넨가. 여기 가위 좀 주시요."

광석네가 얼굴에 잔웃음을 머금었다. 물기가 가시지 않은 접시에 흔한 당근 쪼가리 하나 없이 낙지만 달랑 꽈배기 춤을 추고 있는데 손끝이 야물지 못하면 칼끝이라도 여물어야 하거늘 이 집은 칼도 주인을 닮은 모양이다. 낙지 다리가 제대로 떨어진 게 없어 한쪽 끝이 모두 이어져 있다. 양념 그릇도 마늘 고추가 한곳에 담겨 있고 겨자 간장 테두리에 초고추장이 묻어 있다.

"여기는 뭐 주라믄 언지 올지 몰라."

강미네가 다시 서서 가위를 찾아 잘랐다. 술 한 순배가 돌고 이윽고 일행은 이 술좌석의 이유로 돌아갔다.

"요즘은 어장이 없는갑소이."

공장장이 먼저 최씨에 대해 입을 열었다.

"씨언하게 털어나봐."

광석네는 단도직입이었다. 그러자 기다렸다는 듯 쏟아져 나왔다.

"요즘은 어장이 없어서 집에만 있는디. 어저께 우리 장부 맞추니라고 늦게 갔잖어. 꼬라지가 나 갖고 사람을 잡도리를 할라고 그라등만. 그래서 요만저만해서 늦게 왔다, 알다시피 반장 일이란 게 보통 직원하고는 다르다, 그래서 월급이 다만 한 푼이라도 더 많은 거 아니냐, 당신이 언제 벌어서 가지고 들어와봤냐, 다 그 고생 해서 벌어 새끼들 입히고 멕이고 학교 보낸다, 하니께 좆도 아닌 것이 갈치려 든다고 지랄을 하고, 나를 집 안에 앉혀둘라면 당신이 좀 두 새끼 먹일 돈을 벌어와라, 당신 간조 타면 술 묵고 헛

남과 여 73

짓거리하는 데다 다 써버리지 않냐, 그러면서 뭐 잘났다고 사람을 괴롭히냐, 도대체 왜 그러냐 하니께 그런다고 지랄하고 하이고."

"……."

"핑 나가드니 어이서 술을 묵고 와서 세상에, 꼭괭이 자루를 들고 들어오든만 문고리를 잠그대이. 버릇 고친다고. 그것을 들고 후리는디 세상에, 사람을 아예 잡을라고 발광을 하등만."

"옴마, 지랄하드란갑다. 미친 새끼."

"워떻게 했소?"

공장장이 물었다. 얻어맞은 데가 있느냐 없느냐는 뜻이었다.

"문고리를 걸어 잠그는디 그냥 있으믄 죽었다 싶으드라고."

최씨는 방문을 걸어 잠그고 기선 제압 조로 우선 강미네 가방을 후려갈겼다. 가방은 잠금 쇠가 터지면서 동시에 벽 쪽으로 날아가 앉은뱅이 옷장 위에 외로이 서 있는 로션병을 덮쳤다. 좁은 방 안에서 길쭉한 곡괭이 자루가 춤을 추니 뭐 하나 걸리지 않는 게 없어 얻어맞은 족족 박살 나고 깨졌다. 손거울도 깨지고 옷걸이도 분질러지면서 넘어졌다. 깨질 만한 것을 한바탕 깨부수던 곡괭이 자루가 이번에는 강미네를 향하고 섰다. 강미네는 겁에 질려 숨 가쁜 와중에 머리를 굴렸다.

도와달라고 소리쳐봤자 어느 누구도 오지 않을 게 뻔하다. 그게 이 동네의 불문율이었다. 그렇다고 꼼짝없이 당할 수는 없었다. 이 사내는 이러고 나가면 그만이었다. 마누라 버릇 잡았다고 술좌석에서 무용담이나 늘어놓을 인물이지 않은가. 성병이나 옮기는 사내에게 잘못도 없는데 매까지 맞는다는 것은 죽기보다 싫은 짓이었다. 너 오늘 죽었다, 하며 몽둥이를 들어 올리는 남편에게 강미네는 작전을 바꿨다.

"알았어, 내가 다 잘못했으니까 그것 좀 내려놔. 하라는 대로 다 하께."

마누라가 저자세로 나가자 최씨의 기세는 조금 누그러졌다.

"니가 나를 갈치러 들어 이 씨발년, 오늘 너 내 손에 죽어난 줄 알어."

남편 손이 조금 내려갔다. 순간 강미네는 손을 뻗어 몽둥이를 껴안으며 문 쪽으로 몸을 날렸다. 최씨는 깜짝 놀라 몽둥이만 뺏으려 들었다. 죽어라 씨름을 하면서 한 손으로 문고리를 벗기는 데 성공한 강미네는 밖으로 뛰쳐나왔다.

그제야 걱정 반 재미 반 모여 있던 이웃들이 도망치는 여인네와 뒤쫓는 남자 사이를 가로막았다. 울며 따라오는 아이들을 데리고 강미네는 사촌 언니네로 갔다.

"씨발놈의 인종을 워떻게 해야 쓰냐."

광석네는 동료 의식이 발동했고 두 남자는 한숨을 길게 내쉬었다. 도무지 총각 것들로는 뭐 할 말이 없었다. 공장장은 직책이 반장보다 높고 문기사는 대학썩이나 다니면서 가나다라 해봤다지만 그러한 파탄에는 묘책이 없었다. 그들은 어렸고, 사람은 지혜로 늙는 것이었다. 둘은 비어 있는 강미네 잔에 술이나 채우는 게 일이었다.

"쪼개져부러라."

"나도 그러고 잡다만 그러는 너는."

"나는 얼굴이라도 안 보니게 속은 편해. 안 봐야 될 것들은 안 봐야 써."

"누가 그 인종이랑 살고 싶어 산다냐. 새끼들 불쌍항께 그러지."

"그러다 신세 조진다니께. 생각해봐라. 새끼들한테 그 애비가 뭐 좋은 것을 하겠냐. 좆피리는 승질은 개같어도 그래도 민석이하고 마누라 위할 줄도 알고 다만 한 푼이라도 벌어볼라고 뽈딱거리는 것이지만 강미 아빠는 안 되겄다."

"하이고 모르겄다. 한 잔 더 줘."

밤바다는 아름다웠다. 멀리 돌산대교 불빛은 수면을 타고 바로 눈앞까지 미끄러져 와 있다. 저 작은 불빛은 어둠을 기다렸다가, 사람들이 모두 그 컴컴한 어둠 속에 묻히고 나서야 제 삶을 시작하고 있었다. 항만에 묶여 있는 크고 작은 배들은 하루 동안의 노동을 끝낸 놈이나 여러 날째 마냥 쉬고 있는 놈이나 사이좋게 옆구리를 대고 잔물결에 출렁거리고 있다.

그들은 항구의 길을 걸어 맥줏집을 찾았다. 애들이 걱정된다며 강미네는 서둘러 돌아갔다. 야무진 반장이었지만 시내의 환한 간판 불빛을 배경으로 버스에 올라탈 때는 그 자그마한 몸이 더욱 움츠러들어 보는 사람의 마음을 아프게 했다.

항구 여수가 밤이면 빛나는 게 돌산대교 외에 또 하나 있으니 바로 술집들이었다. 발에 치이는 게 술집 간판들이었고 눈에 얼어 걸리느니 바로 술차였다. 불빛 찬란한 거리를 걷고 있는데 빠앙, 누가 맞은편 자가용에서 아는 척을 해왔다.

"어이, 공장장, 어디 가."

"어, 안녕하십니까?"

"홍합 작업은 잘된가?"

"그런대로 됩니다요. 요즘 어떻습니까?"

"노상 그러네."

"어디 가십니까?"

"누구 좀 만나러. 한잔했구만. 얼굴색 좋은 것 본께."

"예, 했습니다."

"또 보세."

몸집 큰 자가용은 미끄러지며 멀어졌다.

"금해수산 사장이지?"

물끄러미 바라보던 광석네가 먼저 입을 열었다.

"아시오?"

"쥐포 할 때 댕겼어. 그거 해서 저 회사 돈 많이 벌었지. 저 인간이 즈그 식구들은 맨날 비싼 디서 외식하믄서 경리는 도시락 싸 오라고 시킨 인물이여. 지금도 그럴껄?"

"유명하답니다."

공장장과 광석네가 주고받고 문기사는 걸으며 듣기만 했다.

"저 사람만 그란가. 여수 공장 사장들치고 쓸 만한 인물은 하나도 읎어. 맨날 입가에 버캐 물어가면서 수출 역군이니 외화 획득이니 잔뜩 떠들어놓고 노름하고 첩질하러 댕기는 것들이 저것들이여. 씨발놈의 것들. 저것들이 언지까지 저럴까 몰라. 저러다 끝내 망하고 말제."

"그래도 쉽게 망하겄소."

"아니여. 쥐고기가 언지까지 그리 잡히겄어? 그리고 고기가 계속 난다 해도 심보 그렇게 써서 부자 이 대 간 것들 못 봤어."

"그건 그렇습니다."

"망하믄 즈그들만 망하믄 좋지. 저런 것들은 즈그들 묵고살 것은 다 빼돌려놓을 건디. 진짜 망하는 것은 그 밑에서 고생하는 사람들이여."

그들이 밀고 들어간 맥줏집도 사람들로 바글거리고 있다. 항구는 항구라 술 취해 떠드는 사람이 없으면 섭섭한 법이기도 했다. 사람들은 바르셀로나 올림픽이 어떻고 민주당이 저떻고 김영삼과 정주영이가 회담을 했는데 국회 부분 정상화가 되어야 하느니 마느니 〈사랑이 뭐길래〉의 대발이가 어쨌느니 내년에 꼭 엑스포를 보러 가느니 못 가느니 정신없이 떠들어대고 있었다. 돈이 많기도 했다. 90년대는 이렇게 화려하게 시작되고 있었고 그러고 보면 취객들의 이야기도 급수가 많이 높아졌다.

붕어빵을 든 여자

    코와 입이 두루뭉술하고 살이 좀 찐 석이네는 고개를 약간 숙이는 버릇이 있었다. 쌍꺼풀이 깊고 그윽하게 졌는데 외꺼풀이고 남은 쪽 눈은 약간 작아 애교 부리며 눈웃음을 치면 기막힌 데가 있었다. 국동패 막내라 자기들끼리 놀 때면 궂은 일을 도맡아 했다. 우스갯짓을 할 때 나서기 좋아하지만 그녀 말대로 '경우'에 맞지 않는 일이 벌어졌을 때면 팔목 걷어붙이고 앞장서기도 마다하지 않았다.

    석이네가 외출을 내서 시내를 다녀오겠다고 했다. 공장에서 공원들의 외출은 없었다. 외출이란 사장 이하 최소한 장 자 붙은 급들이나 하는 거였다. 그러나 석이네는 석이네였다.

    "응? 공장장. 워쩌케 해. 아들놈 담임이 한번 왔다 가라고 그저께 어저께 이틀을 내리 전화가 왔는디. 씨발것. 가기 싫지만 어쩌겠어, 새끼 미운털 안 백힐라믄 선생 주둥아리를 또 막어줘야지. 이러다가 방학 돼블믄 거시기 항께. 이? 나 딱 한 시간만 나갔 다 오께, 응?"

국동패들은 시범 조교일 뿐 아니라 공장장하고는 이곳 신풍 에 오기 전, 시내에서 처리장을 할 때부터 아는 사이였다. 그러나 공장장은 곤란하다는 표정부터 지었다.

"사정이야 알지만 외출 나가믄 여기 신풍 아줌마들은 워쩌케 한다요. 누구는 내보내주고 누구는 안 내보내주고 한다요?"

"오늘 꼭 오라고 했는디 워쩌었어."

"사정이 그란디 좀 내보내줘."

강미네도 거들었다. 그녀는 한 3일 남편을 피해 사촌네서 딸 들과 살다가 얼마 전 최씨가 어장을 나가면서 다시 집으로 들어갔 다. 어장에 가기 전 최씨가 찾아와 손이 발이 되게 빌고 빌어 없던 걸로 해주었다지만 그런 다짐의 약효가 얼마나 갈지 몰랐다.

석이네는 자신이 주특기로 가지고 있는 눈웃음을 한껏 치며 애교를 부렸다.

"좀 보내줘오오. 응? 한 번만. 내가 맛난 거 사 오께 응?"

"앗따 참말로. 그럼 이렇게 하시오. 문기사 따라서 현장 댕겨 온 걸로 할 테니께 딴 사람한테 암말 마시요이."

공장장의 허락이 떨어지기가 무섭게 그녀는 고개를 돌려 문 기사를 찾았다.

"문기사, 문기사님. 어딨어요, 나랑 같이 현장 댕겨옵시다. 사 이좋게 갔다 옵시다."

점심 먹고 현장 나가는 문기사 따라 석이네는 여천에서 내려 버스를 탔다. 오는 데 버스 타는 시간만도 근 한 시간 걸리는 곳이라 말이 좋아 그렇지 도저히 한 시간 안에 갔다 올 거리가 못 되었지만 생각보다 늦어 오후 새참 시간이 다 되었을 때야 돌아왔다. 문기사는 이미 공장에 돌아와 있어서 일 때문에 현장 따라 나갔다는 여자가 혼자 검은 비닐봉지 하나 달랑 들고 여러분 고생이 무척 많아요, 어쩌고 해대고 들어왔으니 신풍패들의 눈이 곱지만은 않았다.

"합자공장 직원 여러분, 붕어빵 하나씩 드세요. 아무 말 말고 하나씩 드세요."

노랫조로 아우르며 앉아서 눈만 뜨고 있는 사람들에게 식어서 비틀어진 붕어빵을 하나씩 돌렸다. 강미네에게 말을 들어 알고 있던 쌍봉댁이 눈치 없는 한마디를 했다.

"너 버스 놓쳐서 늦었지야. 그래서 이바지(선물)로 이거 사 온 거지야?"

석이네는 쌍봉댁 무릎을 치며 웃고 본다.

"아니, 늦어서 사 온 것이 아니고 이거 사느라 늦었어."

여자들의 눈이 모두 석이네로 쏠렸다.

"많이 사니께 오래 걸려서 그렇지야."

"저기, 돌산 나룻배 타는디 붕어빵 장수 할아부지 있잖은가."

"이, 그 늙어서 허리 잔뜩 꾸부리고 있는 노인네?"

강미네가 말을 받아주자 공장장이 잠시 강미네를 째려보았다. 석이네의 덧거리가 계속되었다.

"멫 살이나 묵었이까, 그 할아부지. 칠십은 넘었겠지이. 그 할아부지 허리가 안 피져서 얼굴이 붕어빵 기계에 붙을랑 말랑 항께."

흉내까지 냈다.

"이렇게 얼굴이 빵 굽는 틀 위에 딱 떠 있는디 콧물이 코끝에 대롱대롱 매달려서이 떨어질 동 말 동 하고 있잖어. 그래서 저것이 원지나 빵 속으로 떨어지끄나, 이제나 떨어지나 저제나 떨어지나 쳐다보다가 늦었당께."

으, 아이고 더러워. 붕어빵 먹던 손이 일순 멈췄다. 그녀가 사는 극동과 돌산 선착장은 여수 시내를 두고 반대편에 있어서 학교에 다녀온 다음 뭔가를 또 일 보러 갔으련만 사실이든 아니든 석이네의 사살은 끝나지 않았다.

"그것이 밀가루 푼 거 늫고 앙꼬를 딱 찍어서 심을 박을 띠 콧물이 한 방울 똑 떨어지믄 고것이 간간하게 간도 맞추고 하여간 그래서 그 할아부지 붕어빵이 유명하당께. 하나 사 묵을라믄 주문이 밀레서 한참 기달려야 돼. 이거 굽는 디도 한참 걸렸응께."

"그래 그 영감 콧물이 들어갔냐?"

쌍봉댁이다.

"딱 두 군데 한 방울씩 해서 두 방울 들어갔는디 모르지, 누구 손에 들렸는지."

"나 안 묵어."

"어째 맛이 좀 이상하드라."

신풍패들은 석이네가 혜택을 받아 몰래 외출을 나갔다 왔는지 어쨌는지는 순간 말짱 다 까먹어버리고 그녀의 야살에 홀라당 넘어가고 있었다.

"아이고, 걱정들 말고 잡숴주세요. 영감 콧물 들어간 것은 하나도 읎응께요."

그래도 중령네, 제주도댁, 승희네같이 젊은 층은 먹던 걸 슬며시 내려놓았다. 나이 든 이들은 버리고 싶어도 이미 배 속으로 들어가버린 다음이었다. 석이네는 그런 여자였다.

석이네 남편은 좀 숭악한 별명이 있는데 바로 좆피리였다.

"좆피리가 뭐여 좆피리가. 여편네들이 돈 번다고 우르르 몰려댕김서 술이나 처묵고 혹시 어디 놀 일 읎나 눈이 시뻘개갖고 사는 것들이닝께 서방을 알어도 좆으로 알제. 그런 것들이나 되니께 좆피리라고 부르는 거여. 하긴 좆이 피리기는 하다 니미."

이렇게 말했던 김씨 말대로 워낙 사방팔방을 들쑤시고 다니는 이들이라 누구네 서방 알기를 짜다 만 행주 대하듯 해서 그렇기도 했으나 인간 같지 않은 별명이 붙은 이들은 나름대로 이유가 있었다. 신모모라는 이름자가 주민등록증에서나 쓰이고 여인네들 입에서 거시기 피리로 인정사정없이 격하되고 비하되는, 말 그대로 피리 소리 나버리는 이유는 바로 주먹질 때문이었다. 강미네도 그렇고 김씨네도 그렇고 심지어 쌍봉댁 남편까지도 팔목에 짠물 좀 물혀본다 싶은 이들은 잊지 않고 아내에게 주먹으로 말문을 트곤 했지만 그중에서 유독 심한 게 석이네 남편이었다.

아침에 출근하는데 석이네 눈자위에 파랑 물이 들어 있었다. 국동패들이 모두 자기 살로 여겨 바르르 떨었다.

"오메, 너 눈이 왜 또 그러냐?"

"눈탱이가 씹탱이 돼부렀지? 앞전에 성님 짝 나부렀어."

맞고 온 여인네는 대놓고 대꾸를 하며 파랗게 웃었다.

"누구냐? 좆피리냐?"

"누구겄어, 좆피리제."

"씨발것이 어쨌다고 또 손을 댔다냐. 딴 디 손대기 좋은 이쁜 디도 쌔부렀구만 어째 눈탱이를 봐부렀쓰까."

쌍봉댁의 이런 소리까지 나오면 어색하던 분위기는 금방 우습게 변해버리고 자연스레 남자들의 폭력에 관해 일대 성토가 벌어졌다.

"어째서 얼굴을 팼으까이."

"도망이라도 치제 그랬소."

"이녁 귀한 줄을 모르는 게 사내들이랑께. 말로 하믄 될 것 같고."

조용하게 가슴 아파하는 측은 신풍패들이었다. 그러나 국동패는 달랐다.

"내 것이나 넘 것이나 하여간 씨발것들이랑께. 즈그들이 주먹 씬 것 하나 빼고는 잘난 것이 뭐가 있어?"

"피리좃을 그냥 뿐질러부리제 그랬냐."

"밥해주지, 돈 벌으다주지, 애 놔주지, 멋을 잘못했다고 가치
읎이 은어맞냐 맞기를 이 빙신아. 다음번에는 니가 달고 나와서
슥 달 열흘 패 직에뿌러라, 좃 같은 것."

간간이 자신들도 눈가에 푸른 꽃을 달고 오면서도 누구 하나
그 몰골로 오면 천하에 못 볼 꼴 봤다는 듯 성화였다. 친구가 같은
몰골이면 더욱 가슴이 아픈 모양이었다. 그러나 그들에게는 그런
분노가 웃음의 다른 면이었다.

"누구는 가만히 앉아서 맞을라고 그랬당가. 안 되겄다 싶어서
펑 뜨는디 라이타로 여기를 딱 방궈불등만."

"오매, 지가 선동열이다냐?"

"선동열이믄 돈이나 잘 벌지."

"이번이는 또 왜 그랬냐?"

"트럭 후진을 한다고 뒤를 봐달랑께 내려서 오라이 오라이."

그 대목에서 석이네는 팔을 휘두르며 오라이 소리를 목소리
까지 높여 착실히 흉내를 냈다.

"오라이 하다 봉께 뭐 깨지는 소리가 나등만. 나는 그냥 오라
이 소리만 하고 있었는디 뒤차를 꽝, 박어분 거여."

그녀는 제 이야기에 스스로 재미나서 그 몰골에 쌍봉댁 어깨
도 치고 무릎에 얼굴까지 묻어가며 웃어댔다.

"오매, 어쩌야 쓰까."

쌍봉댁의 큰 눈이 더 커졌다.

"내가 운전을 알어 뭘 알어. 오라이 오라이 한다고 그대로 빠꾸를 하다가 사고쳐부른 거여. 나가 뭘 잘못했어. 망구, 나가 잘못했어. 안 했어?"

"이 씨발년이 또."

"차 박고 나서 하루 종일 꼬라지를 내등만 결국 눈탱이까지 봐불등만."

국동패를 싫어하는 김씨만이 꼴이 고소하다고 흘흘 웃고 다녔다.

"오라이 한 것도 죄여? 시키지를 말등가. 나 참 드러워서."

그리고 끝이었다. 그녀가 눈가의 파랑 물을 부끄러워한다는 것은 전무하고 눈이 마주칠 때 정도였다.

일명 좆피리인 석이네 남편이 간혹 공장을 찾아오는 것도 그냥 넘어가지 못할 풍경이었다. 40대 초반인 석이네가 파랑 물을 들이고 온 그날도 공장을 찾아왔다. 1미터 90 정도의 껑충하고 마른 사내가 문을 내립다 밀고 거위 머리처럼 고개를 길게 뽑아 휙휙 두리번거리면 영락없는 그이였다. 배 타다가 선장이나 선주가 될 가망이 전혀 없다는 것을 뒤늦게 깨닫고는 얼마 전 운전면허를 따고 빚을 내(국동패들이 모아서 꿔주었단다) 트럭 하나 장만하여 싣는 것보다는 빈 차로 주로 싸돌아다니는데 순천 갔다 내려오는 길에 들렀다는 거였다.

자주 보아 얼굴을 진작 익힌 공장장이나 문기사가 인사를 했다.

"어이, 욕보네. 민석이 엄마 어디 갔는가?"

단어 사이에 쉬는 공간 없이 빠르게 말을 내뱉었다. 말이 급한 사람이 그러하듯 발음도 정확하지 않았다.

"들어가보시오."

사내는 여자들이 바글거리는 곳에 조금도 거리낌 없이 불쑥 들어서서 눈에 띄는 대로 아는 얼굴을 불렀다.

"어, 망구, 잘 살았소?"

"오메, 저것까지도 망구라고 한다요."

"민석이 어매 어디 갔소?"

"몰라. 도망가부렀어. 맨날 패는디 붙어서 살림해줄 여자가 어디 있어? 뭐 존 일 했다고 깨대 찾아와, 찾아오긴."

사내는 피식 웃었다.

"쪼끔 기다려보시오. 변소 갔소."

강미네가 곱지 않은 표정으로 나서서 눈 코 입을 똑같은 크기로 벌리고 뚤레거리는 사내를 진정시켰다. 사내는 조금이라도 가만있지 못했다.

"요즘 어쩐가?"

묻는 대상은 공장장이었다. 안면이 전혀 없는 김씨와는 눈빛만 몇 번 맞추고 말았다.

"어찌고 자시고 할 것 없이 노상 그렇습니다."

"공장마다 돈 버는 소리가 들리는구만. 사장들 좋은 일 났어."

"공장 잘되믄 좋지. 석이네 돈이 어디 딴 디서 나온당가. 죽고 살기로 벌어서 새끼 서방 믹여, 꾹 참고 살림해줘, 도대체 뭐가 어찐다고 주먹질이여 주먹질은."

쌍봉댁은 만난 김에 말뚝 하나 박아보려고 보기 드물게 단단히 또아리를 트는 기색이었다.

"니미 망구는 그래서 망구여. 석이 어매 한 달 일해서 육십만 원 벌어오믄 사장한티 육십만 원밖이 못 벌어줬이까? 사장한티는 삼백 사백 벌어주고 지는 기껏 멫십만 원이여. 그랑께 공순이밖이 못 해묵지. 어이 공장장, 망구 돈 주고 일 시킬 만항가? 나 같으믄 짤라불겠네."

"저 좆피리 새끼가요. 주먹만 휘두르는지 알었드만 주둥아리까지 나불대네."

얻어맞고 온 것을 곁에서 보며 가슴이 아팠던 쌍봉댁 눈에 야무진 기운이 가시지를 않았다. 석이네가 저만치에서 들어섰다.

"아이, 나 좀 보자이."

그런데 석이네는 막상 남편이 눈앞에 있으면 당당하던 말뿐새며 행동이 순간 사라져버리고 순한 강아지 모습이 되었다.

"왜 왔소?"

"잠깐만 나와보랑께."

사실 뻔했다. 돈 달라는 것이다. 보통 때는 기름값 명목이었으나 그날은 조금 달랐다.

"차 고친 값 내놔."

"보험으로 처리한다메?"

"받친 차는 보험으로 하는디 우리 차는 뭔 돈으로 고친다냐?

얼릉 내놔."

"내가 왜 내놔? 운전은 자기가 했으믄서."

"어허."

그 정도 되면 상황은 종결되었다. 차 수리비는 고스란히 석이네 지갑에서 남편 호주머니로 넘어가는데 여자들이 차와 관련된 속을 알 길 없어 분명 부풀려져 있게 마련이었다. 돈을 받아 쥔 사내는 두 번 생각 않고 바로 발걸음을 돌렸다.

"어디 차 고친 데 좀 봅시다."

"인자 고쳐야지. 어이 나 가네이. 욕들 보소. 어이 망구, 우리 각시 술 좀 엔간히 믹여."

그러고는 표표히 사라져버렸다.

"저 쌍놈의 좆피리가요. 나가 믹인다냐? 즈그들이 나한테 억지로 믹이제."

그러나 그의 동작이 어찌나 빠른지 쌍봉댁의 발변이 따라가지 못했다.

"또 돈 뜯겠지야. 아이고 이것아, 맨날 달라고 해서 주믄 어쩌자는 거냐."

화살이 사라져버린 남자 대신 남아 있는 여자에게로 날아왔다.

"맞어도 싸다. 작것. 달라는 대로 주믄 저 버릇 언제나 고쳐진다냐?"

"어차피 쓰자고 버는 돈."

"염뱅한다. 때리믄 맞고 돈 주라믄 주고."

"왜 그래. 자기는 안 맞고 온갑다."

"나랑 느그들이랑 같냐? 니 말마따나 망구는 맞아도 젊은 느그들은 안 그래야 쓰지. 아이고 속이야."

석이네와는 친한 사이지만 광석네는 한참 다른 데가 있는 이였다. 워낙 여러 사람이 모인 곳이 공장이라 이런 사람도 있고 저런 사람도 있지만 젊거나 늙거나 다 한꺼번에 세우고 인물을 뽑으라면 단연 영순위가 그녀였다. 나이는 강미네 동갑으로 위로는 쌍봉댁을 성님으로 모시고 아래로는 석이네를 친구 같은 아우로 삼고 있다. 고향은 여수에서 뱃길로 한 시간 떨어진 남면도(島)의 어느 마을.

섬에서 크는 아이들을 보고 어른들이 내리는 평가들은 다양하지 못했다.

"저런, 구신이 물고 가다가 내뿌릴 것 같으니, 그런 것은 커서도 두고두고 옆에 사람들 등골이나 파먹을 것 되지 지가 뭣 되겠냐."

"한 가지라도 쓰잘 데가 읎는 놈이여, 그놈이. 잘돼야 여수 역전 그지 된다. 두고 봐."

"애가 참 영특해. 크게 될 거여."

"인물이드라, 그놈은. 공부도 질 잘하고 맨날 반장만 한다메?"

이렇듯 몇 가지 안에 다 들어가는 게 인물평이었다. 물론 그 사이 말 없는 공간에 끼어 있는 대다수의 애들은 그렇고 그렇게 자라 적당히 취직을 하든지 말든지, 군대에 말뚝을 박든지 말든지, 장가를 가든지 오든지, 애를 낳든지 말든지, 선산을 지키든지 말든지, 하는 애들이라 굳이 인물평이 필요 없었지만.

어렸을 적 고향에서 좋은 평만을 골라서 듣고 자란 이가 바로 광석네였다. 얇되 또렷한 쌍커풀 아래 맑은 기운이 담겨 있는 눈, 딱 좋은 자리에서 딱 좋을 만치 오뚝하게 솟은 코, 정면에서 보면 반쯤 보이는 동그란 콧구멍, 그걸 얇다고 해야 하나 두툼하다고 해야 하나, 하여간 정반대되는 두 가지 말이 뒤섞여야 어울리는 입, 균형 있는 얼굴에 적당한 크기의 키. 누가 봐도 타고난 미모라 할 만한 인물이었다. 당연히 총기가 좋고 눈썰미도 예민하기 마련이어서 헛짓거리가 없는 동작들과 격을 이뤘다.

그래서 광석네의 장기는 저울질이었다. 탈판 작업을 할 때 남자들이 낱개로 떨어놓은 냉동 홍합을 가져다주면 좌우 균형으로 무게를 맞추는 저울에 바구니로 대충 담아 올려놓는데 그녀의 손이 가는 것은 딱 일 킬로그램에 맞아떨어졌다. 감각이 있다 하는 여인네들도 노상 서너 개를 덜든지 더하든지 하게 되는데 그녀는 다섯 번 달면 그중 한 번 정도 가감을 하는 편이었다.

한번은 몹시 바쁠 때였다. 선적 날짜가 바뀌어 며칠을 내리 탈판을 해 돌려야 물량을 맞출 수 있었다. 사람도 있는 대로 그러모아 두 팀이 탈판을 했다. 팬 작업을 못 하기 때문에 현장도 쉬었다. 그런데 광석네가 몸살이 났다고 결근을 해버렸다. 하루를 그냥 없는 대로 했다. 문제가 저울질이었다. 저울질이 빨라야 전체 일 진행이 빠른데 가장 젊은 제주도댁을 세워보니, 묵은데기들보다 낫기는 했지만 광석네와는 차이가 졌다. 대책회의가 열렸다. 야간 일을 하면 맞출 수는 있지만 여수 시내 공장이라면 모를까 신풍면에서 야간 일까지 하기는 여간 어려운 게 아니었다. 우선 여인네들이 못 한다고 아우성이었다. 시아버지 시어머니 남편 시동생 아들 딸은 물론, 송아지 돼지 염소 개 닭도 끼어들고 논일 밭일 제사 등등 지남철에 쇳가루 달라붙듯이 발목을 잡아끄는 것들이 넝쿨넝쿨 달려 나왔다. 결론은 하나, 전무가 나서 광석네에게 통사정을 했다.

다음날 새벽 바람으로 문기사가 시내로 내려가 광석네를 싣고 왔다. 워낙 심하게 앓아 이틀 만에 얼굴이 해쓱해져 있었다. 문기사가 진통제 아스페직을 사와 근육주사를 놓았다. 그리고 일을 했다. 새참 때가 되면 그녀는 방에 들어 끙끙 앓으며 누웠다가 나왔다. 너무 힘들어하는 것 같아 함부로 말을 못 붙였다. 입을 꼭 다물고 힘의 태반을 몸 버티는 데 쓰면서도 저울질은 한 치 오차가 없었다. 문기사가 모셔주고 모셔 오며 3일을 그렇게 했고 선적 전날 물량이 맞추어졌다. 광석네에게 하루치의 유급휴가가 내려졌다.

인물값에 맞추어 쓸데없는 농담도 덜하는 편이 그녀였다. 그렇다고 뒤에 물러앉아 점잖이나 빼는 부류는 아니었다. 주로 석이네가 떠들고 강미네가 받쳐주고 쌍봉댁이 당하면서 뒤쫓아 가고 하는 질서 속에 그녀는 입 다물고 말이나 듣다가 부족한 부분들을 메우는 역할을 했다.

분위기나 돌아가는 형세를 보아 술을 마시든지 그만 놓고 집에 가든지, 어디를 가든지 오든지, 마지막 판단은 주로 그녀의 입에서 나왔다.

광석네는 남면에서 중학교까지 우등생으로 졸업했다. 그러나 아무리 예쁘고 똑똑해도 섬 출신 여자가 할 수 있는 일은 정해져 있었다. 집안일로 사춘기의 나머지 부분을 채우고 중매로 결혼을 했다. 여수 남자였다. 그런데 오리무중이란 것이 인간 속이었다. 그렇게 예쁜 아내를 두고 남자는 별 까닭도 없이 밖으로만 맴돌더니 하나 있는 아들이 중학교에 입학하고부터는 숫제 집과의 인연을 끊었다. 도대체 어디에서 무엇을 하고 사는지 아무도 몰랐다. 몇 달에 한 번씩 나타나 얼굴만 한번 비춰주고는 또다시 흔적이 없었다. 그녀는 그 뒤로 아들 하나 키우면서 홀로 살고 있었다.

속사정을 알고 돈깨나 있다는 홀아비들한테 중신이 들어오기도 했다. 그러나 남편은 이혼만은 해주지 않았다.

"아싸리 쪼개지자고 하면 쪼개질 것이고 합치자고 찾아오면 합칠 것이다. 이 남자는 무슨 구신병이 들었나 이혼도 싫다 하고 같이 사는 것도 싫다 하고 뭔 속인지 몰르겄어."

그 소리밖에 그녀 입에서 나올 게 없었다. 친정어머니가 어디서 용타는 무당을 불러 굿도 해보았으나 무당의 영험보다는 남편한테 씐 귀신이 더 용했는지 전혀 차도가 없었다. 헤어질 것도 포

기하고 같이 살 것도 포기한 채 그녀는 공장 일로 세월을 보내고
있는 중이었다.

　붕어빵을 하나씩 입에 물려주었으나 그게 사람 마음을 흐뭇하
게 해줄 것도 못된 데다 영감 콧물 운운까지 한 마당이라 불만스러
운 눈치가 다 막아질 리 없었다. 몰랐으면 모를까 누구는 더운 여
름날 공장 안에서 땀 흘리고 있는데 누구는 개인적인 일로 외출을
나갔다 왔으니 눈에 걸리고 속이 상할 수도 있는 일이었다. 공평하
지 못한 것이 사람의 마음을 가장 상하게 하는 법이었다.
　당사자인 석이네가 미안한 표정을 지으면서 조용히나 있으면
모를까 천성이 뭐에 걸리지 않는 여인네라 여태까지 웃고 떠드
는데 하필 국동패들과 나란히 서서 붕어빵 굽는 영감을 시발로 선
생한테는 5만 원 찔러줘부렀다, 이틀치 일당 날아가부렀다, 하더
니 곧바로 종화동 공장에서 일하던 왕년의 이야깃거리를 풍성하
게 긁어냈다.
　예전에 신월동에 있는 모모 수산공장은 10분만 나갔다 와도
시간에서 깠다, 거기는 암것도 아니다, 종화동에 있는 거시기 수
산공장은 누가 앉아 있는 꼴을 못 봤다, 오줌도 시간을 정해서 눠
야 했지 않았냐, 몸에서 기름을 짜내듯이 사람을 들볶는다, 그것
들이 사람들이냐, 그렇게 벌어서 뭐에다 쓴지 아느냐 그 공장 사
장이 첩이 둘이라더라. 엄마야, 하나 있다는 것은 알았는디 둘이
나 되는 줄은 몰랐다, 어떤 사장은 주식만 몇 억 된다더라, 또 누구

사장 마누라는 알아주는 복부인인데 무슨 면 땅 반절이 다 그 여자 것이라더라, 어떤 사장 마누라는 한 달 용돈이 오백만 원이라더라, 맞다 그 여자가 우리 딸내미 학교 선생들을 몽땅 불러 회로 도배를 해줬다더라, 그 덕에 그 집 새끼가 총학생회장을 했다더라, 안 망하고 살아질랑가 모르겠다, 자기들 입맛에 맞는 세상이 천년만년 가는 줄 아는 모양이다, 그것들이 망해야 하는데 그것들 망하면 우리는 또 뭐 먹고 사느냐, 휘유 우리 신세가 어쩌다 이렇게 더럽게 돼버렸냐, 어디 사는 노인 하나가 자린고비로 유명한데 돌산대교 공원 터를 한 푼 안 받고 기증했다더라, 나도 들었는데 쓸 만한 부자는 여수 땅에 그 노인 하나라더라, 이러쿵저러쿵 여러 가지가 그곳에서 나왔다.

말하자면 개처럼 긁어모아 황제처럼 쓰는 천민자본가들이 한 두름에 엮이고 있는데 급기야 옆 작업대에서 볼멘소리가 나왔다. 마음이 꼬이는 것을 가슴속에 담아두고 마는 사람도 있지만 그렇지 못하는 이들도 있게 마련이었다.

"혼자 나가더니 동자삼을 삶아 묵고 왔나 드럽게도 떠든다."

"맞어."

"저도 속이 있어 미안하기는 한 모양이제. 붕어빵 사 온 거 봉께."

"붕어빵 하나 믹에놓으믄 단 줄 알어."

"맞어."

"맞기는 뭐가 맞어, 개가 몽둥이로 맞어?"

이러쿵저러쿵 팬 작업 하는 손을 놀리며 자기들끼리만 들리게 흠을 잡던 뒷말질이 자신도 모르게 조금씩 커지다가 국동패 귀에까지 들어가게 되었다. 석이네가 놓치지 않았다.

"아따, 아싸리 말해서 예, 일이 있어 좀 나갔다 왔소. 미안하요. 됐소?"

"사람들이 경우 없이 그것 좀 가지고 뒤에서 구시렁거리기는."

안 들리게 뒷동을 달았는데 그게 또 그쪽 귀에 들어가버렸다. 볼멘소리를 맨 처음 내뱉은 삼일댁이 잘 걸렸다는 듯 앞으로 나섰다.

"경우? 경우 좋아하네. 누가 경우를 모르는지 모르겠네."

삼일댁은 점심때 꼭 집에 다녀오는데 몇 번 늦어서 공장장한테 눈총을 받은 적이 있었다.

"내가 급한 일이 있어서 좀 나갔다 왔다고 말했지 않소."

"누구는 급한 일 없어? 급한 일 없냐고."

이런저런 수산공장 사장들을 가지고 입방아를 찧던 국동패들이 입을 다물었다.

"어허, 또 싸운다, 또 싸워."

문기사는 현장으로 가고 공장장은 사무실에 들어가 있어서 유일한 남자인 김씨가 말리려 들었으나 기세가 서지 않았다.

"내가 그쪽한테 피해를 줬소, 어쨌소? 왜 그러요."

"풍년거지가 더 섧다는 말도 몰라? 풍년거지가 왜 서럽겠어."

"뭔 소리를 하는지 모르겠네."

왜들 그러냐, 그만둬라, 이쪽서 당기고 저쪽서 말리고 하는데도 두 여인네의 목소리는 커져만 갔다.

"아따, 그래서 석이네가 미안하다고 안 했소. 미안해서 붕어빵도 사 왔구만. 그만하시오."

강미네가 나서서 말렸지만 국동패 소속이라 이런 경우에는 반장으로서의 권위가 잘 서지 않았다.

"같잖은 붕어빵? 붕어빵 못 묵어서 죽은 귀신 붙었는갑다."

"붕어빵이 무슨 죄요? 축 늘어져서 불쌍하게 생겼등만."

승희네가 나서서 사람들을 웃겨 다들 웃었으나 삼일댁의 얼굴에는 딱딱한 기운만 더 살아났다.

"솔직히 여기서 도중에 바쁜 일 읎는 사람이 워딨어. 공장 경험 좀 있다고 전무가 봐주고 공장장이 봐주고 반장도 봐주고 하니껜 제 집 안방으로 여기는 거 아니여, 시방. 경우가 그게 아니여."

국동패들에 비해 신풍패들의 위치가 척지어 은근히 속상한 것까지 결국 불거져 나왔다. 이번에는 신풍패들의 입이 무겁게 닫혔다.

"댁들은 집이 가차워서 일 보기가 수월하지만 나는 여수라농께 시간이 많이 안 걸려부렀소."

"우리는 집이 바로 졑이라도 일할 시간에는 한 번도 못 가봐. 사람이 그르믄 못써. 공장장하고 반장하고 친하다고 쏙닥쏙닥 해갖고는 말이여."

"이 엄씨가 왜 이런다냐, 참말로. 아, 내가 나갔다 온 시간은 까끔 될 거 아니요."

석이네도 화가 났다.

"까든 말든 사람이 그러믄 못써."

김씨가 말려도 안 되기에 공장장을 데리러 갔다.

"왜 이러요. 어쨌다고 쌈하요."

다들 조용해졌다. 강미네로부터 자초지종을 듣고 난 공장장은 한심하다는 얼굴로 잠시 석이네를 힘주어 노려보았다.

"솔직히 말해서 누구는 나갔다 오고 싶어도 못 나가는데 누구는 나갔다 오고. 경우가 그래서는 안 되지."

상한 속이 진정되지 않는 삼일댁이 공장장 들으라고 뒷말을 덧붙였다.

"예, 알았으니까 그만하시오. 인자 어떤 누구도 외출은 없으니께 그리 아시고 일합시다 예? 얼릉 일합시다."

공장장은 사람들을 눌러놓고 다시 사무실로 갔다. 한동안 어색한 시간이 흘렀다. 가장 답답해하는 이는 석이네였다. 천성이 시원시원해서 마음에 검불 남겨 두기를 싫어하는 데다 이 사단의 원인이 자기 때문이어서 끝내 입을 다물고 있지 못했다. 석이네 스스로야 누가 어떤 혜택을 받든지 말든지 신경도 쓰지 않을 터이지만 사람 마음이 다 그렇지 않다는 것을 잘 알고 있었다.

"예, 아줌마. 나가 잘못했소. 우리 새끼 때문에 학교에서 담임이 꼭 한번 왔다 가라고 그래서 그랬소. 학교 한번 댕게올라고 공장을 하루 빠질 수도 없고 해서 살짝 갔다 온단 게 어찌 하다 봉께 그리됐소. 마음 풀으시오."

석이네가 사람 좋게 얼르기 시작했다. 말투가 그런 데다 자식 문제 때문이었다니 삼일댁도 같은 얼굴을 계속하기도 어려웠다. 할 말을 웬만큼 내지른 다음이어서 꼬였던 소가지도 얼추 풀린 다음이었다. 묵은 여인네들의 장기가 여기에서 또 나왔다. 즉석 화해가 이루어지는데 바로 별것 아닌 것을 가지고 부풀려서 사람을 웃기기 시작하는 거였다.

"니미, 미안하믄 붕어빵이 뭐여 붕어빵이. 영감 콧물 들어간 거 딱 하나? 아나 붕어빵이다."

화해 방식은 석이네도 마찬가지였다. 깔깔깔. 석이네는 뭐가 그리 우습다고 혼자 허리를 접어가면서 웃고 나더니 박자를 맞춘다.

"아까 말 안 했소. 영감 콧물이 들어가야 간이 맞다고."

여인네들이 와르르르 웃었다. 공장 속의 심각한 공기가 순간 화기애애한 분위기로 바뀌었다.

"나 같으믄 그리 안 해. 진짜로 미안하다믄."

"그라믄 뭐 사야 돼요?"

"사줄라고?"

"나보고 잘못했다고 그러니께 시키는 대로 해야제."

광석네가 나서서 화해 분위기를 더욱 돋우었다.

"사부러 니미랄 것. 뭐든지 사부러. 아줌마, 뭐가 묵고 싶소.

얼릉 말해보시오."

공장 안은 헐겁고 가벼운 공기로 가득했다.

"붕어가 뭐여 붕어가. 살라믄 회 한 사라(접시)는 사야지."

"당첨. 석이 너 회 사야 쓴다이."

그러고 있는데 승희네가 비집고 들었다.

"누구는 사주고 누구는 안 사주고 그라믄 또 쌈 나니께 살라믄 다 사줘야지라."

"옴메, 석이 너는 인자 죽어부렀다."

"좋아. 사라믄 사지. 근디 가만있어봐. 나 돈이 얼마나 있는지 좀 보고."

석이네가 몸짓을 과장해서 천장을 향해 지갑을 열어보자 다들 까르르 난리가 났다.

"어허, 누구네 덕분에 오늘 회 묵게 생겼네야."

"굿 한번 나겄구만."

"그람 술은 누가 사야 쓰는 거여?"

"술은 문기사보고 사라고 하믄 되지. 차로 델다줬응께."

"금반지 폴아도 못 사대겠구만. 가불해 가불."

장난으로 받아들이는 이들도 있고 진짜 회 먹을 기회로 여기는 이들도 있고 하여간 바글거리느라 잠시 일이 지체되었다.

"자, 회를 사든 외를 사든 일이 끝나야 묵든지 말든지 하니껜 얼릉 일합시다. 전무님이나 공장장 와서 뭐라고 하믄 뭐랄 거요. 김씨 아저씨, 어디 갔다냐 이 양반은. 김씨, 팬 작업 다 된 거부터 얼릉 입고시키시오."

그쯤에서 강미네가 나서서 부풀어 오른 입과 마음을 정리해서 일이 다시금 시작되었다.

일이 참 공교로울 때가 있다. 전혀 상관이 없는 두 개의 정황이 마치 각본이라도 짠 듯이 딱 맞아떨어질 때가 있었는데 바로 그런 일이 일어났다.

떠들다가 다시 작업대에 눈을 박고 나서 근 한 시간. 시간은 6시가 다 되어 길고 더웠던 하루가 슬슬 마무리되어가는 중이었다. 진짜 회는 아니더라도 뭔가 근수 나갈 만한 것을 얻어 먹을 꿈을 꾸든지, 한두 명도 아니고 열댓 명 입에 어떻게 기름진 것을 집어넣어주겠나 얼른 끝내고 집에 가서 시원하게 목욕이나 하자 하든지, 어쨌든 끝나는 시간만 기다려지는 순간이었다. 문기사가 막차로 가지고 올라온 220킬로그램을 부지런히 손가락에 가속도를 붙여가면서 필름에 깔고 있는데 갑자기 공장 밖이 소란해졌다.

누군가 공장 앞길로 다다다다 급하게 뛰어 내려가더니 얼마 있지 않아 이번에는 여럿이 우르르 몰려 내려가는 소리가 들렸다. 일하는 도중이라 나가 보지는 못하지만 다들 무슨 일인가 궁금해 몸은 여기 있으되 정신은 이미 바깥 소리를 뒤따르고 있었다.

"뭔 일 났나."

강미네가 길로 갔다가 돌아왔다. 일제히 손을 놓은 눈들이 한쪽으로 쏠렸다.

"뭔 일이요?"

"불 났소?"

"몰르겄네. 다들 바께스를 들고 뛰는디 어디서 연기는 안 나고."

성질 급한 근태네가 젖힌 포장으로 고개를 내밀고 뒤늦게 줄 달음을 놓고 있는 아낙 하나를 억지로 불러 세웠다.

"아이, 경호야. 무슨 일 났냐? 노태우가 뒈졌다냐?"

"몰라. 나도 말 듣고 나가는 중인디 쩌그 포도밭 옆 논에서 광어랑 우럭이 떼 지어 댕기당만."

"뭐여? 광어하고 우럭이 뭐 하러 논에서 떼 지어 댕긴다냐. 낮도깨비 나왔다냐?"

"나도 몰라. 들은 이야기여."

아낙의 몸은 이미 멀어져가고 있어서 대답은 메아리처럼 들렸다. 순간 다들 멍해지는데 석이네 눈에서 반짝 빛이 일었다.

"바께스, 바께스, 아니 팬, 팬."

그 말과 동시에 이미 석이네는 팬 하나를 들고 뛰기 시작했다. 빠르기로는 광석네도 빠질 수 없었다. 두 여인네는 바람처럼 공장에서 사라졌다. 도대체 무슨 속인가 알쏭달쏭한 여인네들은 석이네 광석네가 사라진 다음에는 더욱 일할 기분이 아니어서 하나둘씩 공장 바깥으로 나오기 시작했다.

낮도깨비 짓이든 아니든 두 여인네는 바람을 일으키며 내려가는 사람들의 뒤꽁무니에 매달려 달음박질을 놓은 다음에야 아낙의 말이 사실임을 눈으로 확인해보고 알았다. 4차선 국도 너머로 논이 시작되는데 첫 번째 논에 이미 사람들이 뛰어들어 난장판이었고 차도 옆 노견에는 구경하는 차들이 길게 줄을 지어 서 있었다.

석이네와 광석네는 앞뒤 볼 것도 없이 신발을 신은 채 논으로 뛰어들었다. 참으로 희한한 광경이 그곳에 있었다. 제법 길게 자란 벼 포기 사이로 팔뚝만 한 우럭과 쟁반만 한 광어가 꾸불꾸불 헤엄을 치면서 파닥거리고 있었다. 그러나 논은 이미 벼 반 사람 반이어서 제각기 들고 온 들통에 고기를 잡아넣느라 반듯한 곳이 없었다.

"지금 넘의 논에서 이것이 뭔 짓이여. 얼릉 안 나와, 이 미친 것들아. 빨리 안 나가."

잠방이 입은 노인 하나가 분기탱천한 얼굴로 노여움을 폭발시키는데 사람들은 논 임자가 뭐라고 하는지 귀에 들어오지도 않는 모습이었다. 두 마지기 넘어 보이는 논 하나가 졸지에 쑥대밭이 되어버렸다.

"나가 이 새끼들아. 얼릉 나가, 이 빌어묵을 놈들아."

노인은 푸르르 떨며 되는 대로 나뭇가지 하나를 붙들고 사람들을 쫓아다니기 시작했다. 다들 한 소쿠리씩 담아가지고 차도를 건너 뛰기 시작했다. 석이네와 광석네는 막차라 뻘탕이 되어버린 논을 휘젓다가 별 수확 없이 노인 등쌀에 쫓기기 시작했다. 사람들이 급하게 뛰느라 튕겨져 나온 것들이 그네들 차지였다. 고기들이 워낙 굵어 논에서 건지기는 했으나 챙기기가 어려운 까닭에 도로에 떨어진 것을 적잖이 주울 수 있었다. 그들이 누구인가. 반평생 물건을 다뤄온 이들이 아닌가. 둘은 우럭 모가지 바깥쪽으로 뽀족하게 나 있는 날카로운 가시에 상처 하나 입지 않고 아가미 속을 손가락으로 틀어쥐어 그러모은 다음 노인을 피해 도망을 쳤다. 줄달음으로 차도를 지난 다음 돌아보고서야 논두렁에 누워 있는 트럭이 한 대 보였다. 여수에서 올라가던 활어차가 뒤집어지면서 내용물이 논으로 쏟아져 나온 거였다.

"회다 회. 회 왔다."

"문 닫어, 얼릉."

둘은 씩씩거리며 뛰어 들어왔다. 광어 세 마리에 우럭 다섯 마리가 그들이 뛰어 나가 잡아 온 마릿수였다.

"옴메 세상에, 이게 뭐다냐."

"뭔 일이여? 참말로 논에서 고기가 났당가?"

"벨일이네."

여인네들은 일이고 뭐고 내팽개치고 온몸이 뻘탕이 되어 있는 두 여인네에게로 모여들었다.

"아줌마, 회 사달랬지라? 여깄소. 다 살어 있는 것이요."

삼일댁은 졌다, 싶은 표정으로 입만 멍하니 벌리고 있었다. 그제야 밖에서는 경찰 백차 울음소리가 들렸다. 속내를 들은 여인네들은 웃음보다는 자신이 뛰어가지 못했던 것을 더 아쉬워했다. 일을 서둘러 마감하고 사람들은 작업대에 모였다. 여기서 또 국동패의 실력이 나왔다. 네 여인이 칼을 하나씩 갈아 들고는 순식간에 회를 떴다.

"하여간 뭘 사기는 사야 쓴디 횟감은 잡어 왔응께 대신 술을 사요이."

석이네가 밥집에서 매운탕을 맡기고 술을 사 왔다. 말이 씨가 되었는지 사람들은 졸지에 활어 회를 눈앞에 두고 앉게 되었다. 뭐라고 주고받으며 웃어대는 소리는 야물게 닫아놓은 문짝에 걸려 밖으로 새어 나가지 않았다.

일이 우습게 되어 석이네는 약속을 지켰고 삼일댁을 비롯한 여인네들은 회를 얻어먹었다. 이틀 뒤 논 임자 노인이 집집마다 쑤시고 다녀 고기 잡아 간 집을 골라낸 다음 피해보상을 받으러 다녔기에 보상비는 회사에서 대신 내주었지만.

다섯 색깔 동그라미

    금이네는 신풍 사람으로 공장 여인네들 중에서 가장 키가 크고 몸집도 좋았다. 여덟 명씩 달라붙어 있는 작업대를 바라보면 다들 고만고만한 몸길이라 머리 하나쯤 더 삐죽 솟아난 그녀는 덩치로 가히 장해 보이는 면이 있었다. 덩어리가 그러니 각 부속품들도 품격에 맞아떨어졌다. 손마디가 길고 두툼했고 장화 문수도 가장 높았다. 거기에 풍성한, 바람 맞은 퍼머머리도 전체를 조금은 둔하게 보이는 데 도움을 줬다.

    선이 분명하지 않은, 두껍고 약간 튀어나온 입술에서는 도통 말이 새어 나오지 않았으며 주변 여자들이 말을 거는 경우도 드물었다. 여인네들이 일하면서 새살떠는 모습을 보고 있으면 어떤 질서나 패거리 같은 게 있었다. 30대는 30대끼리 어울리고 40대는 나름대로 그렇고 또 이야기의 성격이나 종류에 따라 도로 윗동네와 아랫동네, 어떤 경우에는 일반 이반 따위로 나뉘어서 주고받는 말의 형태가 달랐다. 종으로 맺어지고 횡으로 엮이는 게 그네들의 계보라면 계보였다.

또래들끼리는 목소리를 낮춰 주로 제 청춘 때 사연들, 남편 흉보기, 시부모 욕하기, 시누이 흠집 내기, 자식 교육에 관한 것 따위로 수업 내용을 삼았으며 지역단위의 인물들끼리는 목소리를 높여 계(契)나, 집안 행사, 지난 14대 국회의원 선거나 다가올 대통령 선거, 동네 품앗이 등이 안건이었다. 그것이 나뉘어질 수 있는 게 팬 작업대가 두 개여서 그랬다. 아침에 일이 시작되면 한 작업대에 나이끼리 모이느냐 마을끼리 모이느냐로 주고받을 이야기의 성격이 구분되었다.

연배들끼리 모이면 너무 웃고 떠든다고 공장장이 짙은 주름 엷은 주름 뒤섞어 일을 시키는 통에 위아래끼리 머리를 맞대는 경우가 많았다. 아무래도 묵은 쪽에서 말을 꺼내고 젊은 쪽에서 말을 받아 이러네 저러네 콩 볶고 팥 찌고 하다가 다시 묵은 쪽에서 마무리를 하는 게 대략적인 순서였다.

떠들기는 젊은 쪽이 떠들고 40대도 대접을 받아 말 품앗이를 하는데 그중 금이네가 가장 조용한 편이었다. 사람이 점잖아서 그렇다기보다는 마을 여자들에게 따돌림을 당하는 듯한 인상이었다. 남편들이 운영하는 마을 상조회 건이 나왔다.

"이번 진석이네 할아부지 돌아가셨을 띠 부주를 왜 삼만 원을 더했다요?"

"누가 글등가?"

"우리 집 아범이 그랍디다."

"나도 들었구만. 딴 집보다 삼만 원 더했다고 그라등만."

"할라믄 똑같이 해야지, 누구는 더하고 누구는 들하고 그란다요?"

"우리 집 아배가 그란디 그 양반이 살어서 동네 일을 많이 봐주고 그래서 친척 아닌 사람들찌리 쪼끔 더했다고 그라등만."

"상조회 회비로 했답디다. 조기 달어주지, 화환 해주지, 노인네 초상에 쌀 한 가마 닷 말로 증했으믄 똑같이 해야 안 돼요?"

"아니라고 하든디. 그 자리서 누구 시 명이 만 원썩 더했다고 그래."

"성식이 아부지가 상조회장이라서 회장 거시기로 했다등만."

뭐 그런 소리가 나오고 있을 때 금이네가 입을 열었다.

"죽으믄 똑같이 죽는디 상조회 부주도 똑같이 해야제."

그러면 다른 이들은 그만두고 상조회 부조 액수에 불만을 나타낸 이마저도 입을 다물어버리고 한동안 조용했다.

"이번 선거가 얼마나 남었다요?"

이렇게 다른 얘기로 넘어가버렸다.

"대통령 선거? 십이월 십팔 일이여."

"정주영이가 대통령 후보로 나오겄지라?"

"대통령 안 나올라믄 미쳤다고 돈 써서 당 맹글어?"

"돈이 많기는 많은 갑스디다이. 앞 전 국회의원 선거 때 국민당 커부른 거 봐."

"그라믄 대중이 김 선생하고 한판 붙겄소이."

"정주영하고만 붙어? 영삼이하고도 붙어야지."

"이번이는 되까나?"

"돼야제. 진이 너는 누구 찍을래? 김영삼이 찍을래?"

"하이고, 김영삼이는 그 입술이 보기 싫어서 싫고예. 나는 마 정주영이 찍을 건데."

중령네는 시아버지한테 술 받아먹고 울고 불고 주정하고 들어간 다음 날 숙취에 시달린 얼굴로 나와서 지금까지 짜증내가면서도 꾸준히 지내고 있는 중이었다.

"정주영이, 왜, 그 사람 입술은 이쁘드냐?"

"그 사람 시켜놓으믄 돈 많이 번다 아이요. 돈 많으믄 좋지."

"지랄한다. 니가 아직 돈이 뭔지를 모르는구만. 아닌 말로 우리가 전라도라 해서 그란 것이 아니고 돈 있다고 정치 잘한다냐? 회사 사장들 델다가 시장 시케놓으믄 아따 잘되겄다. 어쩌하믄 이것을 이용해서 나가 더 벌어볼까, 궁리만 쎄빠지게 할 건디."

"그러면 누 찍어요."

"하나 남었잖어."

"김대중이예? 와요, 전라도라 케서?"

"그 말이 아니여. 대통령은 머리가 있어야 써. 멍청한 인간이 대통령 되믄 그건 실수가 아니고 죄여 죄."

"아따, 똑똑한 거. 누 집 딸이 저리 야무다냐?"

"우리 아버님이 그라드라고. 이번에도 대통령 잘못 뽑으믄 나라 망한다고. 그냥 하는 소리가 아니고 진짜로 그런당만."

"나는 마 아직 잘 모르겠다."

"나라 안 망하믄 손구락에 장을 지지신댜."

그러면 금이네는 잠자코 큰 입을 다물고 손이나 놀렸다. 그렇다고 기분이 상해 보이지는 않았다. 다른 이들이 떠들 때 그녀는 그저 유달리 큰 손으로 쩍 벌어진 홍합이나 하나씩 홀랑홀랑 집어먹었다.

"어째 오늘 합자가 통 죽다이."

너무 떠들었다 싶어 한동안 팬 작업으로 손을 부지런히 놀리다가 누구 입에선가 또 새살이 시작되었다.

"샛바람 불었등가?"

"어이 문기사. 오늘 합자가 어저께 딴 거여, 오늘 딴 거여?"

"오늘 것은 다 오늘 따서 삶은 건디요. 새벽에 나가서 따 왔습디다."

"어저께 바람 불었당가?"

"바닥(바다)에서 샛바람이 좀 불었답디다."

"어저께 것만 해도 영 좋등만 오늘 것은 좀 잘구만."

"이것이 샛바람 불믄 쫄아드는 버릇이 있다메?"

"그런다등만."

"참말로 벨나네이. 바람 분다고 살이 쫄아들고."

홍합은 숱한 패류(貝類) 중에서 요물 중의 요물로 통한다. 생긴 것부터가, 옛말에도 금슬 좋은 서방이 아내와 헤어지는 게 워낙 섭섭해 과거 길을 못 떠나고 있자 아내가 말린 홍합을 하나 주며 내가 보고 싶으면 이걸 꺼내 보시오, 했다고 하듯이 털 있고 감씨 있고 뭐 있고 또 뭐도 빠짐없이 있고 하여 사람들 입에 흐흐흥 오르내리지만 이게 또 워낙 바람을 타는 버릇이 있었다. 살이 통통하게 차 오르다가 샛바람 한번 불면 독 오른 계집처럼 꾸웅하게 안으로 뭉쳐들어 살은 쪼그라들고 엉덩짝에 시커먼 똥만 차버렸다. 그러다 하늬바람이 불면 꿍심을 풀고 똥이 살로 바뀌니 그 변화무쌍함 때문에 얻은 별명이었다.

"사람도 똑같다마. 이 기분에 벌리고 저 기분에 오므리고."

손놀림에 양념으로 치는 말뿐새 끝에 중령네가 깔깔거리기 시작했다.

"진이 너는 또 그 소리다이."

"맞다 아닝교. 서방이 볼 때는 거기가 여시라 카데마. 우리가 봐도 거기가 여시 아닝교."

"여시 겉은 소리 하고 자빠졌다."

"그게 와 진짜 여신 줄 아요?"

"모린다. 똑똑한 니가 알리도."

현장 따라 경상도를 여러 번 행보했던 반장 강미네가 중령네의 사투리 흉내를 냈다.

"사내들은 한번 하고 나면 표시가 나지만 여자들 것은 표시가 안 난다 아이요."

"그게 왜 표시가 안 난다냐? 머시매고 가시내고 다 표시가 나 제."

기다렸다는 듯이 와르르 웃음이 터졌다.

"왔따, 또 헛짓거리 소리들 하고 있구만. 얼릉 일합시다이."

공장장이 한마디 했다. 한동안 조용하기는 한데 히히히 소리 가 아주 없어지지는 않았다.

"여자가 왜 표시가 안 나. 다 나지."

"씻어뿔믄 된다 아이요."

"하긴 그렇다. 뒷물 한번 하고 아닌 보살로 갑자을축 하고 앉 아 있으믄 구신이 와도 모를 것이다."

"그래서 서방질에는 시치미 떼는 게 제일 아이요."

그러면서 여인네들은 슬금슬금 금이네를 힐끗거리기 시작했 다. 금이네는 역시 둔한 체질이라 그러든지 말든지 그리 빠르지 않은 손짓으로 일하랴 주워 먹으랴 연신 정신이 없다.

"아니 막말루 만져본다고 알기요, 찔러본다고 알기요. 들어갔 던 것만 입 딱 다물고 있으믄 메누리도 모르고 시엄씨도 모르요."

"맞당께. 동네 이장이 알겄어, 어촌 계장이 알겄어? 대통령도 모르제."

슬렁슬렁 노랫가락까지 곁들였다.

"그라니께 서방질하제."

그때부터 금이네 얼굴이 조금씩 변하기 시작했다. 변한다 해 서 빨개지거나 하는 게 아니었다. 튀어나온 입술이 저절로 벌어져 더 튀어나오고 무게가 실린 눈심지가 퐁퐁 튀는 말따라 얼굴을 돌아다니기 시작했다.

"참말로 말이 났응게 말인디 사내들이란 게 을매나 근수가 안 나가는 것들이여. 잘생기나 못생기나 그저 그것만 달렸다 하믄 십 리 밖에서 침을 젤젤 흘리고 쫓아오는 것들이여."

"그랑께 그 맛에 하지."

"하모. 하지만 아무나 서방질하는 것도 아이다. 이뻐서 서방질하는 것도 아이고 팔자 사나워 하는 것도 아이다."

"그람 뭣 때문에 하는 것인지 진이 너는 잘 알겄다이."

"알지 왜 몰라. 서방질할라믄 딱 하나. 바로 배짱이 있어야 한다. 얼굴에 철판을 깔아야 완벽하게 시치미를 똑 뗀다."

금이네가 폭발한 게 그때였다.

"이것들이 듣고 봉께 참말로."

금이네의 목소리가 터지듯 올라가자 여인네들의 고개가 저절로 각도를 잡았다.

"이것들이 가만 봉께 사람을 곁에다 두고 막 갖고 노네? 느그들이 지금 나 갖고 우세 잡는 거지?"

"우리가 뭣 할라고 숙모 뎃고 그라겄소. 그냥 해본 소리제."

먼 조카뻘 하나가 발뺌을 했다.

"너 지금 나 가지고 말한 거지?"

금이네의 무서운 얼굴이 중령네 얼굴에 심지를 박았다. 다들 나이와 몸집에 눌려 무초롬해지지만 말을 꺼낸 중령네는 거리낌

이 없었다.

"아지매, 와 이러능교. 뭐가 아지매를 갖고 말했다고 그러요."

"지금 느그들이 서방질이 어떻고 뭐라 그랬냐. 시치미가 어떻고 그랬잖어."

"그래서요? 그기 아지매하고 뭔 상관이 있능교?"

"뭐시여?"

"아지매가 서방질했소? 와 승질을 부리고 그라는데?"

"뭐, 이년이 아구창 터졌다고 다 말인 줄 알어?"

금이네가 순식간에 중령네의 머리카락을 잡아끌면서 상황이 돌변했다.

"어디서 굴러묵다 기 들어온 년이 지금 으른도 몰라보고요."

"와 이라요. 이거 못 놓으요?"

공장장이 달려왔다.

"지금 뭐 하는 거요. 일하다가. 얼른 못 놓으요?"

그러나 눈에 불을 켠 금이네의 귀에 들어올 리 없었다.

"이 씨발년이 뭐시 어쩌구 저째."

금이네가 골격이 있다면 중령네는 마른 체구에 강단이 있었다. 더군다나 자칭 퇴역 중령의 안사람이었다. 군인의 아내란 무언가. 절도 있는 행동과 굽힘 없는 기개로 충만한 이 아니겠는가. 한동안 금이네 서슬에 눌려 머리채를 잡혀주던 중령네도 드디어 불을 붙여버렸다.

"이 애펜네가 하지 마라 카는데 와 자꾸 이러노. 니 한번 맞아

볼끼가."

불곰에게 붙잡힌 들개마냥 깨갱거리던 여인이 고개를 바짝 쳐들더니 곧바로 손날로 머리채를 잡고 있는 손목을 쳐내고 주먹을 아구창에 먹였다.

"오매 저걸 워쩐다냐."

"일 났네, 일 났어."

포악스럽게 힘자랑을 하던 금이네는 단 한 방에 그대로 슬로비디오처럼 뒤로 나가떨어졌다. 우당탕탕. 그 서슬에 대차에 실어놓은 팬들이 나가떨어졌다. 머리카락이 함부로 하늘로 치솟은 중령네가 두 팔을 허리에 딱 걸치고는 나가떨어진 금이네를 내려다보았다.

"이 씨발놈의 애펜네가 사람을 뭘로 보고 이 지랄이노이. 니 한번 죽어볼끼가."

제 나이와 덩치만 믿고 아랫것의 버릇을 고치듯이 드잡이를 놓다가 역전타 한 방에 떨어져 나간 금이네는 맞은 통증보다 저쪽은 서 있고 저는 자빠져 있는 상황이 우선 믿기지 않는 듯 정신을 못 차리고 어안이 벙벙해했다.

"그만 못 하요."

공장장이 목에 힘줄을 키우며 야단을 쳤으나 둘 다 귀가 막혀 있는 상태였다.

"봐라 니, 우리끼리 이야기하는 기 니하고 무신 상관이라고 사람 머리채를 잡아 흔드노. 니 바람폈나? 서방질했나? 말해봐라."

금이네는 말도 못 하고 벌게진 얼굴로 벌떡 일어서서 다시 머리채를 잡으려 했다. 그러나 중령네는 잡힐 사람이 아니었다. 재빠르게 뒤로 한 발 빼더니 헛손질한 금이네의 머리통을 향해 막주먹을 날리려 했다. 그러나 그것은 그대로 행동으로 이어지지 못했다. 공장 문을 열고 전무가 나타난 것이다.

"작업 중에 지금 뭐 하시는 거예요."

손 놓고 눈만 바쁘던 여인네들이 부랴부랴 달려들어 둘을 붙잡고 늘어졌고 남은 이들은 쓰러진 일감을 치우느라 갑자기 바빠졌다.

"작업 중에 장난도 아니고 싸움을 해요? 같이 일하는 사람들끼리 왜 그래요? 공장장. 뭣 때문에 그러는 거야?"

공장장이 머뭇머뭇 똑바로 대답을 못 하자 전무는 기가 막히다는 얼굴을 했다.

"여기는 일하는 공장이지 싸우는 데가 아니에요. 빨리 화해하시고 일하세요. 여러분 싸움하라고 월급 주는 거 아니란 말이에요. 한 번만 더 싸우면 알아서들 해요."

"……."

"김씨는 나이 든 사람이 뭐 하는 거야. 동네 사람들 싸움도 못 말리고 말이야."

"아, 즈그들끼리 새살까다가 쌈하는디요? 내가 말린다고 말이나 듣간디요?"

"공장장, 이리 따라와."

전무가 김씨의 말은 듣지도 않고 공장장을 데리고 사라졌다. 여인네들은 홍합에 맞추던 눈을 다시 들어 눈치들을 살폈다.

"왜 쌈질해갖고 앰한 사람만."

당연히 화가 나는 이는 김씨였다.

"자, 빨리 팬 작업을 다시 합시다. 어이 두 사람도 빨리 합시다."

강미네가 반장 요량을 부려 사람들을 일 쪽으로 몰았다. 달아오르던 분위기가 일순 가라앉아 사람들은 엉클어진 팬 작업을 다시 하느라 손이 바빴다. 싸우던 두 여자도 억지로 손을 놀렸다. 금이네는 씩씩대며 이빨 날을 갈고 있고 중령네도 절대 그냥 넘어가지 않을 태세로 눈에 가시를 세우고 있었다. 넘어진 것을 대충 치우고 다시 팬 작업대에 빙 둘러서서 조용히 일을 하는데 중령네에게서 그예 못 참겠다는 소리가 나왔다.

"와 가만 있는 사람 머리채를 잡아채노 말이다. 미칬나, 죽고 싶어 환장을 했나."

"아, 맞은 사람은 가만히 있는데 때린 사람이 왜 또 그래?"

강미네가 가운데로 나섰다.

"반장 언니도 생각 좀 해보소. 내가 지한테 무신 못된 짓 했다고 사람을 건드노 말이다."

"됐어 됐어. 또 전무님 오시믄 어짤라고 그래."

"전무는 개코나 전무다. 화나믄 나도 전무다."

"그만하라니까."

"진짜 서방질을 했나, 와 발끈해서."

그러자 그때까지 큰 입술로 일자를 그리고 있던 금이네가 눈에 다시 독기를 틔워 중령네를 노려보았다.

"너 자꾸 나불댈래?"

"있는 입 갖고 와 말도 몬 하나?"

"아가리를 찢어뿐다이."

"하이구야. 찢어봐라, 찢어보라카이."

중령네가 몸을 돌려 다시 두 팔을 허리에 찼다.

"그리 야물믄 한번 찢어보라카이."

"어디서 저런 것이 다 들어왔어."

"뭐라꼬? 이기 증말 죽어볼라 이러나."

"동네가 안 될라니께 어디서 경상도 것들이 와서 위아래도 없이 설친당께."

금이네는 자신이 수세에 몰리는 걸 지역감정 쪽으로 몰아가려고 했다. 그러나 선뜻 호응해주는 사람이 없었다. 지역감정이란, 많은 사람들이 생각하는 것과 달리 이럴 때 나오는 게 아니었다.

"싸우다 말고 뭐 하러 전라도 경상도 갈러. 사람이 비겁하게."

근태네가 발근해서 금이네를 공격했다.

"그래 나 경상도에서 왔다. 봐라. 내가 경상도에서 태어난 거 니가 보태준 거 있나. 보태준 거 읎지? 사람이 추잡스럽게 할 말 읎으니까 경상도 욕으로 말을 돌리나. 경상도라 캐봤자 그게 땅속이가, 바다 너머가. 차로 한 시간이믄 경상도다. 야, 참 추잡스럽다. 추잡스러버."

"너 증말 자꾸 그라믄 주둥아리를 쪼사분다이."

"해봐라. 한번 해봐라."

"아따 진이 너도 참 엔간하다. 그만 좀 하라니께."

이번에는 강미네 눈썹이 올라갔다.

"사람이 억울해서 안 그라요."

"그만해이."

"도둑 제 발 제린다꼬, 진짜 서방질을 했으니께 그라는 거 아이가?"

강미네 빼고는 다들 꾹 다물고 조용한데 그 속에서 누구 것인지는 모르게 쿡 웃음이 튀어나왔다. 금이네는 얼굴을 들어 주변을 둘러보더니 갑자기 작업복을 벗어 던졌다.

"나 일 안 해."

"그쪽은 또 왜 그러요?"

"경상도 년들 싸가지 읎다 읎다 하등만 진짜로 싸가지 읎는 년이랑께. 너 은젠가 내 손에 한번 걸리믄 죽었어, 알았냐?"

"낫살이나 묵어갖고 지금 뭐 하는 거요. 젊은 것들이랑 싸우고 나서."

"몰라, 나 안 해."

그러고는 나가버렸다. 말리던 강미네만 멍한 꼴이 되었다. 중령네는 가는 사람 배웅으로 말대답을 안 했다.

새참 시간이 되어 문기사가 막걸리와 참거리를 가져왔다. 다들 심란해하며 둘러앉아 빵 껍질을 까는데 중령네가 그쪽은 쳐다보지도 않고 문기사에게로 다가왔다.

"보소, 문기사요. 나도 한잔 주이소. 마, 속에서 천불이 일어나 몬살겠소."

"잡수시요. 원래 쌈하고 나서 묵는 술이 맛있소."

가득 한 잔 따라주자 오른팔은 여전히 허리에 걸쳐두고 왼손으로 꿀꺽꿀꺽 단숨에 마셨다. 석이네가 스물스물 다가와 칭찬인지 나무람인지 얼른 구분이 안 가는 소리로 자리를 깔았다.

"쌈 참 잘하네이. 나도 한잔 줘."

"승질나서 그란 기지 쌈을 뭐 잘해요."

"젊은 여자가 보통이 아닙디다."

"아줌마도 봤잉께 알 것 아이요. 가만있는 사람 머리카락을 그리 잡아 뜯는디 아, 아줌마라 캐도 안 그랄 기요?"

"참말로 왜 그랬으까?"

한잔 얻어 마신 답으로 빵을 오물거리고 있는 여럿에게 석이네가 눈을 돌렸다. 그게 신호로 키드득 웃음이 터져 나왔다.

"잉? 왜 웃어. 참말로 서방질을 했이까? 누가 설명 잠 해봐."

내내 순한 눈으로 어지러운 풍경을 쳐다보고만 있던 쌍봉댁이 뚤레뚤레 물었다. 그게 웃음을 키우는 촉진제가 되었다. 누구 하나만 입을 열면 그것을 신호로 와르르 쏟아져 나올 분위기였다.

"무슨 좋은 거라고 알라고 하시요. 사람 같지도 않은 것 가지고."

근태네가 딱딱한 얼굴로 흐름을 차단하려고 했으나 이미 그 소리가 뭔가가 있다는 것을 시인하는 꼴이 되어버리고 말았다.

"했구만, 했어."

국동패들이 고개를 끄덕이기 시작했다. 그때 공장장이 들어왔다. 키득거리던 입들이 다시 순하게 빵과 만났다.

"한잔하시오."

문기사가 공장장을 불렀다.

"괜히 암것도 아닌 것 갖고 쌈해가지고."

얼굴이 좋을 리 없었다. 화가 나면 얼굴에 그대로 나타나는 평소 습관대로 달아오르고 일그러진 낯바닥이었다.

"야단맞았는교?"

공장장의 불퉁스런 눈알이 중령네의 얼굴을 한번 훑고 지나갔다.

"미안하요, 나 때문에."

"일이나 하지, 왜 쌈을 해갖고."

"누가 싸울라 캐서 싸왔능교."

"전무는 뭐라고 합디여?"

문기사가 물었다. 공장장은 대답이 없다.

"어쨌든 공장장이 원하던 것 하나는 이뤄졌소."

"무슨 소리여?"

"그 아줌마 일 안 한다고 그냥 갔소."

이 사람 저 사람 모여 있는 일꾼들 중에는 근태네처럼 신임을 한몸에 받는 이도 있지만 눈에 어긋나는 사람이 있게 마련이었다. 공장장이 눈엣가시처럼 생각하는 이 중에 으뜸은 금이네였다. 동작이 느리고 하는 짓도 되통맞으니 곱게 볼 리 없었다. 특별한 잘못도 없는데 그만두라고 할 수 없어 이냥저냥 지내오던 중이었다. 공장장이 사람 하나 빈 자리와 중령네를 둘러보더니 쓴웃음을 지었다. 금이네가 1번이라면 중령네가 2번이었다.

"그러나 저러나 그 아줌마는 왜 그런 거요?"

공장장이 기분을 풀려 들었다. 마땅한 대답 없이 키킥 웃음만 터져 나온다.

"저 사람한테 물어보시요."

김씨네가 남편을 끄집어들였다.

"저이 씨."

동네 사람들은 모두 알고 있는 사실이 있었다.

금이네가 바람을 피웠는데 그 바람이라는 게 좀 생뚱스러운 데가 있었다. 워낙 둔한 체질이라 그랬겠지만 외도라는 게 비밀스럽고 조심스러운 곳이 있게 마련인데 이 여자는 대놓고 외도를 했다. 그것도 멀리 가지 않고 한동네에서.

금이네는 마을 남자 중에 대충 뜻이 가는 남자를 찍어 유혹을 했다. 오다가다 만나면 밤에 뒷산 어디에서 만나자고 했다. 남자 입장에서는 그게 무슨 소리인지 헷갈리게 마련이다. 응당 거시기 소리 풍이기는 하지만 대놓고 뜬금없이 산에서 만나자고 하니 이게 무슨 속인가 싶어 어두운 시간에 뒷산을 오르지 않을 수 없었다. 여자는 이 소리 저 소리 뭔 뜻인지 알 길 없는 말 같잖은 소리를 한참 궁시렁거리다가 슬며시 은근히 몸을 기대왔다. 그러면 남자가 이게 그 소리라는 것을 알았다.

나중 들통이 났을 때 이 대목에서 남자들이 줄줄이 욕을 먹어도 아무 소리 못 하는 게 나왔다. 여자들 입장에서 봐도 이해가 되지 않는 면이 있었다. 아무리 치마만 둘렀으면 침을 흘리게끔 태어났다손 치더라도 해도 너무한다는 거였다. 동네 여자들 줄줄이 세워놓고 인물 평가회를 하면 무대에 오르지도 못하고 뒷전에서 벗어놓은 옷가지나 지키고 자빠졌을 인물이 딱 하나 있으니 그게 금이네요, 품성을 따져보아도 뺑덕어멈 쪽과 계 묻을 물건이 바로 그 여자였다. 인물 처지고 성질 못되고 거기다가 몸매라도 봐줄 만한가 하면 쓸데없이 덩치만 큰 쌀자루라 그것도 아니고 어린 맛으로나 살을 붙여보냐 하면 40대도 중반이 넘은 게 재작년인데 하필 외입을 해도 그런 여자랑 했다고 여자들은 괴롭기 이전에 자존심이 상했다.

어쨌든 그랬다.

"니미 못생겼든 잘생겼든 공짜로 준다는디 안 받아묵을 남자가 어딨어. 아, 말 그대로 공것인디?"

김씨 말대로(자신은 절대로 안 했다는데 그게 사실이라면 그게 더 김씨 자신을 기분 나쁘게 했을 것이다. 못했으니까) 거부하는 남자가 한 명도 없더랬다. 한 번으로 끝나는 남자도 있었지만 여러 차례

간 이들도 적지 않았다. 이름자도 제대로 가져보지 못한 마을 뒷산이 그새 키가 커져 그늘이 넓어졌을 리 없건만 비밀스럽고 은근짜한 일들을 품어 입이 간지러워 호흥거릴 지경이 되었다. 산속이라 해도 나무나 새나 벌레나 풀이나 들쥐나 하여간 살아 있는 것들로 꽉 차 있는 데라 들키지 않기는 어려웠다. 근데 유별난 외도에, 발각되는 과정도 별났다.

금이 아빠는 갑자기 자기 집 달력에 동그라미가 늘어난 것을 보고도 처음에는 이상해하지 않았다. 처음에는 한 달 뒤에 두어 개 쳐져 있어 그게 뭐 부녀회 모임이거나 곗날이려니 싶었다. 두세 달이 지나자 본격적으로 동그라미가 생겨나기 시작했는데 이번에는 금이가 쓰는 컬러 사인펜으로 여러 색깔이 등장하게 된 거였다. 무슨 날이냐고 물어보아도 금이네는 입을 꾹 다물고 대꾸도 하지 않았다.

어느 날 금이 아빠가 그 소리를 술집에서 우연히 만난 친구에게 했다. 어제 마누라가 밤늦게 나갔다 왔는데 오늘 아침에 보니 파란색 사인펜으로 동그라미가 쳐져 있더라, 무슨 계 모임 같은 것을 하더냐고 안사람의 동정을 물었다. 친구는 어제 사건의 주인공이라 괜히 주눅이 들어 있었는데 사인펜 소리를 듣고는 더욱 뜨끔해져서 지나가는 듯한 소리로 파란색 동그라미가 언제 또 그려져 있던가를 물었다. 금이 아빠는 생각나는 대로 대답해주었다. 친구는 그 날짜들이 영락없이 자신이 뒷산에 오른 날들이라서 이 여자가 뭐 하려고 기록을 해둘까 싶어 겁이 덜컥 났다. 일단 모르는 척하고 앉아서 그럼 이번에는 모두 몇 가지 색깔의 동그라미가 있더냐고 넌지시 물어보았고 대략 다섯 가지 색깔이 있다는 대답을 듣고 여자가 상대하는 남자가 자신만이 아님을 알았다. 친구에 대한 미안한 감정도 있고 또 여자에게 정도 가지 않아 정리를 해야겠다 싶기도 해서 넌지시 뒤를 캐보라고 했다. 그 소리가 아니더라도 여자들의 모임이 따로 없었다는 사실을 알게 된 금이 아빠는 미심쩍은 생각이 더욱 커졌다. 그리고 여러 날 뒤 또 밤마실 나가는 마누라의 뒤를 밟아 두 남녀가 뒤엉켜 있는 현장을 잡았다. 친구는 술집에서 그 소리를 해놓고 멀리 객지로 떠버린 뒤였다.

마을에 한바탕 난리가 났다. 여러 집 아낙들의 목소리가 높아졌고 급기야 죽여 살려 부수고 깨지고 요란 벅적했지만 관련된 집 중에 유난히 조용한 곳이 하나 있었다. 사건의 근원지인 바로 금이네였다. 금이네는 안방에 터억 하니 자리 잡고 앉아 두 눈만 끔벅거리며 그래 나는 했다 그래서 어쩔래, 하고 있었다. 그나마 다소 소란한 곳이 작은 방이었다. 금이 아빠의 동생들이 대책 회의랍시고 모였다. 그들은 결론을 만들어가지고 몰려왔다.

"내보내시요. 한동네 남자들, 그것도 하나도 아니고 여럿하고 서방질을 한 여자를 뭐 하러 같이 산다요."

금이 아빠는 줄담배질에 한숨만 내쉬었다.

"동네 챙피해서 워찌게 산다요. 내쫓으시요."

"휘유."

"갈래끼(발정기) 도진 개도 아니고 참말로."

"휘유."

"잘못했다 빌기를 하요 워치요. 나 같으믄 깨벗기서 백모가지 (여수에 있는 사창가로, 생긴 것이 뱀의 목과 닮았다 하여 붙인 이름이었다)로 내보내겠소."

"휘유."

형수를 당장 내보내라고 시위를 하던 동생들은 되돌아가더니 사흘 뒤 다시 찾아왔다. 그사이 마을의 소란도 가라앉았다. 잘못했다고 비는 남자도 있었지만 대부분 돈벌이다, 어장이다 해서 일부러 집을 떴으니 절로 조용해질 수밖에 없었다. 찾아온 동생들은 다시 내보내라고 성화였다. 사흘을 줄담배질로 보내던 금이 아빠는 드디어 결론을 내었다.

"느그 형수 내보내믄 느그들이 나 새 장가 보내줄래?"

그 소리에 동생들은 고개를 내두르며 채 식지 않은 구두를 다시 꿰신고 총총 돌아갔다.

동생들이 찾아오기 전에 금이 아빠가 금이네와 마주 앉아 결정을 본 바가 있어서 그랬다.

"왜 그랬능가. 왜 서방 났두고 그랬어?"

"……."

"서방질을 할라믄 멀리 가서 하등가. 누구 하나하고만 하등가."

"……."

"속 터져 미치겠네. 아, 뭣이라고 말 좀 해봐."

"인자 안 할라요."

벌써 여러 해 묵은 이야기였지만 모르는 사람들에게는 신기한 이야깃거리였다. 그러고부터 금이네 버릇은 고쳐졌고 동네에서도 쉬쉬했다. 특히 자존심이 몹시 상했던 여인네들이 있는 곳에서는 하나의 금기가 되었다. 그중 근태네가 제일 심했다(근태 아빠가 관련 인물 중 하나였는데 그는 검정색이었다).

"아 그만하고 일해."

이야기의 곁가지들이 튕겨 나오자 근태네가 남은 빵을 봉지째 던지며 벌떡 일어서서 작업대로 향했다. 그녀가 가지고 있는 무게가 있기에 여인네들은 주섬주섬 뒤를 따랐다. 그녀의 무게는 이를테면 국동패가 가지고 있는 것과는 양상이 달랐다. 국동패는 공장 일의 프로였다. 여러 공장을 전전했기에 일의 처리를 두르르 꿰고 있어 냉동공장이 이 마을에 있어도 냉동 냉장실의 구조와 생리를 더 잘 알고 있었다.

예를 들어 신풍패는 준비실의 개념을 몰랐다. 준비실이란 냉동실 정면에 있는 20평 정도의 공간인데 좌우로 자리 잡은 냉장실 문까지 있어서 열고 닫을 때 생기는 냉기 덕을 보아 0도 정도가 유지되는 공간이었다. 냉동실 문을 한 번씩 열고 닫을 때마다 냉기 손실이 너무 커 들어갈 것은 모두 그곳으로 모은 다음 한꺼번에 들어가야 했다.

그런 속사정은 물론 공장과 관련된 여러 가지가 그네들 입과 손을 거치면 바로 해결되었다. 피조개 회 뜨는 법, 쥐치 닦달하는 법, 서대 다루는 법, 나아가 각 공장마다 노동의 강도가 어떻게 층지고 월급이 어떻게 격지는지, 어느 공장 과장이 처녀들을 좋아하고 과부를 밝히는 이는 어디 누구 부장인지 등등이 훤했다. 신참들이 보기에 그것은 눈여겨볼 만해서 일의 처리가 어려울 때 공장장이나 반장 몰래 넌지시 물어보기도 했다. 거기에 비하면 신풍패의 장점은 좀 마을적이고 가정적인 데 있었다.

그네들은 일 처리가 늦은 반면 새참 대신 즉흥적으로 수제비를 끓인다든지 돼지 내장을 손질한다든지(그중에도 으뜸이 승희네라 맡아놓고 했는데 빵빵한 어깨와 몸뻬가 좁다고 벙글어져 튀어나온 엉덩짝을 내밀고 돼지 내장에 막걸리와 밀가루를 풀어가며 쉬쉬, 닦아대는 자세가 일품이었다) 잡초 제거를 한다든지 청소 및 정리 정돈에 쓰일 바가 있었다.

그중에서 유별난 이가 물론 근태네였다.

국동패같이 공장 생활을 오래 한 사람들은 짐 지고 칼 드는 일을 젓가락 휘두르듯 하면서도 안 풀리는 집안 때문에 늘 인상을 찌푸리고, 신풍패같이 밭매고 집안일에 청춘을 바친 이들은 시부모 등불 아래 밥 짓고 빨래하는 봉건주의 생활 방식 덕에, 살다 보면 시엄씨 죽는 날 있겠지 하며 한숨 쉬며 사는데 근태네 얼굴에는 그게 없었다. 어떻게 보면 표정이 전혀 없는, 자질구레한 일상 따위는 초탈한 듯한 얼굴이었고 또 어떻게 보면 너무 삶에 지쳐 한시도 쉬지 않고 쓰린 표정을 짓고 있는 듯도 했다. 얼굴이 검어서 그렇기도 했지만 주변의 잔 기운에 섭쓸리지도 않는 행동거지가 그대로 올라가 붙은 형상이었다. 농담이 흔치 않아 입이 무거웠는데 그 입이 움직일 때가 바로 노래할 때와 먹을 때였다.

뒷동산만큼 쌓아놓고 꾹꾹 먹어대는 그 많은 밥이 모두 일심으로 쓰였다. 늘 놀랄 것도 없고 기뻐하거나 슬퍼하는 것도 없는 얼굴이었다. 일복 많은 여인네를 아내로 둔 덕에 당연히 근태 아빠는 놀았다. 부부가 닮은 점이 있다면 둘 다 까맣게 탔고 말랐다는 거였다. 하나는 일에 치여 그랬고 하나는 술에 치여 그랬다.

이 동네에서 일 못하는 여자 없고 술 못하는 남자 없지만 근태네만큼 일만 하는 여인도 없고 근태 아빠처럼 술만 하는 이 또한 없었다.

근태 아빠는 새벽에 일어나서 마실 한번 휘 다녀오는 걸로 하루를 시작했다. 마실이라고 해봤자 집 주변 고샅길을 걸어 다니며 누구네 개가 나왔으면 식전부터 짐승 풀어놨다고 욕 한번 하고 누구네 아이가 돌아다니면 인사 안 한다고 한 소리 하고 들어와 그걸 이를테면 아침 바깥일로 쳐서 마누라가 차려놓은 아침 밥상에 새참으로 술병을 찾아 얹어놓음으로써 반나절 일을 마감했다. 근태네가 아무 소리 않고 큰딸 인실이와 작은아들 근태에게 밥을 먹여 학교 보내고 공장에 나오면 얼근한 얼굴로 대작할 사람을 찾았다. 그러나 아침 나절부터 술잔 나눌 사람이 있을 턱이 없었다. 지나가는 남자들을 손짓으로 부르다가 들었던 손이 그대로 떠나보내는 손사래가 되었다. 해가 한동안 오르면 밥상 밀어 넣고 논이나 밭으로 다시 마실을 나갔다. 일부러 새참 시간을 맞춰 가기 때문에 영락없이 막걸리 잔이 돌고 있었다. 피사리 한번 안 해주고, 호미질 한번 안 거들어주고도 넉넉하게 취했다. 점심때 집에 와서 한숨 자고 저녁이 다 되어 일어나니 동네 사람들은 서서히 취해갈 때이고 근태 아빠는 말짱 깨어 다시 시작하는 시간이었다. 간혹 공장에 어슬렁거리며 오는 경우도 있었다.

"뭐 하러 왔소. 잠 안 자고."

근태네가 심심한 어조로 한마디 했다.

"자믄 내가 자지, 자네가 자는가."

근태 아빠는 생뚱스레 대꾸하고 스물스물 남자들을 찾았다. 공장장이나 문기사가 술을 받아주기도 했지만 주로 친구인 김씨를 찾았다.

"아이, 오늘은 잠 안 자냐."

김씨가 슬슬 건들며 밥집에서 막걸리를 받아주면 대답 않고 받아만 먹었다.

"한 병 더 사라."

"나 일해야 되는디."

"일 안 하믄 될 거 아녀."

"니미, 사장한티 쫓겨나는디?"

"한 병 사놓고 너는 일해."

"이런 씨발, 아나 묵어라 그래."

김씨가 한 병 더 받아주고 공장으로 들어가면 그는 세자한테

궁둥이가 여문 것 보니 시집가야겠다, 수작 걸다가 세자 엄마한테 한 소리 얻어 듣고, 뭐 사러 오는 아이들 데리고 느그 아부지는 어디 갔냐, 느그 어무니는 뭐 하느냐, 느그 하나쎄(할아버지) 어디 가셨다등만 내려오셨다냐, 으른을 보믄 공손하게 인사를 해야 쓰는 거여 이 싸가지 읎는 놈아, 너는 이번에 반에서 몇 등 했냐, 산수하고 국어를 잘해야 쓴다, 우리 근태 오드냐 묻느라 나름대로 일거리가 많았다.

그러면 근태가 제 몸 반만 한 가방을 등에 지고 나타났다. 근태는 초등학교 1학년인데 키가 작고 몸도 말랐지만 야무진 폼을 빼닮아 바늘 끝도 안 들어가게 보일 만큼 다부진 아이였다.

아이 손에 뭔가가 들려 있어 여인네들이 엄마야, 한바탕 호들 갑을 떨며 뒤로 물러섰다. 손에 들려 있는 것은 뱀이었다. 몇 번 패대기를 당했는지 손아귀에 잡힌 모가지 밑으로 몸뚱이가 축 늘어져 있었다.

"엄마, 오다가 잡았어."

늘어져 있기는 했으나 간혹 꼬리를 꿈틀대는 걸로 보아 살아 있는 뱀이었다. 다들 몸을 잔뜩 사리고 눈에 겁들을 채우는데 정작 근태네는 시큰둥했다.

"껍질 벳겨서 시렁에다 묶어둬라."

여인네들이 놀라 호들갑을 떠는 경우가 또 있었다. 일전에도 조용히 일하다 말고 으악, 엄마야, 자지러졌다. 아닌 게 아니라 놀랄 만도 한 게, 웬만한 리어카에 실었다간 빵구 나기 좋을 만치 덩치가 거대한 암퇘지 한 마리가 입으로는 거품 물고 콧구멍으로는 씩씩거리며 공장으로 들어온 거였다. 작업하다 말고 여인네들은 우두두 한쪽으로 쏠리며 도망치기에 정신없었다. 세 남자가 막아서긴 했는데 이건 도통 생각 없이 밀고 들어올 줄만 아는 놈이라 진땀을 뺐다. 문기사가 대빗자루로 때리면 때린다고 꿀꿀 신경질을 부리고 코로 박으려 들어 세 남자도 막아내기보다는 피하기에 바빴다. 웃기기도 하고 웃자니 심각한 상태로 한참을 그러다가 공장장이 신문에 불을 붙여 와 머리에 대자 마지못해 밖으로 도망을 쳤고 그제야 돼지가 없어진 걸 알고 도축장 사람들이 몰려 내려와 잡아 간 적도 있었다.

"밥 있어?"

"술집에 아부지 있으믄 데리고 가서 묵어라."

아이는 대답도 없이 핑, 자리를 떴다. 조금 있다가 등에 가방 메고 한 손에 뱀을 들고 한 손에 술 취한 아버지의 옷자락을 쥔 아이가 좌우로 흔들리며 걸어가는 풍경이 골목에 잠시 나타났다가 사라졌다.

"저것이 원래는 안 그랬어. 저기 율촌공단 쪽에 살았던 놈인디 보상 좀 받아갖고는 요걸로 다 까묵어불고 이 동네로 오믄서 저렇게 되아부렀다니께."

김씨가 손가락으로 화투 패 만지는 시늉을 내며 불쌍하다는 표정으로 말갈망을 했다.

"저것이 못 해주니께 각시가 죽어라 일만 하는디 저기 금이네

엄씨랑 그러고 나서부터는 영 더 맛이 가불등만."

일을 놓고 잔을 쥔 햇수가 한참이니 남성으로서의 근력이 뒤따르지 못한다는 김씨의 설명이었다. 밤 사정이야 당사자들만이 아는 부분이었고 어쨌든 일이나 과묵한 성격, 뛰어난 노래 실력으로 그녀의 무게가 만들어져가고 있었다.

근태네 따라 모두 자연스럽게 일이 시작된다. 중령네는 생각지도 않게 머리채 뽑히고 주먹질한 뒤라 술을 더 찾고 싶었지만 공장 분위기가 그걸 맞춰줄 리 없었다. 서걱서걱한 상태로 일은 계속 진행되었다.

일이 다 끝나 쓸고 담고 씻고 벗고 있을 때 금이네가 씩씩거리며 다시 찾아왔다. 상대가 상대이니 만큼 사람들은 긴장을 했다. 혼자서 술 마시다가 왔는지 방구석에서 이불 뒤집어쓰고 화를 누르느라 낑낑거리다가 눌러보기에 너무 진하고 큰 게 솟구쳤는지 한층 달구어진 모습이었다.

"너 이 씨발년, 이리 나와."

오자마자 중령네부터 찾았다.

"이 아지매가 또 와 이라노."

중령네의 맞대거리는 그러나 오래가지 못했다. 눈치 빠른 강미네가 중령네의 손목을 끌고 변소 쪽으로 가면서 남자들을 방패막이로 세웠다.

"야 이년아, 너 어디 가."

금이네가 남자들을 밀쳤다.

"왜 이러시오. 쌈할라믄 나가서 하시요."

"비케. 나는 드런 꼴 보고 못 살어. 아 비케."

"이 아줌마가 참말로."

김씨가 이상하게도 금이네에게는 아무 소리 못 하고 뒤로 슬
렁슬렁 물러났기 때문에 공장장과 문기사가 어중간하게 몸으로
막고 서 있는데 뒤로 조금씩 밀리며 간신히 막아내는 형국이었다.
여인네들은 작업대 뒤로 모여 서서 눈만 동그랗게 뜨고 이쪽을 바
라보았다.

"너 이리 못 와."

"하지 마시요. 왜 여기서 싸우요. 나가시요."

"비케봐. 야 이 싸가지 읎는 년아, 이리 못 와."

중령네는 저쪽 변소 앞에서 강미네에게 팔목이 붙잡혀 있었
다. 굳이 덤벼들고 싶은 모습은 아니었다. 금이네는 저쪽에서 별
대응도 없고 남자들에게 막혀 쫓아가지도 못하자 갑자기 가만히
서서 구경만 하고 있는 여인네들에게 퍼부어대기 시작했다.

"이 씨발년들아, 느그들도 다 똑같어. 싸가지 읎이 뒤에서 사
람 욕이나 하고."

"우리가 뭘 어쨌다고 그라요."

"누가 그랬단 말이요."

"조용히 맘잡고 사는 사람 속을 왜 뒤집어봐. 응?"

조심스런 변명만 나오는 게 아니었다.

"읎는 말 나왔나. 드러운 행실은 두고두고 말 나오는 법이여."

순간 딱 다물고 삼일댁을 노려보던 금이네의 입이 다시 열렸다.

"그래 대줬으믄 내가 대줬지 느그들이 대줬냐?"

이번에는 여인네들의 입이 딱 다물어졌다.

"느그들은 뭐 금메끼 입혀놨나? 션찮은 것들. 다 느그들보다 나가 더 낫다고 하드라, 이년들아."

"말이라고 다 말인 줄 아시요?"

남자들은 아예 뒤로 빠지고 금이네는 여인네들에게로 완전히 돌아서 있었다.

"그래 나 했다 어쩔래. 서방이나 아니나 좆도 아닌 것들하고 사는 것들아. 야, 아싸리 말해서 쓸 만한 놈 하나도 읎드라."

"말하는 것 좀 봐, 세상에."

"느그나 나나 따지고 보믄 똑같아야."

그 순간 움직이지 않고 말만 내보내던 여인네 속에서 하나가 불쑥 튀어나오며 청소하려고 가져다 둔 삽을 쥐어 들었다.

"에라이 순."

근태네였다. 깡마른 여인네는 삽으로 금이네를 찍으려 들었다.

"니가 뭘 잘했다고 나불대냐 나불대긴. 갈래끼 도진 것들은 그냥."

놀란 금이네는 뒷걸음질 치기 시작했다.

"그래, 쎄빠지게 일이나 해서 천년만년 서방 믹에봐라, 같잖은 년들."

금이네는 이 한마디만 남기고 삽날을 피해 도망쳐버렸다.

"저년을 그냥."

여인네들이 쫓아 나가려는 근태네를 말렸다.

"씨언하게 잘해부렀소."

"저런 것은 아예 직에부러야 쓰는디."

그러나 그녀는 금이네가 사라져버린 문짝을 노려보았다. 잔주름이 가득한 두 눈에는 꼭 분노라고 말하기 어려운 다른 색채의 기운이 서려 있었다. 그제야 걸어 들어오는 중령네와 강미네 뒤로 서울행 비행기 하나가 굉음을 내고 떠올랐다.

멈춰버린 세월

공항이 있다는 것은 하나의 풍경으로 보아줄 만한 것이기도 했지만 비행기가 내리고 뜰 때의 소음으로 근처에 사는 이들은 곤욕이었다. 비행기를 한 번도 타보지 못한 그들로서는 공항은 언제나 생각 밖의 통로였고 경험의 바깥 선 너머에 있었다. 단 한 가지 좋은 점도 있었으니 동네 위치를 설명하기가 편하다는 거였다.

공장에 시간 일로 오는 여자들은 대개 3, 40대로 동작이 빠르고 눈치도 있는 데 반해 일의 내용이 바뀌어 홍합을 까러 오는 이들은 거의가 노인층이었다. 할머니들이 북두갈고리 같은 손으로 홍합을 까러 오려면 지척인 공항 앞을 지나야 했다. 머리에 수건을 두르고 제각기 허리를 접은 할머니들 뒤로 비행기가 뜨고 내리는 장면이 하루에 두 번씩 생겨났다.

홍합 반탈각 제품을 만들라는 지시가 내려오자 전무와 부장, 공장장, 강미네, 문기사가 머리를 맞대고 앉아 회의를 했다. 이번

주문은 스페인에서 들어온 것인데 반탈각이란 삶은 홍합 껍질을 한쪽만 떼어내고 남은 한쪽은 붙인 채 냉동 포장을 하는 거였다. 스페인은 빈부격차가 몹시 큰 곳인데 그게 주문에서도 확연히 드러났다. 보통 홍합을 수입하는 나라는 프랑스·스페인·스위스였다. 그중 프랑스·스위스는 크기를 크게 따지지 않고 아주 작은 것만 아니면(보통 까놓은 알로 쳐서 일 킬로그램에 이백 개가 넘으면 작아서 상품 가치가 떨어진다) 섞어서 같은 가격으로 쳐주지만 스페인은 달랐다. 그 나라는 알의 크기를 두 가지로 구분해서 포장해달라는 곳이다. 구분을 위해 홍합 분리기를 설치해야 했지만 크기가 6센티미터가 넘는 것은 가격을 훨씬 높게 매겨주었다. 부자들이 먹을 거였다. 그 나라 부자들은 아무리 홍합을 먹고 싶어도 작은 것은 먹지 않는다고 했다. 작은 것은 가난한 사람들이나 먹는 거라는 기준이 뚜렷하게 세워진 곳이었다.

"하여간 있는 것들 유세 떠는 것은 코 작은 것들이나 코 큰 것들이나 똑같당께."

"주는 대로 처먹을 일이제만 하여간 싸가지 없는 새끼들은 어디 가나 다 있어이."

"합자는 작을수록 맛이 좋다는 것을 멍청한 것들이 모르는 모냥이구만."

궁시렁콩시랑했지만 작업 지시는 작업 지시였다. 샘플을 채취해서 크기를 본 다음 공장에서 제품을 만들자고 결론이 났다. 소호 현장은 관리가 잘 되지 않아 아무래도 손이 거친 게 문제였다. 현장을 잠시 쉬고 배에서 내린 생합을 문기사가 실어 오면 보일러로 찐 다음 동네 사람들을 모아 까기로 했다. 보일러를 설치하느라 하루를 잡아먹은 다음 날 현장을 벌이자 마을 할머니들이 수북이 모여들었다. 공장에서 일하고 싶어도 나이가 너무 지나 써 주지를 않았는데 돈벌이감이 생기자 얼씨구나였다. 넓은 처리장에 발(네모난 나무틀에 그물을 댄 것)을 놓고 그곳에 찐 홍합을 쏟으면 할머니들이 구부러진 손가락으로 한쪽 껍질을 떼어내고 바구니에 차곡차곡 담았다. 바구니가 다 차면 공장장이 무게를 달아 기록하고 여자들이 모아 팬 작업을 했다. 여러 날이 지나자 요령이 생겨 까는 속도가 빨라졌고 공장 안은 근 40명의 할머니들이 쪼그리고 앉아 김 오르는 홍합을 만지고 있는 새로운 풍경이 자리 잡았다.

시간 일 하는 여자들은 몸뻬와 퍼머머리로 모두 닮았다면 할머니들은 머릿수건과 두툼하고 구부러진 손마디가 닮았다. 가늘고 윤기 흐르던 손마디가 그렇게 되기까지 얼마나 많은 일들이 거쳐갔는지 그건 당사자만이 알 거였다. 끊임없이 일을 찾아 써왔던 손 덕분에 시부모 편안하고 남편 든든하고 자식들 쑥쑥 컸을 터라 이제는 쉴 만한 나이인데도 모여들어 그 손이 어디까지 갈 수 있는가 확인하고 있었다.

"왜 합자를 반만 깐당가. 껍질도 묵은당가?"

어떤 할머니는 이렇게 말해서 사람들을 웃겼다. 할머니들 중 예닐곱쯤은 손주를 안고 왔다. 한동안 그게 고민거리였다. 칭칭대는 아이들 때문에 까는 손이 느려지는 것은 그냥 둔다 해도 애들이 발에 걸려 일이 더뎠다. 그렇다고 손주 안은 할머니라고 해서 돌려보낼 수는 없는 노릇이었다. 승희네가 꾀를 내어 방을 깨끗이 치운 다음 모두 그곳으로 아이들을 집어넣고는 할머니들이 돌아가면서 한 번씩 들어가보기로 했다. 그렇다고 순서가 지켜지는 것은 아니었다. 하나가 울면 우는 애의 할머니가 들어갔다. 홍합을 만지다 보면 굴이나 미더덕 같은 잡물이 많이 따라 나왔다. 할머니들은 그것을 따로 까놓았다가 살뜰히 아이들에게 먹였다.

공장 일이 그렇게 변하니 죽어나는 게 직원들이었다. 그중에 남자들이 더했는데 특히 김씨의 고생이 자심해졌다. 고생의 근원이 보일러였다. 삶아서 까는 것보다는 쪄서 깠을 때 홍합이 수분을 더 함유하고 있어서 무게가 더 나가는 관계로 보일러를 설치했는데 이게 일이었다. 그 뜨거운 게 실내에 있으면 위험하기도 하고 너무 덥기도 해서 당연히 공장 바깥에 설치했는데 그늘도 없는 땡볕 아래에서 보일러를 지키고 있기가 웬만한 이들은 열사병으로 떨어져 나갈 판이었다.

보일러 옆에 찜통을 두고 보일러 공기압이 올라가면 통 속에 홍합을 넣고 찌는데 기차 화통처럼 터져 나오는 뜨거운 김이 사람을 보고 반갑다고 덤벼들었다. 그래도 보일러에 불은 때야 했으니 모자 하나로 버티는 남자들은 땀으로 목욕을 해야 했다. 문기사는 그래도 차 몰고 현장을 다니고 공장장은 이런저런 문제로 자리 뜨는 시간이 많아 김씨가 날마다 열 찜질을 톡톡히 했다.

"와따, 사람 죽겠구만. 햇볕이 찌지, 보일러가 찌지, 니미 붕알이 다 몰라부렀는가 찾어봐도 어디 붙었는가 모르겄다."

"참말로 죽겠네. 사우나가 따로 읎구만."

"말로만 듣던 팥죽땀을 다 흘려보네이. 땀이 앞을 가려 오도가도 못 하겄네."

"냉장실에 한번 갔다 오께라?"

"그러세. 도저히 안 되겄구만."

죽는다는 소리가 절로 나왔다. 그 일을 하루 하고 나면 몸무게가 2, 3킬로그램 주는 것이 예사였다. 다들 혀를 빼물고 버틸 수밖에 없었다. 근력이 달린다며 김씨까지 저녁 술을 마다했다. 뜨거운 기운이 몸속에 고스란히 남아 있어 밤마다 뒤척이며 잠을 설쳤다.

할머니들 사이에서 유독 어울리지 않는 얼굴이 하나 있었다. 시간 일 하는 여자들 사이에 있어야 어울릴 사람이었다. 30대 초반에 이름이 미순이인 그녀는 시어머니와 함께 홍합을 까러 왔는데 별명이 애기부처인 여섯 살배기 아들이 하나 있었다. 동그란 얼굴에 몸이 약간 통통한 그 아이는 다른 아이들처럼 방에 있지 않고 꼭 공장에서 놀았다. 또래 아이들이 흔히 하는 짓이 없었다. 칭얼대지도 않았고 뭘 내놓으라고 어른들을 조르지도 않았다. 먹을 것도 주는 것만 말없이 받아먹었다. 항상 순한 얼굴로 제 엄마와 할머니 옆에 얌전히 쪼그리고 앉아 무심한 눈빛만 했다.

"망구, 청춘에 잊어분 아들 찾었네."

애기부처 모습이 쌍봉댁과 닮아 아이가 오던 첫날 석이네가
놀렸다. 할머니들이 많이 있다는 것을 깜빡하고 말실수를 한 거
였다.

"저것이 또 망구라고 한다요. 여기 할마씨들 다 듣는디 저것
이 조롱게 싸가지가 읎당께."

쌍봉댁은 너 잘 걸렸다 싶어 주변을 끌어들였다. 아닌 게 아
니라 할머니들의 얼굴이 편치가 않았다. 한마디 해도 되는가 안
되는가 눈치를 살피다가 석이네가 제풀에 죽어 아이코나, 얼굴을
하자 만만하다 여겨 좀 줴박아도 되겠다 싶은지 입들을 열었다.

"아직 우리 같지 않구만 벌써 망구 소리를 듣네 그랴."

우선 그 정도로 순한 쪽이 대응을 시작하고 뒤달아 말로 매타
작들이 뒤따랐다.

"하고많은 소리 중에 망구가 뭐여 망구가, 싸가지 읎이, 늙은
것도 서러운디 말이여."

"저는 안 늙고 천년만년 청춘으로 살아질랑갑다."

말에 독기가 있었다. 석이네는 말을 내뱉어놓는 순간 자신이
보통 이만저만한 실수를 저지른 게 아닌 걸 깨달았기에 벌떡 일어
섰다.

"아이고 할머니들, 내 입이 방정이요. 저 성님이 우리랑 친한
디 오래오래 살으라고 장난으로 한 거요. 오해하지 말아주십시요,
죄송합니다아."

말끝에 여우짓을 달아 애교를 부렸는데도 할머니들의 고시랑이 없어지지 않았다.

　　"보아 하니 막돼먹게는 안 생겼는디 어째 주둥아리가 그 모양이여."

　　"죽어야 쓸란갑다. 백주 대낮에 망구 소리를 해대는 판이니."

　　"아이고 할머니, 내가 잘못했습니다요."

　　"젊은 것들은 지가 무슨 베슬하는 줄 안당께."

　　"오메 할무니, 웃느라 한 소리단 말이요."

　　"웃을 소리도 드럽게 읎는갑다. 망구가 뭐여 망구가."

　　쌍봉댁은 흐뭇해서 할머니들 편을 들고 나섰다.

　　"앗따 잘하요. 하는 김에 오늘 저것 버릇을 단단히 좀 갈케노시요."

　　"너는 늙으믄 니 자석한테 그런 소리 안 들을 줄 아냐?"

　　"아이고 할무니."

　　"살어봐라, 너도 금방이다."

　　석이네는 그예 밥집으로 달려가서 자두 사탕 한 봉지를 사 들고 와 입을 막을 수밖에 없었다.

　　"잘못했습니다요. 앞으로는 절대로 안 할랍니다. 그랑께 이것 잡수시고 용서해주십시요."

　　노인네들은 사탕을 받아먹고서야 얼굴들이 풀려 이 소리 저 소리 궁시렁거려가며 웃기 시작했다. 그러나 미순이는 초점 없는 눈으로 홍합만 깠다.

망구 사단이 한풀 꺾이자 석이네는 못 다한 이야기의 매듭을 지었다.

"저 애기 좀 보랑께. 영락읎이 성님 안 닮았소."

쌍봉댁이 아이를 불렀다.

"아가, 이리 와."

아이가 순하게 걸어왔다. 닮았다. 쌍봉댁은 인자한 얼굴로 아이 얼굴을 부드럽게 만져주었다.

발에 거치적거리지 않는 아이라 처리장에 있어도 귀찮은 줄 몰랐다. 여자들은 당연히 귀여워하고 문기사와 공장장도, 전무까지도 예뻐했다.

다른 아이들은 할머니들이 들쑥날쑥하는 관계로 있다 없다 했으나 그 아이만은 하루도 빠지지 않고 왔다. 단 세 식구 사는 집에 홍합 까는 것이 유일한 돈벌이라서 그랬다. 남자가 없는 집. 미순이는 며느리였고 남편은 5·18 때 광주에서 죽었다. 정확히 말하자면 행방불명되었는데 사라져버린 것은 죽어 시체가 되는 것보다 남아 있는 이들을 더 괴롭혔다.

"쟈이 서방이 광주에서 노가다를 하고 있었는디 죽어뻐린 거여. 한 슥 달 혼자 올라가서 찾다가 끝내 못 찾고 왔다등만. 시체는 지금도 못 찾어. 그때부터 정신을 놔베리등만."

동네 할머니의 설명이 있었다.

양영학원 삼거리에서 총에 맞았다고 하기도 하고 공수부대가 조선대학교 뒷산으로 끌고 간 걸 보았다고 하는 사람도 있었다.

그러나 시체가 없었다. 홀어머니와 갓 결혼한(식은 못 올리고) 새색시를 고향에 두고 그는 대검에 찔린 뒤 어느 흙 밑으로 묻혀버렸던지 총알에 바스라져 살점으로 흩어져버린 거였다.

문기사는 변소 입구에서 여자를 만났다. 천천히 걸어 나오던 여자는 입구에서 문기사를 표정 없이 바라보기만 하고 스쳐 지났다. 5·18 행불자를 남편으로 둔 여인. 그 눈빛. 시간이 정지된 듯도 하고 수만 겁의 시공간에 나타나 보이기도 하는 그 눈빛.

그녀는 종일 말 한마디 안 했다. 남편을 잃고 말까지 잃어버렸다. 생각도 놓아버렸다. 세월이 흘러 12년이나 됐으나 그녀는 스물하나의 나이에서 멈춰버렸다. 5년 전에 누구 연줄로 부모 잃은 아이 하나를 데려다 키웠다. 그게 부처 닮은 아이였다. 어디로 재가(再嫁)해 나갈 사람도 못 되고 하니 아이에게 정이라도 붙이고 살라고 연줄이 들어왔고 외아들을 잃은 시어머니도 그러자고 해서 받아 키웠다. 미순은 별 표정 없이 아이를 돌보았다. 생각이 끊겨 여느 엄마처럼 대하지는 못했으나 배고프다면 밥 주고 때 되면 씻기고 재웠다.

공항에서 막 비행기가 도착해 자가용과 택시들이 줄을 지어 빠져나오느라 검문소 앞 신호등에 차들이 길게 늘어서 있었다.

"니미, 비행기 타고 댕기는 사람이 뭐 이리 많어."

여수 나갈 일이 있는데 날이 더워 버스 타기 성가시다고 나가기가 똑같이 성가신 문기사를 꼬드겨 트럭에 올라탄 김씨가 공항

쪽에서 밀려드는 차량들을 보며 입을 열었다.

"피서 오는 사람들인갑소."

"팔자들 영 좋구만. 비행기 타고 해수욕 댕기고."

"우리도 언제 한번 갑시다."

"누가 싫간디? 날 받아 놀러 한번 가야지."

"아저씨네 집 앞은 어쩌요."

"우리 집 앞? 아이고 거기는 똥물이여 똥물."

"꼭 수영해야 맛이요? 그냥 놀믄 되지."

"아, 좋지. 근디 워낙 일이 바뻐 놀자는 말 어디 하겄등가?"

신호가 바뀌었어도 그들은 검문소를 통과하지 못했다. 공항 건물 뒤로 국내선 비행기가 보였다.

"하여간 저것을 한 번은 타봐야 쓰겠는디."

"한 번도 못 타봤소?"

"타보기는 새로간에 맨날 저것이 잘못해서 우리 집으로 떨어지믄 워쩐다냐 가심만 졸이고 사는디?"

김씨는 그 말을 해놓고 헤헤 웃었다.

"자네는 타봤는가?"

"나도 못 타봤어요."

"크게 비싸지는 않을걸시. 타는 사람도 다 나 같어 뵈는디."

"새마을호하고 큰 차이 읎답디다."

"글고 보믄 비행기 한번 타보는 것도 마음만 묵으믄 금방인디이."

"근디 그것이 그리 어렵잖습니께."

그러고 있는데 신호를 기다리던 문기사의 눈에 아이 손을 쥔 할머니 하나가 버스 정류장에 서 있는 게 눈에 들어왔다. 창문으로 목을 뽑아 그들을 불렀다.

"어디 가십니까?"

늦은 시간이었지만 아직도 햇살이 남아 있어 더위에 지쳐 있는 할머니 얼굴이 순간 활짝 갰다. 할머니와 미순이, 애기부처가 비슷한 속도로 걷다시피 달려왔고 김씨가 문을 열었다.

"얼릉 타시요. 쩌기 순경이 보요."

신호가 다시 바뀌어 차들이 움직였다.

"인원 초과요, 모친이 속으로 수그리시요."

문기사야 운전수라 말할 것 없고 김씨는 먼저 자리 잡은 모양이 있는 데다 이래라저래라 하는 위치였고 미순이는 별 표정 없이 창가 쪽으로 앉았는데 아이가 무릎을 차지하고 앉았으니 당연히 할머니가 밖에서 안 보이게끔 사람들 발 아래 빈 공간으로 몸을 접어 들어가게 되었다.

"인자 됐소. 나오시요."

검문소를 지나 한동안 달린 다음 김씨가 노인네를 일으켜 세웠다. 트럭 좌석이 빈틈 없이 촘촘했는데 에어컨은 없어도 들이치는 틉틉한 바람만으로도 일행은 시원해했다. 아이는 버릇대로 제 엄마 앞에 어중간하게 앉아 얌전히 앞만 바라보았다.

"어디 가시오? 저녁이 다 되어가는디."

"이, 동상네 가는디 고맙네이."

할머니까 때늦은 인사를 차렸다.

"아따, 온 식구가 다 출동이요이."

"안 만났으믄 우리가 욕볼 뻔했네."

"인사는 기사한테 채리시요."

"인사는 이 아저씨한테 채려야 돼요. 이 양반 때문에 차 몰고 나가니께요."

두 남자가 우스개로 떠넘기다 보니 할머니만 어느 쪽으로 입을 붙여야 할지 곤란해했다.

"앞에 차."

고개 돌려 말하던 문기사는 낮되 급한 미순이의 말을 듣고 앞에 차들이 신호 대기로 서 있는 것을 늦게야 봤다. 끼이익. 급브레이크를 밟았다. 다섯 명이 앞차 뒤꽁무니에 인사를 깊숙이 하고 나서야 출렁거리며 제 자리를 잡았다.

"말을 하기는 하구만이."

김씨 말에 아무도 대꾸가 없었다. 뒤늦게 할머니가 대답했다.

"말을 영 못하지는 않어."

"나는 완전히 못하는 줄 알았구만. 오늘 많이 깠소? 모친."

"육십칠 킬로라데."

"아따, 많이 했소. 부자 되겠소."

"많이 하기는. 우리는 두니(둘이) 까는디. 휘유."

여수 입구 산동네 아래에서 그들은 내렸다. 문기사도 따라 내려 아이 손에 과자를 하나 들려 보냈다.

"뭔 까자를. 고맙네야. 얼른 가소."

할머니는 한 손으로 보따리를 이고 한 손으로 손자 손을 잡고 꽁무니에 며느리를 붙이고 골목 속으로 들어갔다. 차는 시내로 접어들었다.

"광주사태 때 저 색시 서방이 죽었다메?"

"같이 들었잖습니까."

"사람 죽에놓고 대통령 하는 디는 우리나라뿐이여. 지미. 워디여? 이, 백담사 가서 도 닦으믄 다 되간디? 대통령만 바꾸믄 그것들은 죽었어. 다 사형시켜부러야 돼."

"누가 아니랍디여."

"애기 엄마가 영 짠해."

"어디서 내리실 거요?"

"나를 얼릉 델라불라고 항만이. 글지 말고 어디 가서 한 꼬푸 하세."

"일 볼 것 있어서 왔다메요?"

"가만있어봐. 일은 나가 알아서 볼 것인께."

김씨는 반 어거지로 끌어들였다. 차를 여객선 터미널에 세우고 포장을 모두 걷어 올려 안이 훤히 보이는, 그것도 인연이어서 둘은 지난봄에 처음 만났던 포장마차로 들어갔다. 주인 여자가 알아보았다.

"그때 말이 잘되등만 취직을 하셨는갑네요."

"예. 여기 덕분에 그리됐습니다."

"뭘로 잡술라요?"

"우리가 마시(첫 손님)요?"

"예, 마시요. 잘해드릴게요."

병어회를 한 접시 시켜놓고 둘은 술을 마셨다. 연등천은 썰물을 만나 점차 물이 빠졌고 그 대신 어둠이 내려앉았다. 제법 병들을 비우고 나서 김씨는 그제야 일을 본답시고 어디론가로 갔다. 문기사는 차를 몰고 갈 수도 없고 또 술기운 탓도 있고 해서 몇 군데를 이어가며 전화로 묻고 물어 마침내 옛 친구를 찾아냈다. 중학교 동창인 친구는 택시 운전을 하고 있었는데 비번이었다. 사람은 친구를 보며 세월을 아는 모양이다. 둘은 서로 얼굴을 보며 지나간 세월이 얼마나 되었는가를 저절로 가늠했다. 다방에서 그는 친구한테 욕깨나 착실히 얻어 들었는데 친구란 그런 거여서 얼추 말이 끝난 다음에 술집으로 자리를 옮겼다.

홀로 우는 새

　세자는 귀신 신발에 제 머리카락이 끼어 빼도 박도 못하고 질질 끌려다니는 꿈을 꾸다가 간신히 잠에서 깨었다. 흉악한 몰골의 귀신이 세에자아야 부르며 천지를 휘도는데 정작 저 자신은 어디 숨지도 못하고 그 망할 놈의 머리카락이 그곳에 끼어 질질 끌려다니다가, 아직 들키지 않았다는 사실이 더 무섭고 소름 끼쳐 들들들 떨며 손바닥으로 발자국이나 지우다가 끔찍하기 그지없는 그것이 막 고개를 돌리는 순간 숨이 딱 멈추며 잠에서 깨었던 거였다. 식은땀이 돋았다.

　저는 분명 깨었다고 믿었는데 무서운 꿈과 아무 변화 없는 조용한 방과의 그 찰나가 길게 늘어났는지 귀신은 꿈 바깥까지 따라나와 뭔가 기분 나쁜 소리를 내며 눈앞에서 머리카락을 휘날리고 있었다. 엄마야. 세자는 머리를 이불 속에 묻었다. 움직이는 것은 미쳐 날뛸 것 같은 심장뿐이었다. 더군다나 같이 자던 어머니도 없다.

광양만에서 불어오는 밤 해풍의 곁두리가 샛길로 빠져 도축장 쪽으로 타고 오르다가 그중에서도 또 한 가닥이 삐져나왔는지 은색 수실이 달린 분홍색 커튼을 가볍게 펄럭거리고 있는 것이 한참 만에 이불에서 눈만 바깥으로 내놓은 그녀에게 보였다. 꿈은 분명히 깼다. 그런데 이 기분 나쁜 소리는 뭔가. 아직도 무서운 마음이 그대로이고 창문이 열린 게 누가 들어온 것 같아 자신도 모르게 이불을 안고 벽 모서리에 몸을 박아 넣었다. 누가 들어온 것인가, 저 소리는 도대체 뭔가. 그녀는 귀를 기울였다. 그것은 누군가 어머니를 부르며 조심스레 문을 두드리는 소리였다.

그러자 어머니는 간밤에 돈 구하러 친구네 갔고 저 혼자 한 시간 넘게 거울만 바라보다가 창문도 닫지 않고 잔 기억이 돌아왔다. 긴 숨이 저절로 새어 나왔다. 밖에서 부르는 소리는 잠시 뜸을 들이고 있는 중이었다. 발자국 소리가 없어지지 않은 걸로 보아 문 앞을 서성이고 있는 듯하다. 시계를 보니 5시 정각. 보는 순간 땡땡 종을 친다.

몸이 천근만근 무겁다. 몸도 좋지 않은데 새벽에 문 두드리는 사람이 있으니 신경질이 일어났다. 도대체 누구란 말인가. 냉동공장, 홍합공장, 도축장 밥 대는 이곳을 얻어 이사 온 지 1년이나 되었지만 지금까지 이런 경우는 없었다. 마을 사람도 아닐 것이다. 마을에는 술집 홍수네가 있고 부녀회에서 하는 새마을 슈퍼도 있어 문 닫힌 시간에는 이곳으로 오지 않았다.

자신을 그 무서운 꿈에서 끄집어내준 이가 바로 새벽 손님일지도 몰랐지만 거기까지는 생각이 미치지 못하고 신경질이 뻗쳐 이번에는 자신이 머리카락을 휘날릴 지경이었다. 바깥에 있는 존재는 욕 얻어먹을 작정을 했는지 아예 때를 맞추어 다시 창문을 손가락으로 두드렸다.

"저기 아줌마, 아줌마……."

자세히 듣고 보니 짐작이 가는 목소리였다. 불을 켜고 나갔다.

"누구세요."

목소리가 고울 리 없다. 그러나 문을 열지 않을 사람도 아니었다. 더군다나 이미 밝은 시간인 데다 어머니가 있었으면 일을 시작하는 시간이기도 했다. 목소리가 좋지 않으니 바깥에 있는 사람의 말도 뚝 끊겼다. 밖에는 짐작대로 문기사가 어정쩡한 자세로 서 있었다.

"아이고 세자 씨, 미안합니다. 아줌마가 혹 깨셨나 하고 불렀는디."

"왜 그러세요?"

세자의 쌍심지에 기가 눌려 문기사는 손으로 머리를 긁적이기 시작했다.

"저기 노상 이 시간에 아줌마가 일어나시길래. 저기."

"말하세요."

"라면하고 소주 한 병만 좀."

"와서 가져가세요."

세자가 뒤로 돌고 문기사가 따라 들어와 라면을 집어 들었다.

"적고 가요."

밤새 뭘 했는지 문기사의 눈에는 잠 하나 묻어 있지 않았다. 입던 작업복 차림에 치렁치렁한 몰골이 방금 일 끝내고 들어온 것처럼 생생하다. 힐끔 보니 냉동공장이고 홍합공장이고 도축장이고 조용 괴괴하다. 이 인물 하나만 초롱초롱한 눈으로 날밤을 샜다는 소리인가. 간첩이 따로 읇구만. 세자는 외상 장부를 내밀었다.

"새벽에 문 뚜드려 사는디 그라믄 쓰겄소. 계산은 해야지라."

문기사는 돈을 내어 계산하고 황급히 나갔다.

"내일 아적에 아욱 씻거서 멜따구 늫구 된장 풀구 국 끓이고 이. 반찬은 되나깨나 되는 대로 내놔부러라. 아마 늦어두 즘심때 까정은 가질 것 같으니께. 내 말 알았지야? 멜따구 늘 때 그때같이 볶을 것 늫지 말구 서대 새끼랑 섞어진 것 안 있냐. 그래 넓적허니 배때지 터진 것들. 저기 시렁엔가 있을 거다. 아니 냉동실에 있다. 이, 맞어. 찾어서 꼭 그걸 늫어야 쓴다이. 잔멜따구 늫으믄 맛이 안 나야. 글고 콩너물이나 좀 더 무쳐놓으믄 쓰겄다."

어제저녁에 어머니가 전화로 당부한 말이었다. 그러나 어디 한 군데 손 뻗을 생각도 않고 그대로 멍하니 문 잠그고 방 안에 앉은 그녀는 간밤에 하다 둔 거울과의 맞대면을 다시 시작했다. 몸이 무겁고 기분이 영 께름칙했다. 몸에 들어와서는 안 될 것이 하나 깊숙이 들어온 기분이다.

여수 중앙동 파출소에서 연락이 온 게 어제 오후였다.

"예? 뭐라고라. 그게 시방 무신 말이다요. 우리 아들이 뭘 워쨌다고라. 사람을 패? 웜메, 참말로 자다가 무신 봉창에 구멍 내는 소리다요 지금. 그런 애가 아닌디. 좀 바까주시요. 예, 안 된다고라? 가만있어보거라. 하여간 알았소. 나가 지금 가께라. 금방 가께라. 우리 아덜이 뭘 쪼께 잘못해도 때리지는 마씨요이."

세자는 그릇을 씻다 말고 뒤통수를 얻어맞은 것처럼 멍하니 어머니를 바라보았다. 어머니는 얻어맞은 정도가 더 커 탁자 훔치다가 얼결에 그대로 들고 전화를 받던 중에 행주가 손에서 떨어져 피 빼느라 찬물에 담가놓은 돼지갈비 함지박 속에서 벌건 물이 든지도 모르고 있었다.

"아이 세자야, 어째야 좋겄냐. 광덕이가 사람을 패갖고 지금 파출소에 잽혀 있단다."

"누구를 얼매나 팼답디여. 왜 때렸답디여. 예?"

"그걸 나가 지금 알겄냐. 가만있거라. 이럴 때가 아니다. 돼지괴기 피 빼서 양념 재와놓구 또 뭐냐, 하여간 니가 알어서 좀 해라."

범 본 강아지처럼 정신없이 대충 주위 걸치고 지나가는 택시에 몸을 실은 어머니는 저녁때가 지나서야 전화로 위치를 알리고는 아직까지 감감무소식이다.

남자들이란 게 왜 그런지 모르겠다. 오빠도 그런 적이 있었다. 아버지가 간경화로 죽고 반년인가 지났을 때였다. 하루 저녁을 연락 없이 지나갔다. 스무 살 갓 넘었을 때였으니 말없이 친구

집에서 자고 들어오던 날이 숱했던 만큼 또 그러려니 했다. 다음 날도 종일 연락이 없다가 밤이 다 된 시간에야 파출소도 아닌 경찰서에서 전화가 왔다. 술집에서 패싸움이 벌어져 양쪽에 속한 것들 중에 상하지 않은 것들이 없었다. 술집서 술 마시다 남자들끼리 싸우는 거야 너무 드물면 되려 허전할 일이었고 쌍방 간에 같이 깨지고 터지고 했으니 유야무야될 것 같았다. 그런데 아예 오동도 방파제로 몰려가 서로 뒤탈 묻지 말기로 맹세하고 쌈박하게 한번 붙었다는 게 아닌가. 그러나 저쪽 편에 관공서에서 방귀깨나 뀌는 누구네 아들이 끼어 있다는 것이 밝혀지는 순간 사나이 대 사나이의 대결은 근본 없는 갯두렁 건달들이 친구들과 얌전히 담화를 나누던 순박한 청년들을 폭행한 것으로 변해버렸다. 이쪽은 가해자들이 되고 저쪽은 피해자들이 되었다.

"돈을 챙기시요. 돈이 말하지 사람이 말합디여."

혹 빠져나갈 꼬투리라도 하나 건져볼까 싶어 도움말을 구하는 족족 서로 짠 듯이 같은 소리였다.

"썩을 것, 어째 친구를 사귀어도 꼭 저 같은 것들찌리만 사귀는지 몰르겄다. 참말로 하나같이 똥 밟고 자빠진 꼴들 하고는. 아이구 내 속이야. 어째 저것은 질바닥에 굴러 댕기는 방범대원 아들 하나도 못 사겄다냐."

어머니는 그때 빚을 졌다. 아직 갚지 못했는데 세자가 보기에 오빠가 부쳐오는 월급으로 조금씩 갚아나가는 눈치였다. 1년 전부터 꾸려온 이 가게에서 번 돈으로 밥집 얻을 때 친구한테 돌려

쓴 원금 갚느라 바쁜 와중이었다. 오빠는 다행히 그 뒤로 정신을 차린 듯했다. 하긴 정신 안 차리고 돌아다닌들 무슨 뾰족한 수가 생길 리 없었다. 오빠는 특히 계급에 대한 욕심을 보이더니 육군3사관학교에 입학하여 지금은 중위로 광주에 있다. 어머니도 그렇지만 세자가 보기에도 안방에 걸린 중위 복장의 오빠 사진은 볼수록 든든했다. 아버지 대신 훌륭한 가장의 모습 같기도 하고 든든한 백 같기도 했다.

"좋다. 우리 아들이 이렇게 잘생기고 멋져부른지 나도 잘 몰랐다야. 느그 집안이 옛날 간날에는 뭐다냐, 무슨 판서부터 시작했다고는 허드라만 내가 알기로는 스발 막대 내둘러봐도 젤 출세헌 것이 병장 군인이드라. 성제들이 서로 쌈하듯이 씹을 줄은 모르고 퍼마시는 입만 갖고 살았응께 뭐가 있고 뭐가 남았겄냐. 근디 느그 성 좀 봐라. 을매나 보기 좋냐. 쫄벵들이 수백 명이라고 하드라."

중위에 진급해서 휴가 나온 오빠를 데리고 억지로 사진관을 다녀온 어머니는 고구마를 껴안고 텔레비전에 눈알만 박고 있는 광덕이를 잡아끌며 끝내 눈물 한 방울을 떨궈냈다.

"너가 인자 공무원 시험이라도 하나 떡하니 붙어불믄 나 고생은 끝나부른다."

그러나 공고생과 공무원 시험은 앞 자가 똑같다는 것 말고는 거의 연관이 없어 보였다. 저게 뭐가 되려나 싶었는데 늘 눈곱 덜 떨어진 아이 같던 동생이 머리 굵었다고 어느새 파출소 전화로 제 있는 위치를 알려올 정도가 되었다. 이 애는 또 어떤 과정을 거치고서야 속 찬 어른이 될까. 세자는 남자들이란 참으로 알 수 없는 존재다 싶었다. 저하고 어머니하고 새벽잠 설쳐대면서 죽자 사자 밥 팔아 번 돈이 기껏 치료비 위자료로 나간다고 생각하니 생피처럼 아까웠다.

　이 일이 어떤 일인가. 새벽부터 밤늦은 시간까지 한순간이라도 한갓지게 앉아 쉬어보지 못하고 종일 공장 사람들에게 시달리며 밥 지어 바치는 일 아닌가. 쌀 팔고 날마다 장 보고 이런 재료 저런 양념 만들어 끼마다 되도록 중복되는 반찬 없이 하고 남은 반찬 아까워 두 모녀가 입으로 청소하고 술 팔고 물 떠주고 하며 버는 돈 아닌가. 어머니는 어머니대로 속상한 적 많고 세자는 세자대로 적잖이 못 볼 꼴 보면서 말이다.

　특히 처음에 도축장 칼잡이들이 밥 먹으러 왔을 때 세자는 놀라 기겁을 했다. 얼굴이 하나같이 얌전이나 교양과는 서로 총질 칼질 하게끔 생긴 것들이 우르르 몰려오는데 손도 씻지 않고 오는 관계로 얼굴과 손과 기타 등등 모든 곳에 피칠갑이었다. 손등 털과 손톱에도 선지피가 그대로 묻어 있어서 밤에 보면 틀림없는 야차요 마귀였다. 그들이 오면 핏내가 진동을 했다. 세자는 제 옷과 몸에 피 냄새가 밸까 봐 근처에 가지도 않은 게 보름 가까이나 됐다. 허나 사람처럼 적응을 잘하는 게 또 있을까. 이제는 그이들이 깨끗한 얼굴로 오면 왠지 낯선 사람들이 들어오는 듯했다. 더군다나 그곳에서 자투리 고기를 거의 공짜로 가져다주니(빵이나 사이다 등으로 바꿔 가니까) 거기에서 남는 이문이 보통 간이 맞는 게 아니었다.

"광덕이는 안 다쳤어요?"

간밤, 어머니의 전화 당부 끝에 물었다.

"딱 한 대 맞았는지 코피가 터졌다드라. 그 사람 말로는 한 대도 안 때렸다고는 하드라. 즈그들찌리 때리다가 옆에 놈 손에 맞았다고. 하여간 광덕이가 코피가 잘 터지기는 항께."

그리고 전화를 끊었는데 그때부터 세자의 거울 면접이 시작되었다. 그녀는 빤히 제 코만 쳐다보았다. 아버지 코는 오도막한 강아지 코인데 하필 세 남매가 길쭉부데한 어머니 코를 닮았다. 바로 세자의 가슴이 상하는 부분이었다. 눈썹 눈매는 시원하게 백사장 솔숲을 그렸고 입술도 서양 미인처럼 잘빠졌는데 하필 코가 쓸데없이 긴 게 스스로 생각해보아도 평생을 두고 짓씹어도 풀리지 않을 한(恨)이었다. 하필 코인가. 오빠나 광덕이는 남자라 긴 코가 어울렸다. 그런데 길고 큰 게 남자들에게나 쓸모 있지 여자들에게는 하등 소용이 없었다. 대접 금 간 것은 개 밥그릇으로나 쓰고 속옷 뜯어진 것은 걸레로나 쓰지만 소용없어도 버리지도 못하고 평생 달고 살아야 하는 게 바로 그 코였다. 아들들이 어머니 코를 닮았으면 저라도 아버지 코를 닮을 일 아닌가.

언젠가 막 사춘기가 시작될 때 제 코를 붙잡고 어머니를 탓한 적이 있었다. 학교에서 남자아이들이 말코라고 놀리는 소리를 듣고 거기에서부터 울기 시작하여 집까지 걸어오는 발자국마다 눈물로 도랑을 채우고 집에 와서까지 이불 속에 얼굴을 묻고 어미 죽었네, 꼴을 했다. 원망은 당연히 어머니에게로 떨어졌다.

"가시내 지랄한다. 그람 이 코는 내가 깎어서 붙였다냐. 맹글어서 이셨다냐? 니가 따질라믄 느그 외할매한테 가서 내 목아치까지 항꾼에 좀 따져줘봐라. 왜 이렇게 놔놨냐고. 이것이 뜨신 밥 믹에 놓께요."

어머니 말이야 하나도 틀린 곳이 없지만 그 나이의 소녀에게는 전혀 도움이 되지 않았다.

"히잉. 아부지 코 닮게 좀 놔주지 왜 엄마 코를 닮게 놔부렀소. 허엉."

"그만 못 하냐. 코 풀 때 편코, 좋지 뭐. 느그 아부지 코가 그게 코다냐. 달음박질하다가 담벼락에 박어 쏙 들어가브른 것맹키로 바닥에 딱 달라붙어갖고. 그게 다 식구들 고생시키는 코여 그게. 거기에 비하믄 니 코는 복코여 복코. 가시내가 암것도 몰르고요."

주변 것들을 남자의 눈과 여자의 눈으로 구분해서 생각하는 나이가 시작된 뒤로도 그 불만은 없어지지 않고 그대로 있었다. 고등학교를 졸업하고 스물두 살 처녀가 되면서 이제 입 바깥으로 불만을 내뿜지 않게 된 것만이 변화였다. 그렇다고 그런 불만이 없어진 것은 아니었다. 개 꼬리 대롱 속에 3년 묻었다가 꺼내 보아도 다시 구부러진다지 않는가.

어젯밤도 그랬다. 아주 우습게 코에 대한 자각이 생겨나 멍하니 거울을 바라보며 별 생각을 다 했다.

나에게도 사랑은 올 것인데……. 생각해본 적이 많았다. 홍합 공장이 생기고 총각들이 들랑거리면서부턴가. 그건 모르겠다.

도축장 것들은 말할 것도 없고 냉동공장 인부들, 홍합공장 것들 사이에서 빨간 가루 묻은 손을 개숫물에 씻어가며 살지만 스물둘이라는 나이란 게 일에만 호락호락할 나이가 못 되었다.

만약 어느 순간 나에게 사랑이 찾아오면 그는 내 코를 보고 뭐라 할까. 아니 찾아온 사람이야 이미 코를 앞 좌우에서 뜯어봤을 것이라 상관없겠지만 만약 찾아올 사랑인데, 찾아올 수도 있을 사랑인데, 그 사람이 내 코 보고 고민만 하다가 그냥 포기하고 만다면 그건 어쩔 것인가. 그럼 그런 사람이 누구인지 알기나 한단 말인가. 나는 당신을 사랑하려고 했지만 아무리 보아도 코가 너무 긴 것 같아 포기했습니다, 주절거릴 인간이 어디에 있단 말인가.

그런 생각으로 이 궁리 저 절망 뒤척이고 뒤섞이고 반짝거리고 꺼져들고 하다가 그냥 잠이 든 거였다. 아버지는 이미 멀리, 그게 바깥 세상인지 본 세상인지 알 수 없는 곳으로 가버리고 오빠는 광주 군부대에서, 동생은 파출소 유치장에서, 어머니는 합의금을 구하러 일심회 친구 집으로 뿔뿔이 사라져버린 빈집에 홀로 쓸쓸히 자는 잠이라서 그랬나 잠은 몹시 흔들렸고 꿈은 머리를 풀고 그녀를 들볶았다.

땡.

벌써 30분이 지났다. 여러 가지 잡념에 시달리고 꿈에 눌리고 새벽 참에 뜬금없이 라면 사러 온 문기사에게 놀라고 해서 그런지 영 몸과 마음이 편치 않았다. 그때 문뜩 스치는 게 있다.

벌써 또 그게. 아무리 혼자 있어도 처녀 몸이라 이럴 때는 어색하기 그지없다. 이미 환하게 밝은 창문을 꼼꼼히 커튼으로 두르고 옷을 벗어보았다. 시작이었다. 고쟁이에 한 방울 흔적이 져 있다. 세자는 한숨을 내쉬며 장롱 깊숙이 숨겨둔 패드를 꺼냈다. 이게 시작될 때면 꼭 귀신 꿈을 꾼다.

"밥은 우리만 주소이."

아침 시간에 공장장이 황기사만 뒤에 달고 들어왔다. 세자는 짐작하고 있던 바라 대답도 없이 그들이 들어서는 뒤쪽으로 눈을 주었다. 막 7시가 지난 시간이지만 도로에는 공단 쪽에서 몰려나오는 트레일러와 기름 탱크차들이 용을 쓰며 순천 쪽으로 올라가고 있다. 가게 앞 고추밭 고추 대궁들은 아직 시작하지도 않은 더위에 지레 주눅이 들어 고개를 한껏 처박고 있다. 참새들만 왔다 갔다 바쁘다.

오늘은 또 얼마나 더울라나. 종일 가스 불 옆에서 삶고 찌고 지지고 볶고 하지만 선풍기 바람 한번 옳게 쐬어보지 못하는 날들의 연속이었다. 파리들은 또 얼마나 끝없이 몰려들어 사람을 괴롭힐까. 도망칠 곳도 없다. 꼼짝없이 서서 더위와 가스 불과 파리와 사내들의 거친 입을 고스란히 받아들여야 하는 날이 시작되고 있는 것이다.

"아칙부터 삶어대는구만. 문기사는 어디 있는가?"

황기사가 신문을 든 채 두루 건너다보더니 그제야 빈자리를 확인하려 들었다.

"가기는. 인나봉께 머리맡에 라면 먹은 빈 그릇이 있습디다. 어저께 나가 잘 때는 읎던 것이닝께 팽야 새복에 묵었겄지라. 세자 씨, 문기사 새복에 왔다 갔지라."

"예."

움직이기 귀찮은 몸이라 대답도 짧다.

"뭔 일이당가. 밤에 어디 갔다 왔을까?"

황기사는 신문을 들기만 했지 도통 글자에 눈을 보내지 못했다.

"어저께 김씨가 시내 좀 실어다 달라고 해서 나가등만 새복이다 되어서 왔는갑습디다."

"어디 아픈가 했네, 나는."

"아프믄 잠 안 자고 라면 묵겄소?"

"혹시 둘이 데이트했는가?"

밥그릇 놓아주는 세자를 겨냥하고 황기사가 흐흐거렸다.

"그랬는 모양이요. 저번에 둘이서 한참 뭔 말인가 해대등만. 혹시 어저께 밤에 여기 왔다 갔소?"

공장장도 그냥 넘어가지 않았다.

"아따 아칙부터 또 어만 소리만 하시요이. 하여간 아는 소리가 그런 것뿐이제라."

세자는 입을 열고 평소대로 대꾸를 해주었다. 귀찮아서 입을 꾹 다물고 싶지만 그러면 말을 더 버는 지름길임을 알고 있었다.

"그랑께 홍합공장에 있제."

"히히."

둘은 끝동을 달며 멸치 넣은 아욱 된장국에 수저를 적셨다.

"합자공장에 있으믄 아는 것이 그런 것뿐이랑께."

"날 덥졌네요. 얼른 밥이나 잡수십시요이."

빨리 먹고 갔으면 싶다. 아랫배가 계속 땅기고 어지럽기까지 했다. 아침 준비로 밥하고 국 조금 끓인 것만으로도 시할아버지 진갑 상 차리듯 힘들어하던 몸이었다. 근기 빠진 얼굴로 둘을 쳐다보고 있을 수도 없고 일찍부터 쪄낼 기세에 눌려 기진맥진하고 있는 고추밭을 바라보기도 재미없고 해서 별 볼 것 없는 아침 텔레비전 프로에 일부러 눈을 박으며 얼른 먹고 갔으면, 하고 있는데 뜻하지 않게 사내 둘이 들어섰다.

"식사항가?"

"어, 벌서 오시요?"

도축장에서 소나 돼지 뼈 발라내고 살 저미는 칼잡이 김(金)과 이(李)다.

"벌써 온 게 아니라 아직 안 갔구만. 우리 밥 좀 주소이. 잔하고."

둘은 앉기도 전부터 소주병을 뽑아 들었다.

"해장이요? 또 동양화 그렸구만이라."

공장장의 짐작이 제대로 맞아떨어졌다.

"마태복음 사십팔 장만 외다 봉께 아칙이구만."

"누가 땄소?"

"정님이 아배가 싹 긁었어, 지미랄. 손 탈탈 털고 나오는 중이여."

정님이 아배는 도축장 안에서 살림을 하는, 이를테면 칼잡이 겸 관리인이었다.

"우리 문기사랑 같이 쳤소?"

"문기사는 새로간에 방기사도 못 봤어. 왜, 문기사가 어디 가부렀는가?"

"아니요."

"하여간 이 짓을 그만둬야 써. 종일 칼질해서 벌믄 뭣 할 거여. 밤에 동양화 감상 한 번만 했다고 하믄 낼모레 벌 것까지 잃어뿐디. 아이, 이런 짝은 디다 언지 묵으라고."

김은 세자가 가져다준 소주잔을 다시 돌려보내고 맥주 컵을 가져와 알뜰하게 두 잔을 채우고 바로 마셨다. 누가 지나다 보면 영락없이 새벽 약수터 물이다.

"홍합 읊는가?"

김(金)이 새로 나온 국그릇에서 통통 불은 멸치 한 마리를 수저로 건져놓고 누구랄 것도 없이 없는 것을 찾았다.

"현장을 갔다 와야 있지라."

공장장이 대꾸했다.

"이따가 홍합 좀 주소. 삶아 묵게."

"문기사 첫차 갈 때 좀 갖고 오라고 하지라. 여기서 삶아 묵으시요."

"왜 또 우리 집에서 삶아 묵어요."

문턱에 엉덩이를 걸치고 피곤한 얼굴을 하고 있던 세자가 픽 토라지는 소리를 냈다.

"아이가, 이 간내가 왜 승질을 부린다냐. 야가 달거리를 하는 갑다요. 삶어만 노믄 참때 우리가 가져가믄 될 거 아녀."

"아저씨."

세자는 뜨끔한 가슴을 숨기고자 저절로 목청이 올라갔다. 이(李)는 나잇값 하느라 계속 반말이었다.

"간내가 시집갈 때 되믄 저렇게 승질빼기가 된당께. 물은 올랐는디 어디 쓸 디가 읎응께 그래."

세자는 끓어오르는 속을 누르고 못 들은 척했다. 한바탕 포악을 질러버렸으면 싶은 게 말은 되지 못해 뜨거운 한숨으로 변해서 절로 샜다.

"그라믄 우리도 고기 좀 주시요."

"뭘로 주까. 좀 있다가 큰 것 서넛 들어오는디 어째, 새끼보로 한 뭉텡이 줘보까?"

"갈비나 그냥 삶어서 묵을 디로 주시요."

"고기 묵을 줄 모르구만. 어이 합자공장 공장장, 합자가 왔응께 새끼보가 가야 궁합이 맞제."

"궁합이 맞을라믄 돼지 좆을 줘야지."

"맞소. 그래야 맞소."

황기사까지 곁방망이질을 하며 세자를 힐끔 쳐다보았다. 세자는 암담해졌다. 둘만 어서 밥 먹고 가면 몸을 눕히자, 했는데 엉뚱한 사내들이 합세해 개소리괴소리 해대고 있으니 눈앞이 어지럽고 까마득했다. 더위와 피곤한 몸과 사내들의 징그러운 입담이 싫어 몸서리가 날 지경이었다. 어서 어머니가 왔으면. 어머니만 나타나면 병을 핑계로 눕거나 어디든 가버리고 싶다. 진통제 한 알 사 먹고 친구들이랑 좀 쏘다녔으면 싶다. 둔덕상사에 경리로 있는 효진이나 고려해운 경리과에 있는 민숙이를 불러내 중앙극장에서 요즘 한창 유행하는 〈미녀와 야수〉라도 한 편 보았으면 싶어졌다. 허나 그들은 회사에 얽매인 몸이라 나올 수 없는 노릇. 차라리 두 달 전에 탑차 운전수랑 살림을 차린다기에 의절을 선언했던 경희를 불러내 화해도 할 겸 오동도나 한 바퀴 휘 둘러보았으면 딱 좋겠다. 간 김에 작년 겨울 친구들과 어울려 탔던 모터보트나 한 번 더 타봤으면 싶어지는 것이다.

"밥 생각은 읎고, 일할라믄 묵어야 쓰고, 참말로 에렙구만."

"공구리를 한번 쳐."

"그러까? 아이 간내야. 사발 단지에다 꼬추장하고 참지름 좀 줘봐라."

달라는 것을 얼른 갖다주며 세자는 소주병 까고 앉아 돼먹지 않은 흰소리를 서로 꼬리 붙여대는 이 사내들을 보이지 않게 노려보았다. 얄미워 죽겠다. 도축장 사내들 때문에 공장장과 황기사도 괜히 입만 더 나불대고 일어날 생각을 않는다. 황기사야 야간 담당이니 이제 제 집으로 갈 일만 남았지만 공장장까지 덩달아 낄낄 낄낄이었다. 눈앞에 보이는 행주를 집어 도마 쪽으로 핑 던졌다. 누워 있던 국자가 거기에 맞아 땅그랑 한 바퀴 구르면서 식칼이 비석치기를 당했다. 순간 제가 놀라 사내들을 바라보았다. 사내들은 밥을 썩썩 비비며 정임 아배가 내동 죽을 쑤다가 3시 지나 방에를 한번 갔다 오더니 갑자기 끗발이 섰다, 애가 아퍼서 갔다 왔다고는 하지만 딱 다섯 판 돌고서 온 걸 보니 따져보거나 말거나 딱 그거 할 시간이 걸렸다, 패가 안 풀리면 확실히 그게 효험이 있다, 여전히 처녀 귀에 마개를 해야 할 소리들로 아침 밥상을 장식하고 있다.

  "니가 남자랑 사는 것이 뭔지나 아냐?"
  친구 중에 세자가 경희의 동거를 가장 반대했다. 이유가 여럿 있었다. 항구에서, 특히 세자네가 이곳으로 이사 오기 전에 살았던 고소동 산동네에는 동거하는 젊은 남녀들이 많았다. 세자네가 얻어 살았던 집에도 그들말고 두 집이 더 세를 살았는데 모두 동거 남녀였다. 결혼식도 안 올리고 바로 가시버시가 되어 사는 것부터 눈에 거슬렸지만 모르는 눈으로 보기에도 별로 행복해 보이지 않았다.
  행복과 불행의 양극단이 거기에 있었다. 저녁에 비가 오거나 하면 남자 여자는 우산 하나에 몸을 붙이고 어디론가 나가서 한참 만에 뭔가를 사 들고 총총총 들어와 호호스럽게 먹여주기도 하고 이리 와봐 어쩌고 아이 징그러 저쩌고 하지만 며칠 지나지 않아 집 안에 덜 깨진 게 뭐 없나 확인하는지 부서지고 터져 박살 나고 죽여 살려 억겁의 원수가 따로 없을 만큼 싸우곤 했다. 그러기만 하면 좀 좋은가. 그러다 술 취한 남자가 불쑥 문을 열고 물어왔다.

"우리 집 여자 못 봤소?"

그런 날에는 꼼짝없이 불장난을 한 번씩 하는데 그건 어디에서 흘러 내려온 내력일까. 그런 날에는 이년 저년 씩씩대며 한동안 전화로 여기저기 찾아대는 소리가 들렸다. 어머니는 불안한 마음을 못 가누고 어쩨 또 저래싼다냐, 손에 든 바느질 코가 빗나가기 일쑤였다. 불안하기는 세자도 마찬가지였다. 고개는 책에 박혀 있으나 정신은 이미 문 밖으로 나가 있는데 행여나 다를까 뭐 찢어지는 소리가 나면 어머니가 뛰쳐나가야 했다. 남자가 여자의 원피스 따위 외출복을 끄집어내 찢고는 라이터로 불을 붙이고 있었다.

"어쩨 이래싼는 거여. 워디 급한 볼 일이 있어서 나갔겄제."

"아니요. 아줌마 들어가시요. 이년은 버릇이 잘못 들었소."

"이라지 말고 돌아오걸랑 찬찬히 말로 타이르랑께. 뭐 하러 비싼 옷을 쌩짜로 맨날 태워."

"이 쌍년은 옷이 읎어야 돼요. 옷이 읎어야지 싸돌아댕기질 안 한당께요."

작달막한 몸에 눈으로만 성질이 모아 있던 그 남자가 어느 때는 청바지를 손으로 찢는다고 제 성질을 못 이겨 용심 쓰는 꼴을 보고 기가 막히다 못 해 웃음이 나온 적도 있었다. 세자가 보기에 그게 동거였다. 며칠 있다가 여자가 돌아오면 한바탕 난리가 벌어지고 적잖이 몰골들이 상한 다음에 또 까르륵 끄르륵거렸다. 그리고 고만고만한 동거 쌍들이 그 모양에서 멀지 않았다. 그러다 애 한둘 낳고 공장 일 다니고 그러다 서른 가까이 먹어 시(市)에서 주최하는 합동 무료 결혼식장에서 나온 배 힘주어 넣으며 드레스 한번 입어보는 것으로 청춘을 접는 것이다.

세자는 말렸다. 다른 무엇보다 너무 일렀다. 여자 나이 꽃다운 스물둘에 스물아홉과 동거를 하다니. 그러나 경희는 듣지 않았다. 이미 돌아올 수 없는 강을 건너기도 했을 뿐 아니라 남자가 너무 잘해줘서 좋아 죽겠다고, 너 같은 것은 말해줘도 몰라야, 콧방귀 뀌고 산동네 남자 자취방으로 몸을 옮겼다.

"너는 친구도 아니여야."

"너도 좀 그래야. 야, 친구라믄 친구 행복을 빌어줘야 쓰는 것 아니냐?"

"몰라. 인자 너하고 안 만나."

전화를 끊고 울기까지 했다. 남자가 좋게 생겼다면 몰랐다. 그런 식으로 어린 처녀를 꼬여 못쓰게 만든 경력이 있어 뵈는 얼굴이라 더욱 그랬다.

'가시내, 나중에 후회를 얼매나 할라고.'

그래도 친구는 친구였다. 저가 좋아 선택했으면 그냥 밀어줘야 할 것 같았다. 상고 시절 배신하면 죽여버리자고 촛불 켜놓고 맹세하던 일심회(一心會) 일원 아니었나(친구들이 촌스럽다고 동백회라거나 우리사랑이라고 하자는 것을 세자가 우겨서 일심회라고 지었는데 순전히 같은 이름인 어머니 친구들의 변치 않는 우정을 본받고자 그런 것이다. 그렇다고 어머니처럼 팔목에 '一心' 문신을 박아 넣지는 않았다). 친구를 불러내서 그래 살아보니 행복하냐? 물어보고, 행복하다고 하든지 후회된다고 하든지 손이라도 꼬옥 잡아주고 싶었다.

"근디 엄마는 어디 가셨냐?"

밤새 울고 나서 누가 죽었냐고 묻는다더니 이(李)가 그 꼴이었다. 멍하니 바깥 세상에 나가 있던 세자의 정신이 화들짝 돌아왔다. 귀찮은 입을 공장장이 대신해주었다.

"이 집 막내아들이 누구를 패부렀다요. 그래서 빼내러 갔다요."

"공고 댕기는 아들? 하이구야. 인물 하나 나부렀구만."

"신풍서 썩히기는 아깝구만. 쫑포로 진출시켜야 쓰겄어. 왜냐, 쫑포는 항구거든."

"요즘 세상에 여수 갱번가(바닷가) 갖고 되겄어. 뭐 하러 비행기장 옆댕이서 살겄능가. 다 생각이 있어서 그러제. 여차하믄 비행기 타고 서울로 진출해부러야제."

"서울 가믄 누가 뭐 어서 옵슈 하고 있어서? 쫑포 깡패로만 자리 잡아도 괜찮당께."

"참말로 대단한 출세다 니미. 비행기 타고 나서 구루마 끄는 소리 하고 자빠졌네. 출세를 할라믄 서울로 가서, 그것도 우릿적

같이 똘마니 짓 말고 바로 브라운관으로 떠야 쓰는 것이여. 이 집 아들 키도 크고 잘났등만. 머리에다 맨날 뭐 바르고 댕기잖어. 코도 크고."

세자가 순간 발악하듯 일갈을 내쏘았다.

"인자 얼른 가서 일하시요."

"야가요, 일하믄 내가 하지 니가 하냐? 너 하고 잡냐? 하고 잡다믄 나한테 배워라. 우선 칼로 돼지 모가지 여기를 푸욱 찔르고는. 퉤퉤, 춤 한번 손바닥에 보르고 여기까지 그냥 쭈욱 내리그스믄."

"으이그."

"가시내가요, 뭐 돌라 묵다가 엃혔다냐. 왜 눈깔에 심을 쓰고 그런다냐."

세자는 제 가슴을 치고는 방으로 들어가 문을 탁 닫았다. 신경질이 온몸을 감싸고 돌아 눈물이 다 나오려고 했다. 돈이고 뭐고 다 싫어졌다.

"지랄한다요. 야, 나 하잔 대로 해서 느그 동생 출세하믄 나가 양복 입겄냐 니가 양복 입겄냐?"

김이 대꾸했다.

"텔런트 하기가 쉽나 뭐."

"찾아가야제."

"누구를 찾아간다냐?"

"니기미 누구긴, 백일섭이제. 쫑포에서 가장 출세한 사람이 바로 백일섭이 아니여."

"김충조는?"

"아따, 국회의원은 우리하고 급이 틀린디?"

　　행길에서 이쪽으로 들어오는 비포장 길에는 도축장으로 돼지 싣고 들어가는 트럭밖에 없다. 세자는 어거지로 물 두어 바가지를 흙길에 가심을 시키고 멀리 공항 쪽만 바라보았다. 사람들이 돌아가고 생긴 설거지도 남의 팔을 빌려 쓰듯 억지로 문질렀다. 서울 쪽에서 온 비행기가 조금 전에 제주도로 하늘을 찢고 날아올랐다.

　　트럭 하나가 툴툴툴 올라왔다. 이번에는 누렁소다. 차바퀴가 튀어나온 돌을 만날 때마다 소는 움찔움찔 힘겹게 균형을 잡았다. 하필 가게 앞에서 음메 운다. 세자는 측은한 눈으로 누렁소를 잠시 바라보았다. 측은한 눈으로 봐서 그런지 소눈에 슬픔이 하나 가득 담겼다. 저 살아 있는 것은 이제 저 도축장으로만 들어가면 금방 죽은 것으로 변할 것이다. 여기서는 전기로 감전시켜 죽인다니 옛날에 들었던 말처럼 도끼로 얻어맞아 죽는 것보다는 나으리라. 그러나 안 보았으면 모를까 조금 전까지 음메거리던 것이 죽는다고 생각하니 마음이 더욱 불편해졌다.

　　이 마을에서는 도무지 배울 만한 게 하나도 없다. 두고 봐라, 적금 타서 1년 안에 대학에 가는지 못 가는지. 번듯한 여대생이 꼭 되어 있을 테니. 묵은 다짐을 다시 꺼내어 속으로 공굴렸다.

　　고기도 잘 먹던 세자는 이곳에 이사 와서 한동안 고기를 먹지 못했다. 집에 들어온 고기가 모두 도축장에서 나온 것이라 그랬다. 특히 새참 시간에 막걸리 두고 공장 사람들과 쑥덕거리다가 그예 쫓아가서 쇠간을 하나 빼 올 때는 기겁을 해서 그 자리에서 쓰러질 뻔했다. 피가 뚝뚝 떨어지는 간은 아직까지 뜨거운 김이 모락모락 피어나고 있었다. 기가 막혔다. 그러니까 간 좀 먹게 해달라는 홍합공장 쪽 소리에 이(李)가 그대로 쫓아 올라가 동화에 나오는, 똥구멍으로 손을 넣어 소 생간을 빼 먹는다는 여시처럼 금방 간 하나를 떼어 온 거였다. 다들 좋다고 입술에 피 묻히는 꼴을 보고 진저리를 쳤다.

덜컹. 트럭이 다시 요동을 치자 소는 뿌지직 똥을 갈겼다. 세자는 고개를 돌렸다. 측은한 마음이 어느새 사라지고 만다.

공장에서 타이탄 트럭이 후진으로 빠졌다. 적재함과 차 옆구리가 만나는 부분에 홍합 껍데기가 잔뜩 껴 있다. 문기사 차다. 막 일어났는지 긴 머리는 하늘로 뻗쳤고 부숭숭한 얼굴에 피곤함이 햇살에 개어 있다. 언뜻 눈이 마주쳤다. 새벽에 문을 두드릴 때는 얄밉기도 하고 이렇든 저렇든 처분이 세자 손에 달렸었는데 이렇게 밝은 햇살 안에서 바라보니 색다른 느낌이다. 문기사는 저대로 당당하고 손 바깥의 존재였다. 그래봤자 새벽에 구걸하다시피 라면과 소주를 사는 폼처럼 저자에서 한 석 달 구르다 온 푸시시한 모습이니 별로 값진 몰골은 아니다. 트럭이 아래쪽으로 멀어지고 있는데 전화가 왔다.

"세자냐? 엄마다. 벨일 읎냐? 잉. 천남상회한테서 돈 됐다.

이, 지금 다방인데 이짝 가해자들끼리 가보시키 해서 저짝 피해자 쪽 사람하고 만내기로 했다. 아니 지금 지달리고 있다. 밥 잘 채러 줬냐? 이. 알었다. 뭐시야, 합의만 되믄 금방 내보내준다고 그라드라. 멫 주라드냐, 삼 준가 그라드라. 증심 잘 채러주고……. 금메 그 전이만 끝나믄 나가 핑 달려갈 텡께 그리 알고. 괴기 양념 해났냐? 뭣 했냐. 얼릉 간장하고 설탕하고 뭐시냐 하여간 엄마가 했든 대로 하믄 된당께. 오매, 사람 왔는갑다 얼른 끊자이. 뭐시여? 지랄하고 자빠졌다. 나가기는 워디를 나가? 지랄하지 말고 끊어 얼릉."

세자는 나오느니 한숨이었다. 9시 50분. 점심이 아직 멀기는 한데 어머니가 올 시간은 그보다도 더 먼 것만 같다. 해는 중천으로 오르면서 천지 사방은 뜨거운 햇볕에 다갈다갈 볶아지기 시작했다. 이 지겨운 여름은 언제나 끝날 것인가.

바람에 실려

문기사가 승희네를 데리고 다시 갯가로 자갈을 주우러 간 것은 순전히 승희네가 자발로 나섰기 때문이다.

공장 하수도 시설이 부실했다. 탈판 작업 시 클렌징한 물이나 홍합 찌고 남은 물이 공장 앞으로 난 하수도로 빠져나가는데, 고추밭 아래가 논이었고 그 물이 논으로 들어온다고 농군 몇이서 찾아와 시위를 했다. 도로 아래에 묻혀 있는 대형 관까지 하수도관을 아예 묻기로 작정하고 홍합 놓은 손에 자갈과 시멘트를 만져보기로 했다. 일이 그리되니까 어차피 이번 스페인 수입업자가 찾아오는 것까지 맞물려 종일 공사를 하게 되었다. 하수도관은 관대로 심고 냉동공장 뒤쪽 흙밭을 포장하고 변소 입구에 장화를 씻는 세정대까지 만드는 날이었다.

새벽부터 공장장, 김씨, 문기사가 곡괭이질을 하여 땅을 팠다. 여자들이 출근하자 두 남자가 하수관을 묻기로 하고 문기사는 트럭에 여인네들을 잔뜩 싣고 바닷가로 나가 자갈을 모아 실어 왔다. 일은 찌는 더위 속에서 그런대로 진행되었다. 냉장실에서 얼음물을 빼내 와 여인네들은 마시고 남자들은 뒤집어쓰며 일을 했다. 관을 모두 묻고 변소 앞에 세정대를 만들고 나니 오후 참때였다. 냉동공장 뒤로 홍합공장 만나는 부분에 콘크리트를 쳤는데 하고 보니 자갈이 조금 부족했다. 문기사가 하나쯤 데리고 나가려는데 승희네가 따라나선 것이다.

황사현상은 이미 지나간 시절인데도 하늘은 모래바람이 날리는 듯 뿌옇고 간지럽다. 공단 쪽은 말할 것도 없고 그 앞 만(灣)의 바다에 흐릿하니 낀 이내가 가실 줄을 모르고 바람 없이 쏟아진 햇살이 어디로 반사되어 튕기지도 않고 오롯하니 땅 위에 머물러 있는 날씨다. 물기란 물기는 어디로 멀리 나들이 간 듯해서 빈 곳을 마른 공기와 지지부진한 햇살만이 차지하고 있었는데 그래서 간혹 간들바람이라도 불면 그게 시원했다.

"덥네, 워쩌자고 이렇고롬 삶아댄당가."

함지박에 자갈을 주워 담아 이고 와서는 트럭 짐칸에 쏟아붓고 승희네는 하늘을 향해 인상을 그어 보였다. 작달막한 키의 여인이 빵빵하게 튀어나온 젖가슴을 달고 날씨를 원망하는 것도 보기에 흐뭇한 풍경이어서 문기사는 표시 안 나게 그쪽을 보기 위해 담배 하나를 뽑아 물었다. 승희네는 한마디로 모든 게 튀어나온 여인네였다. 하늘이 무거워 키는 자라나지 못했지만 대신 백제 왕조 무슨 왕의 무덤 같은 젖가슴과 소를 놓아 먹여도 될 만한 둔덕 같은 엉덩이가 있었다. 손발이고 마디고 살이 차져 차돌멩이 같았다. 팔뚝은 웬만한 남자였고 두텁고 짧은 손이 호미를 쥐어놓으면 그렇게도 어울리는 짝이 따로 없어 보였다. 남편 없는 시댁에서 늘상 햇살을 이불 삼고 일을 친구 삼아 사는 여인이라 미끈한 곳은 없었지만 아직 젊은 데다 찬찬히 훑어보면 눈의 선이 고운 데가 있었다. 몸에 비해 말이 푸지지는 않아 농담도 잘 못해서 남이 웃길 때나 기다리는 편이었다.

"남자들은 참 좋겠습디다이. 더우믄 듭다고 한 대, 추우믄 춥다고 한 대, 별로 할 말이 옰으믄 그렇다고 또 한 대."

"오줌 누러 갈 때도 한 대."

문기사가 뒷동을 달았다. 아침에 문기사와 공장장이 일어나 나란히 담배 물고 변소 가다 보면 발걸음이 가장 빠르고 부지런한 승희네가 일착으로 들어서면서 한마디 하곤 했다.

"인자 인났구만요. 담배 물고 변소 가는 것 봉께."

"어치께 아요?"

"워치께 알긴. 남자들 뻔히 그러등만."

승희네는 그렇게 말 삼아 대꾸했다.

"남자들은 좋지라. 술 묵고 싶으믄 술 묵어, 담배 묵고 싶으믄 담배 묵어."

승희네는 짧은 키를 뽑아 올리며 짐칸에 팔을 걸치고 얼굴을 심었다. 짐칸 모서리가 햇볕에 달궈져 뜨겁다.

"한 대 주라요?"

"필 질이나 알믄 이랄 때 한 대 뽈았으믄 좋겄소."

방수천으로 된 물옷을 벗었기에 몸뻬 차림 그대로였다. 머릿수건까지 벗어낸 이마에 은단 같은 땀방울이 잡혔다.

"저기 저런 데 가서 수박이나 하나 쪼개 묵고 펭상에 그냥 자빠져부렀으믄 좋겄구만."

문기사는 승희네의 눈빛이 가서 박혀 되돌아올 줄 모르는 곳으로 얼굴을 돌렸다. 이 여인네가 이렇게 손에 잡힐 만한 거리로 들어온 게 언제부터였나 얼른 가늠이 잡히지 않았다. 있는 듯 없는 듯한 순간이었다. 공장에 오기 전에 주변 여자는 친구나 후배들뿐이었는데 매사에 어른스럽고 모든 것이 성숙한 여인네 하나가 눈앞에 나타난 거였다. 80년대는 지식의 시대였고 주변의 모든 것을 경계해야 했던 시기였다. 연애니 사랑이니 하는 것도 불편함의 대상이었다. 그래서 서른이나 먹도록 여자로 인해 눈이 떠질 기회가 없었는지도 몰랐다.

그는 승희네를 보고 있으면 인류의 역사가 생겨나기 시작한 최초의 정사(情事)가 막연히 떠올랐다. 없는 것을 있게 만드는 몸짓. 거칠 것 없이 휘몰아 타오르는 생산의 그 무엇. 막힐 데 없이 휘돌아 터져 나오는 풍요의 그 무엇. 꿈틀거리는 모든 것을 풀어놓고 매만지고 쓸어 안아주는 그 무엇. 덥다고 날씨 타박은 하나 땡볕 아래서 어느 한 곳도 허물어지지 않고 탱탱한 이 여인의 품에 자신도 모르게 깃들고 싶어지곤 했다.

공항이 끝나는 저편은 자그마한 언덕이 파도 없는 바다를 향해 튀어나와 있는 곳이었다. 맨밭이 뭍 쪽에서부터 쭉 이어져나가다가 벼랑을 옆에 찬 언덕빼기에 울창한 소나무 숲을 키우고 있는데 그녀가 바라보는 곳이 거기였다.

승희네는 한동안 말이 없다. 서른셋 젊은 아낙의 머리카락 사이로 햇살이 마구 부서져 흰머리처럼 보였다. 그녀가 눈을 돌렸다. 흔들리는 눈빛에 뭔가가 담겼는데 그게 무언지 알려고 할 필요가 없는 게 바로 문기사의 몸에서도 똑같은 것이 만들어지고 있었기 때문이다. 승희네가 문기사를 바라보는 눈빛들은 여러 날 대중 이랬다. 일을 하다가도, 청소를 하거나 참을 먹다가도, 변소를 오가다가도 노상 마주치는 사이지만 간혹 아주 찰나적으로 뭔가 흔들리는 그 무엇이 그녀의 눈에서 어쩔 수 없이 풍겨 나오곤 했다. 그럴 때면 문기사는 문기사대로 동그란 얼굴과 너무 남아돌아 어미 잃은 강아지한테까지도 물렸다는 그 큰 젖을 한 번씩 힐끔거리곤 했다.

승희네는 원래 벌교가 고향이었다. 연애하던 남자도 있었다. 있어봤자 쓸데없이 손가락이나 걸어보고 했던 사이였고 남자는 손가락 거는 재주 외에는 별로 봐줄 만한 것이 없었다. 그렇다고 시집을 못 갈 것도 아니었지만 집안에서 이미 혼인을 준비하고 있었다. 누구누구 연통으로 중매가 들어왔다. 남자는 선주에 선장이랬고 배가 녹동항에 들어왔을 때 벌교 산골로 인사차 찾아왔다. 당시 막 생산하던, 목이 길고 품이 넓은 장화를 그대로 신고 왔다. 그래서 얻은 별명이 이순신 장군. 그 당시는 볼품없는 검정 장화만 있었는데 마치 임진왜란 때 이순신 장군이 신던 것 같은 신제품 장화가 물일용(用)으로 새로 나왔다. 그 마을 사람들이 처음으로 본 거였다. 말이 쉽게 오고 가고 혼인은 손가락 약조를 파하고 침 뱉을 시간도 없이 진행되었다. 그리고 그녀는 속아서 시집을 왔다.

시부모 봉양에 시동생까지 바글거리는 것은 이미 손이 넓은 집이라고 들었던 바이지만 남편은 선주도 선장도 아닌 기관장이었고 은근히 자작농이란 말도 반만 진실이어서 삼십 마지기 자작에 소작을 겸하고 있었다. 남편만 배를 타고 식구들은 너른 논일 밭일에 매달리는, 어가(漁家)보다는 농가(農家)였다. 노상 해오던 농사일이 다시 그녀 손에 고스란히 떨어졌다. 거기에다 듣도 보도 못 한 시할머니까지 떠억하니 자리 잡고 앉아 너 이리 오너라, 하고 있었다. 속았다는 것을 알고 시무룩해 있는 그녀에게 남편은 고급 여성 팬티를 열몇 장씩 사들여 날마다 하나씩 갈아입혀주는 것으로 신혼 초를 보냈다.

타고난 부지런함에 근력이 있는 몸이라 일을 잘했지만 일 잘한다는 사람에게 쏟아지느니 바로 그 일뿐이었다. 시아버지가 상이용사 출신(팔이 하나 없다)이라 농사일을 제대로 못 하는 데다 시어머니는 며느리 부리는 맛으로 일찌감치 남은 여생의 줄기를 잡았기에 농사일이 고스란히 그녀 몫이었다.

그렇게 강단 있고 부지런한 여자도 끝내 일에 지쳐 떨어지기도 했다. 아니 떨어져버리고 싶을 때가 한두 번이 아니었다. 모판 일부터 해서 모 찌고 모내기하고 세끼 밥에 두 끼 새참 나르고 농약하고 바심하고 수매하고 하는 것이 수많은 일 중에 하나, 논하고만 관련된 것이었다. 뭐 하자고 밭은 또 여기 조금 저기 조금 과부 장리(長利) 돈처럼 널려 있어 쉴 새 없이 심고 주고 매고 뽑고 해야 했으며 몸 불편한 시아버지와 게으른 시어머니, 대문 열고 나갈 줄만 알지 도무지 들어올 줄은 모르는 남편에 하나둘 생겨난 자식들 뒷바라지를 해야 했다. 거기까지면 다 그런 거지 뭐, 할 수도 있다. 그러나 치매 걸린 노할머니 수발까지 하고 나면 그 단단한 몸에 빈혈기가 다 돌았다. 시아버지 머리 감기고 빗기고 입혀 주어 내보내면 시할머니 목욕이 기다리고 있었다. 노망이 허천병을 불러들여 장정 곱을 먹는 바람에 늘 뒤쪽을 신경 써야 하는 시할머니는 그래서 자꾸 몹쓸 것을 발라대는 통에 목욕이 하루 중요한 일과였다. 부엌에서 가스 불로 물 데워 씻기고 닦이고 입혀놓으면 이번에는 먹을 것을 내놓으라고 호통이었고 부침개 쪼가리라도 하나 부쳐 오는 동안에 그새 새 입성을 망쳐놓기 일쑤였다. 젖 떼고 해오던 게 일, 일, 일뿐이었는데 시집을 와 본들 장소만 바뀌었지 하나도 달라지는 게 없었다. 궁여지책으로 선택한 게 공장 일이었다. 돈벌이라서 시어머니도 반대 못 하고 며느리 대신 억지로 꼬무락거렸으나 오래가지 못해 일 끝나고 가보면 시어머니 손맛을 구경하기는 어려웠다.

그리고 남편은 세 해 전 갑자기 세상을 떠버렸다. 나로도에서 술을 마시고 여수로 밤배를 몰고 올 때 분명 고물 쪽에 술 취해 누워 있었는데 도착해보니 없더랬다. 이승에서의 삶이란 게 그렇게 말 한마디 남기지도 못하고 우습게 마무리되기도 했다. 있는 배 없는 배 다 동원해서 가막만을 샅샅이 뒤졌으나 어디로 멀리 떠내려가버렸는지 흔적도 없었다. 조금 전까지 있던 남편이 순식간에 사라져버렸고 지옥 같은 나날들이 지나갔다. 애들 붙잡고 울고 위로차 찾아온 친정붙이 붙잡고 울고 밤에 혼자 울고 하다 보니 날짜가 지나갔다.

그러나 잠잘 때 옆자리만 허전해졌지 다른 것은 그대로였다. 해 뜨기 전부터 밤 깊은 시간까지 일들이 기다리고 있었다. 과부된 며느리에게 시어머니가 밤마다 보리와 서속을 뒤섞은 것 한 됫박을 주고 골라내라고 했다지만 그건 일거리가 그리 많지 않은 집에서나 통할 것이었다. 시할머니와 시부모는 늙어가고 아이들은 쑥쑥 자랐다. 시댁에서는 재가 소리도 나오지 않았다. 이미 그녀가 집안의 대들보였다. 간혹 몹시 허전하고 그럴 때면 듣자니 손가락 잘 걸던 그 남자는 택시 운전을 한다는데 차라리 기사 마누라가 될걸 그랬다 싶은 적도 아주 없지는 않았다.

늘어지는 몸을 억지로 움직여 자갈을 싣고 돌아오면서 문기사는 선글라스를 쓰고 음악을 틀었다.

　　해 지고 노을 물드는 바닷가 이제 또다시 찾아온 저녁에
　　*물새들의 울음소리 저 멀리 들리는 여기 고요한 섬마을에서**

---

* 　정태춘, 〈회상〉, 1987.

"누구 노래요?"

"박은옥이 노래요."

"아는 여자요"?

"유명한 가수요."

"노래가 영 슬프요이."

나 차라리 저 파도에 부딪히는 바위라도 되었어야 했을걸
세월은 쉬지 않고 파도를 몰아다가 바위 가슴에 때려 안겨주네
*그대 내 생각 잊었나 내 모습 잊었나 바위 검은 바위**

그쯤에서 승희네는 말을 멈추고 몸을 차창에 기댔다. 둥그런
턱 밑으로 그림자가 짙게 졌다.

"저 테이프 하나 사고 싶소."

"카세트 있지라?"

"있기는 한디 우리 시아부지가 맨날 뽕짝만 사다 튼께……."

오후의 진한 햇살이 그녀의 얼굴에 차양을 둘러주었지만 눈
가에 언뜻 잡히는 쓸쓸한 기운까지 없애지는 못했다.

그것도 사랑이라면, 먼발치에서 바라보기만 하고, 저도 모르
게 저이랑 손잡고 사람 없는 바닷가 모래밭쯤을 걸어보기라도 한
다면, 싶다가 소스라치게 놀라고, 붉어지고, 고개가 돌려지고, 일

---

* 정태춘, 〈회상〉, 1987.

이 손에 안 잡히고, 그러다가 억지로 손에 일을 잡는 것도 사랑이라면, 글쎄 사랑이었다. 승희네가 보기에 문기사의 긴 머리가 손가락 걸기 좋아하던 남자와 닮기도 했지만 그것보다는 이 남자를 바라보고 있으면 뭔가 이름하여 부르기 어려운 바람이 불어와 옷깃을 파고들고 몸을 가볍게 했다. 그래서 그녀의 가슴은 근래 들어 벙글어지고, 가렵고, 축축했다.

노래는 천천히 타이탄 트럭의 좌석에 벽돌처럼 차곡차곡 쌓였다. 승희네는 그 속에서 은밀한 목욕을 하는데 아쉽게도 차는 벌써 공장에 도착했다.

"왜 인자 와. 둘이서 뭐 했어?"

사람들은 각기 그늘에 앉아 이곳저곳을 바라보며 이 말 저 말로 시간을 보내고 있다가 끄응, 일어섰다.

"돌 고르니라 늦었소."

안 해도 될 대답 하는 이는 승희네였다.

"돌이사 금시 주었는디 따로 데이트하느라 좀 늦었구만이라."

문기사는 따져보라고 배짱을 부렸다. 하긴 생각에서 만들어지는 모든 것을 말로 바꾸어놓고 보는 여인네들에겐 그 방법이 제일 나았다.

"날도 듭아 죽겄는디 손잡고 연애질을 해부렀어?"

"아짐세는 날 덥다고 서방 곁이 안 가요?"

웃는 것으로 타박은 끝났다. 덤벼들어 돌을 퍼내고 남자들이 남는 시멘트를 버무렸다.

마땅히 거들 거리가 없는 탓에 승희네는 공장 안으로 들어섰다. 흔히 뒤처리해온 요량대로 흩어진 팬이고 비닐 정리를 할 예정이었지만 둘을 기다리는 시간이 제법 되었는지 그것마저 깨끗하게 치워져 있다. 굳이 손을 대자니 먹다 남은 참거리 청소뿐이다. 김치 그릇을 치우고 쿨피스와 막걸리 빈 병, 신문 쪼가리를 든 그녀는 잠시 머뭇거리다가 흙칼질에 정신이 없는 문기사에게로 갔다.

　　"라이타 좀 주시요."

　　"여기서 빼내 가시요."

　　문기사가 일어서서 팔을 벌렸다. 반소매 셔츠 주머니엔 담배만 있고 라이터는 없다.

　　"바지에 있는갑소."

　　승희네는 머뭇거리다가 바지 주머니에 손을 넣었다.

　　"뭐 해 지금."

　　아니나 다를까 삽을 든 광석네가 가만있지 않았다.

　　"쓰레기 태울라고 라이타 찾으요."

　　"꽉 잡아땡겨, 꽉."

　　석이네도 나섰다. 승희네는 순간 손을 빼지도 못하고 그렇다고 라이터를 잡지도 못했다.

　　"꽉 잡으믄 쓴다냐. 슬슬 긁어줘야제."

　　어째 저 여수 여자들은 내뱉느니 사람 곤란한 소리만 할까. 얼른 찾아 자리를 뜨려는데 손에는 무슨 종이 조각만 잡혔다. 그냥 뺀다.

"왜 못 찾았어?"

"읎어? 문기사 고자여?"

여전히 깔깔 호호 재밌단다. 문기사가 씩 웃으며 장갑을 벗고는 빼내주었다.

젖은 부분이 많아 한동안 머뭇거리던 붉은 기름 장갑을 던져주자 확 달아올랐다. 불기운은 '全經聯(전경련) 새 政府(정부) 국가경영방안 첫 제시 赤字(적자) 감수 대규모 技術(기술) 투자촉구 GNP 11~18% 지출 필요'를 타고 오르더니 뒤집어져서 '바르셀로나 올림픽 D-10'도 먹어치웠다.

신문이 타오르는 장면을 바라보며 승희네는 문기사의 라이터를 만지작거렸다. 이것으로 저 남자는 담배를 붙여 물 것이다. 아침 더위가 시작하기 전, 참새가 슬레이트 처마 위에서 짹짹거릴 때 일어나 눈을 비비며 이것으로 담뱃불을 붙일 것이다. 밤새 그의 호주머니에서 얌전히 있었을 것이다. 운전을 하면서, 현장에서 짐을 다 싣고 나서도, 또 그의 버릇대로 먼 산을 바라볼 때도 이것으로 불을 붙일 것이다. 항상 만지작거리던 것이다. 공장장과 같이 쓰는 방에는 지금쯤 쓰레기가 쌓였을 것인데, 싶으면서도 그녀는 라이터와 불만 번갈아 바라보았다.

그동안 오후 일이 끝나고 청소 시간이 되면 그녀는 방을 치우곤 했다. 그 방은 언제나 열려 있었고 방 한쪽에 있는 창고에서 폴리 필름과 장갑 따위를 꺼내곤 했으므로 임의로워서 청소를 해주었다. 방에는 어김없이 담배꽁초와 소주 빈 병과 입에 올리기 걸끄러운 잡지와 바둑 교본 그리고 이런저런 책 따위가 널브러져 있었다. 그녀는 이불 개고 쓰레기 치우고 책을 반듯이 쌓아주고 걸레질을 한 다음 눈에 보이는 대로 양말 따위를 주물러주었다. 쉬, 소리를 내며 빨래를 하고 있으면 공장장은 이것도 좀 해주시오, 속셔츠와 팬티를 들고 나왔으나 문기사는 쫓아와서 행여 따라 나온 제 속옷을 뺏어 가려고 했다.

"어차피 주무르는 거 냅두시오. 빨아주께."

팔에 힘주어 놓지 않아야 마지못해 돌아갔다. 그때는 빨래를 해주어도 전혀 마음에 걸리지 않았는데 오늘따라 그건 못 할 일이었다.

데이트라고 했다. 그게 분명 말 많은 여자들을 따돌리는 소리였으나 흘려들리지가 않았다. 사실 데이트라면 데이트였다. 손도 안 잡고 지그시 눈을 맞추지도 않았지만 둘만 따로 시간을 보냈으니 말이다. 저번에 냉장실에서의 잠깐 동안 이래로 두 번째였다.

쑥부쟁이 한쪽이 불기운에 오그라들고 있다. 승희네는 부지깽이로 쓰는 우산대로 불을 옮겨놓았다. 공장 쪽이 시끄러웠다. 일이 끝났다는 소리였지만 그녀는 그대로 앉아서 하염없이 불만 바라보았다. 기름 장갑이 거의 타들어가 불은 이제 사위어갔다. 장작불도 아니고 쓰레기 태우는 불이란 게 옆에 앉아 들여다볼 만한 게 못 됐다. 더군다나 한여름 아닌가. 아무리 오뉴월 화톳불도 쬐다 물러나면 섭섭하다지만 땀까지 흐르는 더운 곳이었다. 그러나 그녀는 그러는 줄도 몰랐다.

정말로 문기사와 데이트를 한다면 어떨까 싶어서 그녀는 불가에 쪼그리고 있지만 몸과 달리 마음이 멀리로 떠다녔다. 일에서 벗어나 극장 구경도 가고 제과점에 들어가 팥빙수도 사 먹고 음악도 듣는다면. 한 3년, 아니 한 3일 그것도 아니, 한 세 시간 만이라도 그와 단둘이서 아무도 없고 아무것도 없고 듣기에 좋은 음악을 들으면서 얼굴이나 한없이 들여다보고 손이나 한없이 만져보고, 말이나 한없이 나눠보고, 아, 한 번쯤 뜨겁게 껴안아봤으면 싶다.

가든이나 한식집이니 횟집이니 이런 데 말고, 듣자니 문기사가 기웃거리기 좋아한다는 어디 허름한 대폿집에 앉아서 생판 모르는 사람들 중에 저희도 그들에게는 생판 모르는 사람이 되어, 서로 옛사랑 이야기나 나누면서, 언젠가 본 영화 이야기나 하면서, 한다면 용기 내어 막걸리에 사이다 몇 방울 타 마셔도 보련만. 그것이 아니면 온 밤중을 한하여 손잡고 이 골목 저 골목 싸돌아다니거나, 분위기 좋은 맥줏집 같은 데 가서 월급 받은 걸로 맥주 한잔 사도 좋을 것을.

사람들은 벌써 가버리고 처리장은 텅 비었다. 예전 같으면 아이고머니나 싶었을 터인데 승희네는 그게 더 반갑다. 탈의실 한쪽 벽에 여자들이 걸어놓고 간 노란 앞치마들이 들쑥날쑥이다. 그 곁에 제 것을 하나 보탰다. 깔끔 떠는 여인네들은 작업복으로 쓰는 옷을 벗어놓고 깨끗한 것으로 갈아입고 가지만 걸어서 집에 가고 집에 가자마자 부엌과 텃밭에서 다시 몸을 구부려야 하는 그녀는 아예 몸뻬 차림이었다. 그러니까 누구네 결혼식이 여수나 순천에 있어야 외출복이란 걸 입어볼 수 있었다. 여자 나이 서른셋. 일과 세월 속에만 묻혀 있기엔 너무 아까운 나이였다. 그러나 그런 자각 없이 살았다. 스물넷에 시집와 아들딸 하나씩 낳고 농사지어 시부모 봉양하고 남편 위하며 살았다. 7년 동안 그렇게 살고 그 뒤 3년 동안은 잠자리 허전하게 살았다. 며느리 잘 봐서 집안이 잘됐다는 말을 시아버지한테 듣기도 했다. 바로 삼십 마지기 가지고 있던 논의 땅값이 올랐을 때였다. 시세로 쳐서 논을 모두 돈으로 옮겨놓으면 억대가 되었다.

그때부터였다. 시아버지는 농사일에서 손을 놓고 이장 명함을 간판으로 신풍 다방으로 놀러 다니기 시작하고 시어머니의 쓰임새도 커진 게. 그렇다고 땅 한 평 팔지 않았다. 두면 돈인데 왜 파냐는 거였다. 두 노인네 관광버스 나들이도 전에는 잘해야 1년에 한두 번이었는데 요즘은 보름거리였다. 그만큼 별의별 관광이 다 생겼다. 노인회 부녀회 4H 로터리 라이온스 청년회 주최는 흔하다 못 해 발에 차이고 남편 갑계 상조회 동창회 면사무소 모모 보험회사에 무슨 무슨 모임과 단체, 여하튼 모였다 하면 효도 관광이고 떴다 하면 명산대찰에 온천이었다.

죽은 남편도 예전에는 뱃사람들과 동네 입구 가게에서 소주나 막걸리 병 따는 게 술의 전부였는데 통이 점차 커지더니 숫제 안 들어오는 날들이 생겼다. 뱃사람이라 바다에서 자는 게 집에서 자는 것만큼 된다 하더라도 눈치로 보아 어장은 줄어든 반면 바깥

시간은 자꾸 늘어난다 싶다가 그렇게 가버렸다.

땅문서는 꼭 쥔 채 씀씀이만 커지니 집안에 현금이 남아나지 않았다. 추곡 수매해서 나온 돈은 시부모가 움켜쥐고 있으니 옆집 근태네 밭작물 출하 때 오이나 가지 몇 상자씩 얹어 팔아 나온 것으로 자식들 학용품비와 고기 근 사는 데 썼다. 아닌 말로 돈 될 땅이 있으니 살림이 째도 그게 어차피 자식들한테 갈 것이라 든든하기는 하지만 정작 자신의 호주머니에는 뭐가 든 게 없어 허전했다. 흔해빠진 금반지 계 하나 붓자 해도 돈 나올 구멍이 없었다. 그러던 차에 마을에 홍합 처리장이 생긴 거였다.

작업복은 누가 시키지도 않았는데 나이 순서대로 걸려 있어 맨 안쪽이 쌍봉댁이었다. 승희네는 좌우로 흐트러져 있는 것들을 바르게 만들어놓았다.

3일 전에 주물러놓은 빨랫감이 바싹 말라 빨랫줄 한쪽에 그대로 걸려 있는 게 핑곗거리가 되어 그녀는 그것을 개켜 가게로 들어갔다. 짐작대로 공장장과 문기사가 초벌 반찬을 놓고 소주병을 기울이고 있었다.

"어, 안 갔소?"

공장장이 소주잔을 들다 말고 눈을 동그랗게 떴다.

"뽈아줬으믄 좀 걷기라도 하시요."

"그저께 좀 들 말라서 그냥 두고는 잊어뿔었소. 하여간 고맙소. 소주 한잔하시요."

"나가 언제 술 묵습디여? 여기 식초 하나 주시요."

고맙게도 식초가 떨어져가던 부엌이 순간적으로 떠올라주었다.

"술은 못 묵응께 식초를 한잔하실라고 그라요?"

"식초를 워치께 묵어?"

공장장 농담에 승희네보다는 세자 엄마가 킥 웃었다. 밥집 아들 광석이는 파출소 유치장 맛보고 온 뒤로 한동안 얌전하게 지내는 중이었다.

"사이다 한 병 주시요."

문기사가 세자가 까준 사이다를 직접 승희네에게 따라주었다. 이 남자는 역시, 싶어서 그녀는 마음이 흐뭇했다.

"술은 못하시니께 이거라도 한잔 잡수시요. 오늘 고생 많았소."

승희네는 공장장 옆자리, 문기사 맞은편에 엉덩이를 붙였다. 저녁때라 밥집은 한적했다. 술손님들도 오늘은 비로 쓸어버린 듯하다. 좀 전 문기사와 둘이서 자갈 실으러 갔던 바닷가가 멀리 보이고 해는 슬슬 그 위로 미끄러질 채비를 차리고 있다.

"오늘 새로 온 아줌마 안 있소?"

공장장이 진지한 얼굴로 물어왔다. 남자들은 이래서 좋다. 저하고 문기사를 묶어서 놀리지를 않는다.

"누구요? 이, 미영이네."

"애기 이름이 미영이요?"

"딸 이름인디 친딸이 아니여라."

"그러요?"

문기사는 묵묵히 술잔만 비우고 공장장과 그녀의 말이 거듭 진행되었다.

"미영이, 진영이, 순영이 그러요 그 집이. 딸만 싯인디 참말로 착해라우."

"셋 다 친딸이 아니요?"

"새로 들어온 지 얼마 안 됐어라우. 한 늑 달 됐겠소?"

확인하고자 세자 엄마를 바라보았다.

"늑 달이고 네미 딸년이고 몰라 나는."

승희네 얼굴이 슬쩍 문기사 얼굴을 거쳐서 공장장에게로 돌아왔다.

"친엄마가 작년에 암으로 죽었어라. 참말로 착한 여자였는디. 그랑께 아그들도 착하단 말이요. 듣자니 어디 술집서 뎃고 왔다고 는 합디다."

"안 친하요?"

"말 한 번 안 해봤는디 뭐. 근디 왜 그러요?"

"손이 너무 느려서 못 쓰겠습디다. 말도 많고. 작업 분위기가 자꾸 흐트러져서 친한 사람 있으믄 말 좀 해보라고 할라고 그러 제라."

"선생네하고는 좀 말도 하고 그란갑습디다. 여기 온 것도 그 짝 통해서이고."

초등학교 교사 부인이 하나 공장에 다니는데 사람은 조용하고 점잖지만 지각 잘하고 점심시간에 자주 집에 다녀오고 해서 눈총이 깊어서, 있을 때는 사모님, 없을 때는 선생네라고 불렀다.

세자가 밥을 날라 왔다. 승희네가 일어서려고 하자 이번에는 문기사가 잡았다.

"쪼끔 있다 가시오."

이 남자가 나를 잡는구나. 승희네는 잠시 막막해졌다. 그동안 아침이면 반갑다가도 저녁이면 얼마나 섭섭했던가. 뒤도 돌아보지 않고 밥집으로 걸어가는 그와 등을 대고 반대쪽으로 걸어나갈 때 허전함이 가슴을 찔러 들어와 몸에 힘이 빠져나갔더랬다. 그런데 오늘은 가지 말라고 잡는다. 나와 더 있고 싶은 게다.

밥에는 손도 안 대고 술잔만 연거푸 들이켜는 사내를 여인네는 슬쩍 바라보았다. 집에는 가야 했다. 지금 가야 쌀 안치고 밥을 제시간에 해 올릴 수 있었다. 노할머니와 시부모, 자식들은 한결같이 이제 그녀가 오기만을 기다리고 있을 것이다. 소나 염소 개도 손길을 기다리고 있을 것이다. 아니 흑염소는 시아버지나 승희가 끌어왔을 수도 있다. 그러나 염소 하나 데리고 온 것은 촘촘한 일감 중에 어느 한쪽이 허물어진 축도 못 되었다. 어서 가야 했다. 핑곗거리도 없다. 앞집 옆집 같이 공장 다니는 여자들은 모두 돌아왔는데 유독 그녀만 늦는다는 것을 어떻게 설명할 수 있겠는가. 또 그 입방아를 무슨 수로 견뎌내겠는가. 도대체 이놈의 동네엔 말 못 해 죽을 사람은 하나도 없다. 말을 잃어버린 미순이 빼고는 동네에서 말을 제일 잘 못하는 이가 자신이라는 생각이 드는 부분이었다. 야간 일이 없다는 것을 온 동네가 뻔히 아는데 무슨 재주로 늦게 들어간다는 말인가. 이럴 때는 차라리 중령네처럼 깡 배짱이라도 있으면 싶다.

그녀의 모양새를 세자 엄마가 만들어주고 나섰다.

"자석 둔 애펜네가 뭐 해, 싸게 들어가서 노인네하고 새끼들 밥 채려줘야제."

궁리할 것도 없는 데다 집주인이 찌르르 들어오는 데는 버틸 재간이 없다. 천근 같은 기분으로 끄응 몸을 일으켰다. 차라리 국동패처럼 여수에서 살았으면, 동네 누구네 사정이 아이들 기저귀같이 까발려지는 곳이 아닌 여수 종포나 고소동 같은 데서 살았으면 싶다.

"얼릉 식사하시요."

반쯤 마신 사이다 잔을 두고 승희네는 일어서서 나왔다.

"가져가서 들으시요."

문기사가 따라 나오며 테이프를 꺼내 주었다. 밥집에서 불과 5미터밖에 떨어져 있지 않지만 그래도 그 거리가 어딘가 싶어 승희네는 힘주어 물끄러미 이 다감한 사내를 바라보았다. 씨익 웃는 문기사의 얼굴에 오후 햇살이 활활 탔다.

집 안이 난리가 아니다. 우선 배고프다고 개가 짖느라 시끄럽다. 마당에 널어놓은 콩은 누가 밟았는지 발자국이 찍힌 채 그대로 있고 마루에는 승희 가방과 수건, 비닐, 시아버지 반바지 따위가 널려 있다. 누가 먹다 남겼는지 지분거려놓은 밥상이 그대로인데 파리 떼가 한바탕 진을 치고 있어 그녀가 가까이 가자 까맣게 날아올랐다. 담벼락에 널어두었던 시부모 이불은 땅에 떨어져 하얗게 삭은 호박잎과 여보 당신 하고 있고 세숫대야에 담긴 물은 햇볕에 데워져 누리끼리한데 벌 한 마리가 빠져 윙, 동그라미를 그려대고 있다. 신발은 신발대로 마당에 나뒹굴고 방문도 반쯤 열려 있다.

부엌은 부엌대로 난장판이다. 아이들이 먹었는지 먹다 남은 라면 그릇이 포개 있는 것부터 해서 설거지감이 한참이다. 밥통은 비었고 담가놓은 쌀도 없다. 밖으로 나온다. 염소나 소도 없다. 당연히 사람도 없다. 아니 하나 있다. 사랑방 문을 여니 아니나 다를까 똥 냄새가 풍겨 오고 송장 같은 인간 하나가 뭐라고 구시렁대며 몸을 일으켰다. 에구 숨이 절로 나왔다. 목욕은 미루고 우선 대충 닦여 옷만 갈아입혀주고 마당으로 내려섰다.

이제부터 집 안 치우고 밥하고 국 끓이고 반찬 만들어 식구들 먹이고 설거지하고 노할머니 목욕시키고 새끼들 씻겨 재우는 일이 남았다. 참으로 지난한 삶이다. 언제부터 이랬는지 기억하기도 끔찍하다. 시엄씨가 고시랑거리지만 말고 손이라도 좀 거들어주면 좀 좋은가. 그러고 있는데 아, 머리를 치는 게 있다. 오늘이 증조부 제사다. 하이고, 소리가 곧바로 튀어나왔다.

움직이기 싫어하는 손을 놀려 마당부터 정리하는데 시어머니가 뭔가를 잔뜩 들고 들어섰다. 젯감 구하러 장에 갔다 온 모양이다.

"워째 인자 왔냐. 넘들은 진즉 오등만."

대답할 말이 없다.

"장에 갔다 오시요?"

"오늘 제산 거 알지야? 이거 좀 해놔라. 뭐 하냐 얼릉얼릉 좀 치우고 해라, 집이 이거 뭐다냐."

"예. 근디 애들이 어디 갔다요?"

"나가 어치 안다냐."

시엄씨는 다시 나가는 눈치다.

"어디 가시요?"

"느그 아부지 찾으러 나간다. 얼릉 좀 치고 소하고 염셍이 좀 끌어다 놓고 쌀부터 담가놔라. 그리고 낼 논에 약한다드라. 공장 가지 말아라."

승희네는 다시 혼자다. 대강만 치우고 염소부터 찾으러 나간다.

"승희야이, 진수야이."

골목에서 애들의 대답이 없다. 누구네 집에서 틀어박혀 노는 가 보다. 텃밭을 지나 산날맹이로 올랐다. 매에에에. 염소는 제자 리에 얌전히 서 있다가 주인을 반겼다. 노을은 붉고 붉은 기운 끄 트머리 저만치에 공장이 보였다. 밥집 문이 열리고 문기사와 공장 장이 나오는 것도 눈에 잡혔다. 저이는 이제 무엇을 할까. 내 생각 을 할까. 자신도 모르게 풀밭에 엉덩이를 붙였다. 조금 있자 누군 가가 공장 옥상에 올라 턱에 걸터앉는다. 문기사다. 불러도 들릴 거리가 아니지만 불러보고 싶어진다. 아니 마치 자기를 부르고 있는 듯하다. 그녀는 이미 듣고 있다. 그렇지, 녹음 테이프를 주었지. 단둘이 트럭을 타고 오면서 들었던 슬픈 그 노래. 해 지고 노을 물 드는 바닷가.* 둘이서 바라보았던 솔숲. 그러나 흐뭇한 기운도 잠시 가슴이 답답해진다. 오늘 밤은 제사, 내일은 농약 치는 날.

농약한다면 또 새벽부터 밥하고 새참 만들고 논으로 집으로 왔다 갔다 해야 하는 날이다. 종일 밥하고 치우고 물에 손 담그고 발에 뻘 묻히는 일이다. 시엄씨는 왔다 갔다만 할 것이다. 남편이 있다면 모를까. 또 호스 들고 직접 논으로 들어가야 한다.

"하이고 팔자야."

한 3일 걸릴 것이다. 거르지 않고 해오던 일이기는 하지만 이 번에는 정말 내키지가 않는다. 거기에다 노할머니 뒤치다꺼리가 다시 생각에 잡힌다. 짜증이 인다. 애새끼들은 또 누구네 집에서 코 박고 있는가. 아무것도 하기 싫다. 화가 치밀어 날맹이 아래, 집 마다 지하수 파기 전에 공동으로 썼던, 누렁우물이 다 되어가는 샘으로 내려가 물 한 바가지 길어 올렸다. 그제야 세수도 하고 발 도 씻는다. 발 씻다가 말고 한동안 멍하니 내려다보던 그녀는, 충 동적으로 샘가에 풀이 우거져 습한 곳으로 발을 쑥 들이밀고 처녀 적에 모내기할 때 하던 소리를 자신도 모르게 읊조렸다.

"내일부터 공장에 못 가고 농약 친단다. 씨발것, 독사야 내 발 물어라."

---

* 정태춘, 〈회상〉, 1987.

외딴집

"뭐 해. 아직도 안 일어나고."

"왔소?"

공장장이 눈을 비비며 문 바깥으로 인사를 보냈다. 식전에 창 밖에서 조잘거리는 것은 참새나 학교 가는 아이들뿐만이 아니었다. 나오고 싶은 사람들만 나오라고 일렀더니 비밀스럽게 말이 오 갔던 여인네들만 김씨를 앞세우고 오롯이 잘도 모여들었다.

간밤에도 고요한 하늘을 부수며 비행기가 날아들었고 기차는 사람과 사연과 짐을 싣고 광주나 서울로 올라가고 내려왔다. 공단 의 불빛은 여전히 밤에 더욱 밝았으며 철강이나 벙커시유, 액화석 유가스를 실은 트레일러들이 차도에 흠집을 냈다. 이른 아침부터 제 삶을 다한 돼지와 소도 두 남자가 잠든 방을 지나 도축장으로 올라가 남은 울음이나 실컷 울어댔고 밭에서는 고추가 조금 더 붉 어졌다. 밥집도 다섯 되의 쌀이 땀을 흘리다가 밥이 되었으며 그만큼 밥 장부에 사인이 늘었다. 다들 그대로였는데 홍합공장만 달랐다.

여인네들은 날이 날이라 소풍이나 운동회를 맞은 아이들처럼 조금은 상기된 표정들이었고 공장장이나 문기사도 새벽에 보일러를 돌리거나 탈판 준비가 없는 관계로 마음이 늘어져 늦잠을 잤다.

어제는 월급날이었다. 일이 끝나고 전무가 말했다.

"예, 더운 여름 동안 고생 많이 했습니다. 여러분들이 아무쪼록 고생들 해주신 덕분에 한여름 일 잘 넘기고 이번에 선적을 합니다. 그동안 이런저런 일도 있었고 또 본의 아니게 제가 싫은 소리 한 적도 있었습니다. 다 일이 원활히 돌아가고자 한 것이니까 혹시 섭섭한 마음이 들었더라도 너무 담아두지 마시고 다 풀도록 합시다. 그리고 할머니들께서도 고생 많이 하셨습니다. 다 여러분들 덕분에 무사히 선적 날짜를 맞출 수 있었습니다.

아, 잠깐 계세요. 공장에서는 할머니들이 홍합 까는 것을 며칠 쉽니다. 물론 일은 계속할 겁니다. 지금 배를 독에 올려 수리 중에 있으니 고치는 대로 바로 시작합니다. 잠시 쉬시다가 일이 시작되면 연락드릴 테니 그때 다시 나와주십시오. 할머니들부터 호명하는 대로 나와서 간조(품삯)를 받아가십시오. 혹시 자기 계산하고 틀리면 여기 공장장이 장기(帳記)를 가지고 있으니까 확인들하시고요. 그럼 부르겠습니다. 할머니, 딴 데 쳐다보지 마시고 잘 들으세요."

"거기요, 머시기네."

"나는 얌전히 있었구만. 사장님이 그짝 쳐다보고 하신 거여."

오호호. 전무 말을 받아 할머니들끼리 건들며 주름진 입가를 폈다. 돈의 위력이란 그런 거였다.

"잘 들으세요. 김끝자 할머니, 순덕이 할머니, 상호 할머니, 두뎅이네 할머니……."

전무가 부르는 대로 할머니들은 접힌 허리를 그대로 접은 채 다가와 공손히 봉투를 하나씩 받아갔다. 다들 이름들이 망측하다고 본인의 이름을 쓰는 경우가 드물고 손자 이름을 그대로 썼다.

두뎅이네 할머니는 쌍둥이 할머니로 그게 그대로 명칭이 되었는데 항상 두 아이를 데리고 다녔다. 아무리 봐도 오지다고 스스로 그 이름을 좋아했다. 며느리가 공장에서 시간 일을 하니까 시엄씨 며느리 손자 둘 해서 네 식구가 날마다 공장에 나오는 셈이었다.

두뎅이네 할머니가 하나는 업고 하나는 걸리면서 나가자 며느리는 쫓아 나가 이를 말 이르고 아이들 코 한 번 더 닦아주고 얼굴 한 번 더 만져보고서야 보냈다. 이 며느리는 공장 여자 중에서 유일하게 퍼머가 아닌, 단발 생머리를 한 제주도 출신의 새댁이다. 바구니나 박스 따위의 짐을 옮길 때 다들 머리에 이고 다니는데 이 여자만큼은 이지를 못하고 등짐을 졌다. 장난으로라도 머리에 이어주면 박스 하나도 버거워 비틀배틀하다가 세 발자국도 못 가 땅에 떨어뜨렸다. 그럴 때마다 사람들은 웃고 자기도 겸연쩍어

했다. 말투는 거의 뭍의 것으로 바뀌어 대화하는 데 불편이 없지만 한 번도 머리에 짐을 이어보지 못한 버릇이 그대로 남았던 것이다. 대신 허리 굽혀 등짐을 지면 웬만한 남자 뺨쳤다.

꼼꼼한 할머니들은 하루 일과가 끝날 때마다 그날 깐 양을 박스 쪼가리에 적어달라고 해 날마다 차곡차곡 챙겨놓고 아들이나 손자 손녀더러 계산해달래서 모두 얼마인가를 적어가지고 오기도 했고 헐헐한 이들은 주는 대로 그냥 받아 갔다. 그러나 여인네들이 이리저리 연결이 된 탓에 공장장과 장부를 들춰 검사를 해놓았기에 틀리는 경우는 없었다. 그동안 빠짐없이 나온 이는 두툼한 걸 챙겼고 자주 빼먹은 이들은 얇은 게 얻어걸릴 수밖에 없었다. 딱 하루 나오고 안 나왔던 이들도 월급날이라는 소식을 듣고 찾아와 차례를 기다린 다음 맨 끝에서야 몇 푼 돈을 받기도 했다. 생전 가게 한 번 안 들어가던 할머니들이 그날만큼은 세자네에 들러 과자를 뽑아 들었기에 잠시 밥집이 소란스러워졌다.

할머니들이 주섬주섬 다 돌아가고 나자 공장은 썰물이 빠진 것처럼 조용해졌다. 여인네들을 세워놓고 전무는 다시 입을 열었다.

"더운 날씨에 그동안 정말 고생 많았습니다. 에, 고생들 하셔서 위로 차원으로 파티라도 한번 열어야 하겠는데 다들 집안일로 바쁘셔서 어려울 것 같고 사장님께 말씀드리고 공장장과 상의해서 이렇게 하기로 했습니다. 아시다시피 내일이 선적입니다. 예, 결론부터 말씀드리면 내일 나오셔도 좋고 안 나오셔도 좋습니다. 내일 하루는 모두 일한 걸로 달아드리겠습니다."

모두들 얼굴이 한순간에 밝아졌다.

"다만 시간 여유가 있는 분은 나와서 선적 좀 거들어주시고 끝나는 대로 같이 한잔하시기 바랍니다. 거듭 말씀드립니다. 파티는 하되 참가하실 분들은 아침에 나와주시고 싫으신 분들은 쉬십시오. 나오시든 안 나오시든 내일 하루는 유급입니다. 선적은 내일 11시입니다. 이상입니다."

여인네들은 박수를 치고 오니 못 오니, 바쁘니 헐겁니, 떠들며 월급을 받아 갔다. 월급 받은 날의 여인네 모습은 뭘로 표현할까. 겉으로 보기엔 별 특징이 없는 듯해도 눈가나 입가에 둥그런, 미소 어린 기운이 떠도는 것은 숨길 수가 없었다. 할머니들보다 더했다. 공장 일로 인이 박힌 국동패들도 그러는데 신참내기 신풍패들이야 어련하겠는가. 한 달 동안 고생해서 받은 돈이 집으로 들어가 고기 근을 끊든지 아이들 용돈으로 가든지 아무도 몰래 친정 쪽으로 날개를 달든지 금반지 곗돈으로 나가든지 이도 저도 아닌, 장롱 깊숙한 곳에서 겨울잠을 자든지 하여간 주인의 요량대로 풀풀 날아가든지 숨든지 할 것이다. 여인네들은 가벼운 발걸음으로 돌아갔다. 월급날은 발걸음도 다른 날보다 빨랐다.

"와따, 빨리 왔소이."

문기사도 그제야 눈꺼풀을 떼어냈다.

"눈탱이가 부셨어 부서."

"눈이 아예 붙었구만."

"젊은 것들이 그것 좀 마셨다고 골골하기는."

한마디씩 하는데 전날 돈 탔다고 한잔 샀던 김씨는 생생한 모습이었다.

"근태 엄마는 안 왔소?"

"올라다가 근태 아빠 데리고 병원 가봐야 쓴다고 안 온다고 하등만."

"또 병원을 간답디여? 아, 니미. 가믄 뭐 해. 아리께처럼 닝겔 뽑아불고 도망 나올 것인디, 소용이 있간디?"

공장 입구에서 만난 사이라 집이 멀리 떨어져 있는 김씨는 마을 소식을 잘 몰랐다.

"그래도 쉬는 날이라 한번 데리고 가본다고 합디다."

"남편보다는 이녁(자기) 이빨이나 좀 고치제."

강미네가 근태 엄마 걱정을 하고 김씨는 명색이 친구라고 진료 방법을 내놓았다.

"그것은 그렇게는 술빙 못 고친당께. 술빙이 어디 몸에서 나는 빙이간디? 닝겔 놓고 약 믹이고 하믄 몸 좋아져서 술을 더 묵어분디?"

"그러믄 워찌케 고쳐야 한다요?"

묻는 이가 김씨네였다. 근태 아빠를 두고 이러니저러니 하니 그럼 당신의 소견은 어떻냐고, 그래서 어떻게 해야 당신의 술병을 고칠 수 있겠는가, 화살표를 만들어 남편에게 묻는 거였으나 김씨는 저한테 누가 사살이라도 더 늘어놓기를 바랐는데 반갑다는 투로 받아들이고 있었다.

"딱 하나여, 그건."

"뭔디요?"

"우선 날을 하루 받어 술을 잔뜩 믹이고."

그 소리 해놓고 김씨 자신도 염치가 곰친지 한 번 웃다가 말을 이었다.

"술을 잔뜩 믹여갖고는."

듣는 여인네들의 얼굴에도 그러면 그렇지 하는 웃음이 눈주름과 함께 만들어졌다.

"술에 떨어져서 정신이 나가믄 꽁꽁 묶어갖고 병원으로 뎃고 가는디 그 병원이 정신병원이여야 써. 긍께 이 물건이 정신이 회딱 돌아갖고 지랄빙을 앓으니께 이렇게 잠 해주시요, 하고는 사지를 묶어놓고 나와부러야 써."

"술 깨고 나믄 안 나오요?"

"니미, 말을 해놓으믄 되지. 이것은 절대 지가 안 미쳤다고 하니께 그 증세도 좀 살펴주시오, 하고. 저를 정신병원 철창에 가둬놓으믄 술을 묵을 거여 어쩔 거여. 술 안 묵으믄 다 나서 그 빙은."

"알었소. 당신도 그렇게 하믄 술 안 묵고 낫겠소이."

마누라 말에 그제야 눈치를 챘다.

"이런 니미. 그것이랑 나랑 같간디."

맞는 말이기는 했다. 근태 아빠가 벌레 먹은 오이 꽁다리라면 김씨는 체격 면으로나 체력 면으로나 씻어놓은 조선무였다.

"오래 살라나 몰라."

"무슨 그런 소리를 하요. 그래도 오래 살어야지."

"드런 세상 오래 살어서 뭐 해."

"그래도 좋은 세상 한번 봐야지. 일만 하다가 멜치 새끼처럼 말라보타 죽어불믄 억울해서 어떡해."

"맞다. 통일되믄 금강산 묘향산 구경도 해야 될 꺼 아이요. 우리 친정 할아부지가 아직 살아 계신디 지금도 마 거기가 그리 좋다고 말씀하시디만."

말머리를 빼앗긴 김씨가 여인네들이 오밀조밀 주고받는 말을 다시 채뜨렸다.

"통일되믄 니미 우리들한테까지 순번이 오간디? 통일됐다 하믄 뭐시냐, 복부인들이 돈 싸 짊어지고 가서 몽땅 땅 사부를 건디? 사놓고 이건 내 땅이다, 돈 내고 들어와라, 할 건디?"

"아저씨는 생각을 해도 우예 그리 안 좋은 쪽으로만 하시는데예?"

"나중에 봐봐. 내 말이 틀리는지 맞는지."

"참말로 근태 아빠는 얼굴이 너무 못쓰겠습디다. 간이 상하믄 그런다든디."

강미네가 이야기 줄기를 틀어잡았다.

"맞다 마. 남자가 운동도 좀 하고 해야 건강한디. 황영조 봐라. 을매나 튼튼하노."

"진짜로 잘 달리등만. 근데 금메달 따서 받고, 또 무슨 상금 타고 해서 겁나게 번다메?"

"많이 받아야 되지 않소. 그만큼 고생했다 아이요. 일본 아도 잘 달리긴 하데예."

"이름이 모리시타여. 하도 들어서 안 잊어분다."

"뜀박질 잘하는 것도 그렇고 요즘은 운동하는 것이 돈 버는 세상이다. 나는 우리 진이 공부 안 시키고 체조나 수영 시킬 끼다."

"야야, 말어라. 어쩌다 그중 하나나 출세한다이."

"이번이도 금메달을 열두 개나 땄다."

"열두 개가 많소. 수만 명이 그거 하나 쳐다보고 사는디. 밀어줄라믄 돈도 많아야 쓴다등만."

"한봉아 한봉아, 아이고 장한 내 한봉아. 이 영광을 먼저 주님께 감사디리고."

레슬링에서 안한봉이 금메달을 따고 나서 어머니와 통화하던 장면을 강미네가 흉내 냈다. 여인네들이 웃어서 김씨가 다시 한소리 할 기회가 생겼다.

"애새끼들은 베짱이마냥 가수만 쳐다보고 살고 으른들은 텔레비전 앞에서 공 차고 잡아 넴게뜨리고 달음박질하는 것만 쳐다보고 살믄 잘되겄다 니미."

선적을 돕겠다고 온 여인네들은 우선 당연직으로 강미네와 승희네, 중령네, 김씨네 네 명으로 김씨와 응달에 앉아 그런 소리나 조잘거리며 두 남자가 밥 먹고 돌아오길 기다렸다.

선적은 사람만 넉넉하면 그리 어려운 일이 아니었다. 11시가
다 되어 문기사가 밖에 기다리고 있다가 부산에서 온 컨테이너 차
를 냉동공장으로 끌어왔다. 여왕개미처럼 덩치가 크고 긴 차는 머
리와 몸통이 따로 분리되어 있기에 후진하는 방식이 여느 차와 반
대였다. 운전사가 능숙하게 차의 똥구멍을 냉장실 입구 턱에 맞추
어 댔다. 냉동공장 지게차 기사인 박기사가 지게차로 20개씩 쌓아
놓은 박스 더미를 팰릿째 통째로 떠 오면서 일은 시작되었다.

"준비됐소?"

공장장이 사무실에서 뛰어나오며 일갈했다.

"예. 실읍시다."

"좋아. 올 스탠바이. 스타트 엔진."

그는 흥이 나면 배에서 쓰는 용어를 썼다. 냉장실에서 지게차
를 타고 나온 홍합 박스를 여인네들이 허물어 옮겼다. 문기사와
김씨가 컨테이너 안에서 받아 차곡차곡 수를 맞춰 쌓았다. 정신없
이 들고 나자 금방 땀이 돋아 얼굴이고 셔츠가 흥건해졌다. 사설
한 대목씩이 저절로 나왔다.

"홍합아 잘 가거라. 이쁜 너를 불에다 삶고 얼음에다 꽁꽁 얼
리고 해서 영 미안하다야."

"너는 좋겠다. 배 타고 구라파도 가고."

"아이고 우리는 언지 외국 한번 나가보노."

"가서 미시타 배불뚝이한테 안부나 전해라이. 아나 베사메 무

초다 씨발것."

김씨가 그 소리를 하는 것은 이유가 있었다.

일전에 몸집이 산(山)만 한 스페인 수입업자 둘이 오퍼상을 대동하고, 여자 통역원을 뒤에 붙여 공장을 찾아왔다. 공장은 이틀 동안 장학사 맞는 학교처럼 부산을 떨었다. 구석구석 청소를 했고 여인네들의 흰색 장화를 새것으로 바꾸고 머리에 흰 모자를 씌웠다. 천장 거미줄까지 다 털어내고 공장 뒤 풀도 깎았다. 심지어는 고물 트럭까지 여인네들이 덤벼들어 번쩍번쩍 닦아놓았다. 남자 직원들 옷도 푸른색 공원복으로 준비하고 나자 멀리서 온 일행이 도착했다. 전무가 그들을 맞았다.

"¿Es esto una fábrica?"(여기가 공장입니까?)

얄쌍하게 생긴 통역이 바로 말을 바꾸어주었다. 전무가 그렇다고 공손하게 대답하며 김씨를 힘주어 노려보았다. 문기사와 공장장은 반듯하게 청색 작업복으로 갈아입었지만 그는 날마다 입던 옷차림이었다. 김씨는 신경도 안 쓰고 문기사한테 귓속말이나 하며 히히 웃었다.

"니미 등빨 좀 봐라. 뭘 좆나게 묵었는갑다."

그들은 곧바로 공장 안을 살펴보기 시작했다. 홍합 찌는 보일러와 그것을 까고 앉아 있는 할머니들의 손까지 유심히 관찰했다.

"¿Qué tipo de agua? ¿Es del mar o aguapura?"(저 물은 어떤 물입니까. 해수(海水)입니까? 육수(陸水)입니까?)

배가 유난히 튀어나온 스페인 사람이 마침 김씨가 보일러에서 끄집어낸 홍합을 물에 담가 씻고 있는 것을 보며 물었다.

"맹물입니다."

"¿Como están seleccionando el tamaño del marisco?"(홍합의 크기 선별은 어떻게 하고 있습니까?)

"저희들은 아예 배에서 선별을 해가지고 옵니다."

말은 한 다리 거쳐 바뀌면서 부지런히 넘나들었다. 배불뚝이들은 고개를 끄덕이며 할머니들이 까고 있는 것을 몇 개 들어 올려 유심히 보더니 그중 두어 개를 먹어보기까지 했다.

"저렇게 처묵웅께 배가 튀어나오제. 니미 마누라는 깔래서 죽어부렀겄다."

"¿Cuánto tiempo durante la llegada del producto en el congelador después de su trabajo?"(작업을 마친 다음에 제품이 냉동실에 가기까지 걸리는 시간은 얼마입니까?)

전무가 차근차근 설명을 해주었다. 김씨가 문기사의 팔을 잡아당겼다.

"스페인 말 하나 아는 것 있는가?"

"있소. 베사메 무초가 스페인 말이요."

"근가?"

그들은 냉동 냉장 시설을 보고 싶어 했다. 전무가 공장장에게 몇 가지 이르고는 그들을 이끌고 나갔다.

"안녕히 가십시오. 또 오십시오."

석이네가 뽀르르 달려와 정중하게 인사를 차렸다. 배불뚝이들이 뭐라고 웃으며 답례 인사를 했다. 김씨도 나섰다.

"어이, 베사메 무초. 굿바이."

그들은 어리둥절한 얼굴이 되어 전무에게 손을 으쓱해 보였다.

"¿Quién es el hombre? Es un hombre un poco extraño."(저 사람은 누굽니까? 좀 이상한 사람입니다.)

전무는 이쪽으로 인상을 한 번 그어 보이고는 아무것도 아니니 신경 쓸 것 없다며 일행을 냉동창고 쪽으로 끌고 갔다. 준비가 철저했고 요구사항을 모두 들어주기로 해서 결과가 잘 났기에 김씨는 전무에게 불려 가 또 일 도중에 술 먹고 헛소리나 했다고 소리만 풍성하게 들었지 그렇지 않았으면 큰일 당할 뻔했다. 꾸지람을 듣고 나온 뒤 베사메 무초의 뜻이 입맞춤이나 잔뜩 해달라는 것을 알고 김씨도 배를 잡고 웃었다. 그 뒤로 툭하면 배불뚝이 소리를 해대고 있었다.

김씨 입이 계속 열렸다.

"똑같은 합자로 태어나도 누구는 깨끗하게 포장되고 외국 말찍 해서 외국 나가고 누구는 낯바닥에 에이비시 한번 박아보기는 내비두고 땡볕에 땀내 난 거 물도 못 해 쉰내나 풍기고 있으니, 참 팔자도 여러 가지다 니미."

"하여간 합자 댕기는디 수컷들 조용한 법 읎당께."

여자들의 응수도 그리 사납지 않다.

"허어. 합자처럼 좋은 것이 어디에 또 있겄어. 그랑께 날은 더워 죽겄는디도 집마다 때가 밀려도 좋다고 날마나 뻘 구덩을 파니께 뻘소리가 나제."

"봤소?"

승희네가 새된 소리를 질렀다.

"봐야 알간디? 집구석에 드러누워 있으믄 들리는 것이 다 그 소린디?"

"암 소리도 안 나등만."

김씨네가 별 소용 없는 대꾸를 했다.

"그 소릴 누가 귀로 듣간디? 저건 하여간."

"그람 뭘로 들으요?"

"냄새로 듣는다 니미. 끙차. 어여 들고 옴서 말해. 하여간 애펜네들은 조됭이만 벌렸다 하믄 발은 딱 서버린당께. 참말로 지랄들 하네. 서서 이야기 들을라믄 박스나 내려놓고 들어. 친정 오래비가 죽었나, 어버리같이 뭐 한다고 그 무건 것을 들고 그냥 서 있어. 에라이."

여인네들은 저도 모르게 말수더구질을 주고받느라 무거운 줄도 모르고 짐을 들고 서 있었던 것이다. 깔깔 호호 웃음으로 둔한 곳을 가리느라 정신들이 없다.

"그것이 그리 좋으요?"

문기사가 하던 헛소리나 계속하자고 부추겼다.

"암만. 총각은 말해줘도 몰라야."

"요즘은 총각들이 더 잘 안다요."

승희네가 무언가로 가득 찬 풍선을 대롱대롱 띄우며 희한한 각도로 문기사를 감아왔다. 문기사도 비슷한 각도로 나갔다.

"하고 나믄 뭣 같다는 것이 그거 아니요?"

"어이서 써묵어보기는 했구만. 하긴 삼십 총각이 어디 총각이여? 그건이 한마디로 하믄이 변소여 변소. 마려울 때는 세상읎이 귀중한 것이 그건디 누고 나믄 또 세상읎이 드럽고 배기 싫은 것이 그거니께."

"하고많은 말 중에서 변소가 뭐요, 변소가."

말이 좀 그렇다고 느껴 이번에는 강미네가 옆구리에 팔을 걸어붙이고 네 이놈, 했다.

"하여간 믹에주고 재워주고 해도 은공도 모르는 씨걸렁팽이들이 남자들이랑께. 개도 은혜를 갚는디 개만도 못한 소리 하고 있구만. 변소? 아나 변소다. 그것이 변소믄 김씨 아저씨는 뭐요? 에미 변소에서 빠진 뭐요?"

김씨가 말이 심했기도 했고 또 반장에게는 한 수 접히는 위치라 헤헤거리며 말휘갑을 내둘렀다.

"말을 하다 봉께 그란 거지. 문기사가 하고 나믄 뭣 같다는 소리를 항께 나가. 그래도 세상에서 제일 이쁜 것이 그거 아니요? 너 하루 잘 묵을래, 하루 여자랑 잘래, 그라믄 백이믄 백 천이믄 천 세상 남자가 다 잘라고 안 하요. 단 구멍이 신 구멍만 못하다고, 오죽했으믄 미추불문(美醜不問)이라겠소. 다 그것이 좋아서 하는 소리제."

"그래서 금이 엄마 못 봐서 난리였소?"

김씨네가 훌쩍 서서 남편을 빤히 쳐다보았다. 일하다 말고 모두 박스를 보듬고 엎드려 웃음을 참느라 곤욕을 보았다.

"이 애펜네가."

김씨의 얼굴 한쪽이 화살에 맞았다.

"못 할 말 했소?"

"이 씨."

"헛짓거리 하지 말고 얼른 실어부릅시다."

공장장이 부부의 어깃장을 메웠다.

"너 이따가 봐."

김씨네는 그제야 입만 쎌룩하고 불 본 달팽이처럼 촉수를 거둬들였다. 어느 정도 웃고 떠들고 했으면 또 한번 몰아서 일 처리를 하는 게 이곳의 질서였다. 그들은 입을 다물고 헛사, 응차, 하며 말 대신 땀방울을 내놓았다.

통째 간 것 21톤, 반만 간 것 21톤 해서 송장(送狀)에 사인해 두 컨테이너에 다 채워 보내고 나자 중천이었다. 컨테이너는 공장 앞에서 좌회전 깜빡이를 한참이나 넣더니 드디어 간격이 생겼는지 느릿느릿 긴 몸을 거두며 제 차선으로 들어갔다. 부산에 도착한 저것은 승선 절차를 기다렸다가 갠트리크레인에 잡혀 컨테이너선 화물칸 귀퉁이쯤 자리 잡은 다음 어느 밤 소리 소문 없이 출발하여 홍콩, 대만에 들렀다가 인도네시아, 인도, 페르시아만을 거쳐 유럽으로 들어가서 저 태어나던 곳과는 딴판인 풍광이나 실컷 구경하고 배에서 사귀었던 것들과 점차 하나씩 헤어진 다음 프랑스와 스페인에 내릴 터였다. 내려서 사람들 입으로도 들어가고 화장품 원료로도 사용될 터였다.

먹을거리가 되든 클렌징크림이 되든 어쨌든, 어디로 가든, 잘 가거라 했다. 여름의 흔적들, 뙤약볕 아래 구슬땀 흘려 구워냈던 노동의 결정들, 햇살에 몸을 태우며 육신으로 반죽하고 긴장으로 일구어냈던 제품들이여, 잘 가거라.

일은 끝났고, 오후는 비어 그들은 무언가를 했으면 싶고, 또 이미 약조되어 있는 것이 있었다.

"다 끝났으믄 얼른 오시요."

기다렸다는 듯이 냉동공장 사람들이 불렀다. 그들은 냉동 냉장실에 물건 들어가고 나오는 것을 맡아 하는 이들인데 지게차 기사나 냉동 기사 외에도 단순 노무직으로 네 명이 있었다. 준비가 된 모양이었다. 홍합공장 선적에 맞추어 냉동·홍합공장 양쪽에서 추렴을 하여 개를 잡았다.

남자들이 선적 뒷설거지를 하고 여자들은 부르는 데로 쫓아가서 부추 다듬고 그릇들을 챙겼다. 승희네는 정작 저 자신은 개고기에 입도 못 대면서, 그동안 끓이고 삶고 간 맞추며 쌓은 실력을 발휘하여 인간의 행위란 게 스스로를 위하는 것보다는 다른 이들을 위하다가 실력이 늘지 않나 싶게, 넣고 빼고 더하고 감하는 주방장 역할을 했다.

"누 집 것을 얼마에 샀다요?"

집에 개가 있는 이는 그것부터 물어보았다.

"누구네 거라드라? 하여간 이장이 사준 건디 우리 강아지 한 마리 얹어주고 육만 원에 샀소."

이장이 누군가.

"아버님이 사줬다고라? 그람 재석이네 건가?"

"이장이 아부지요?"

이장한테서 개를 받아 온 직원이 물었다.

"시아부지요."

솥단지에 고깃덩이를 집어넣고 된장을 술술 풀면서 승희네는 넙죽넙죽 대꾸를 잘도 했다. 개는 잔털 하나 없이 각단지고 깔끔하게 각이 떠져 있었다. 도축장이 바로 위에 있지 않던가.

"그럼 이것도 승희 엄마가 키운 거요?"

문기사가 홍합공장 사람들만 알고 있는 농담을 던졌다. 뭔 소린가 싶어 잠깐 멍하다가 승희네는 얼굴이 붉어지며 문기사를 툭 쳤다.

"왜 넘의 총각을 패요?"

다 익을 때까지 어차피 무슨 소리로든 시간을 보내야 했다. 그러나저러나 그러고 말 것을 김씨네가 사람이 그리 영특하지 못한 태를 내며 승희네의 비밀스런 것을 까발려버렸다.

"옛날에 승희 낳고 젖이 불어 강아지한테도 젖을 물렸다등만 그 소린갑소."

"이예?"

"진짜요?"

승희네의 붉어진 얼굴이 제자리로 돌아올 시간이 없었다. 냉동공장 남자들은 일제히 눈을 들어 정면에서 우뚝 돋아난 승희네 가슴을 바라보았다.

"아, 뭘 보요?"

승희네 입에서 일갈이 터져 나왔고 남자들은 섭섭해하며 표나게 시선들을 거두었다.

"직접 하시오. 나 안 할라요."

"아이고, 잘못했소."

"괜히 어만 소리를 해갖고."

그러나 승희네는 삐지는 성격이 아니어서 문기사만 한번 곱게 타박하고 다시 일을 시작했다.

"그 개믄 짠해서 어째."

김씨다. 승희네도 담담하게 받아넘겼다.

"아이고 그때가 언진디? 승희가 지금 초등학교 3학년이요 3학년."

"젖이 얼마나 불었으믄 그랬을까."

이번에는 김씨네다.

"젖이 남어도는디 상렬이네 강아지가 한 마리 들어왔습디. 그 집 개 어미가 그때 열차에 안 치여 죽었소. 치여 죽은 거 동네 으른들이 해묵고 이틀인가 있다가 송미네 아부지가 똑같은 자리에서 치여 죽어부러 동티 났다고 굿도 하고 그랬구만, 그때 승희

젖을 믹이는디 강아지가 와서는 그걸 보고 낑낑댑디다. 그것도 산 것이라고 그걸 아는갑습디다. 하도 짠해서 어차피 버릴 것, 그냥 믹엤지 어쨌겠소. 그것이 뭐 잘못됐소?"

그쯤이면 사내들도 무게 있게 고개를 끄덕였다. 공장장이 현장에서 챙겨 온 버너에 불을 붙이자 워낙 화력이 좋아 금방 끓어 넘쳤다. 누군들 들고 하면 못 할 것도 없지만, 사람이 여럿 모이면 꼭 선생이 있고 풍각쟁이가 있고 아편쟁이도 있었다. 왕년에 개깨나 잡았다는 지게차 박기사가 도마와 칼을 붙들고 고기를 썰었다. 공장 뒤 빗물 차양 아래 그늘에서 늦여름의 보기 좋은 풍경이 생겨났다. 김이 펄펄 오르는 솥단지, 부추 한 바구니, 김치보시기, 마늘, 깻잎, 양파가 좌우로 포진된 곳에서 제 일이 끝난 승희네만 문기사 뒤에 앉아 사이다를 홀짝거리고, 남자 여자 섞여 근 열 명이 둘러앉아 먹는 만큼 땀을 쏟아내기 시작했다.

"아하, 맛있다. 내장도 좀 삶어봐."

"알었소. 아까 내장 어디다 놨소?"

"이건 어디여?"

"갈비요, 갈비."

"따지지 말고 썰어주는 대로 잡수기만 하시요."

"어, 좋다. 한잔 더 하게."

"엄전은 숯불에다가 구워야 쓰는디."

"아줌마, 솔(부추) 좀 더 늫소."

"껍질은 따로 해놨제? 이, 이리 좀 줘봐, 이것을 이렇게 마늘을 싸서."

"근디 개는 원래 마늘하고는 같이 안 묵는답디다."

"맛있으믄 됐지 니미. 마늘 이리 더 줘봐."

"아저씨는 승질이 몬됐다."

"된장은 누가 버무렸소. 영 잘 만들었구만."

"우리 승희네가 했소."

"물수건 혹시 있소?"

"그냥 옷에다가 닦어."

냠냠 쩝쩝 후르륵 꿀깍 시끄러웠다. 문기사는 사발 단지에 국물을 받아 부추를 넣고 후르륵 마셨다.

"문기사가 먹을 줄 아는구만."

"그래도 고기부터 묵어."

개고기값으로 홍합공장에서 반을 냈기에 강미네는 편들기를 했다. 이럴 때는 소주도 햇볕을 받아 미지근한 게 입맛을 더 달궜다.

"소주를 이런 것으로 묵으믄 맛이 난다냐. 어이, 말좆 꼬푸 좀 갖고 와봐."

"고기 묵으시요."

김씨네는 선적이나 먹을 것보다는 남편 술 걱정 때문에 따라나온 탓에 틈만 나면 말리려 들면서도 시키는 것은 말을 잘도 들었다. 다들 소주잔 들고 김씨만 맥주잔을 들었다. 공장 앞 차도로는 뜨거운 바퀴를 달고 트럭들이 질주했고 한편 옆인 이곳은 매미 우는 소리만 가득했다. 개 먹는 곳 빼놓고는 온 동네가 다 조용하다. 밥집에서 빌려 온 몇 뼘짜리 도마에 개고기는 수북이 쌓이고 쌓이자마자 젓가락질이 거듭 바빴다. 박기사는 연신 손을 행주에 적셔가며, 입으로 불어가며, 노련하게 칼질을 해댔다.

"좀 묵어보시요."

홀로 앉아 있는 승희네가 안쓰러워 문기사가 끌어들였다.

"참말로 좀 무보소."

"개고기를 워떻게 묵소."

"냠냠 씹어 묵지 워치께 묵어."

"나는 못 묵으니께 걱정 말고 어서들 드시요."

"그래도 같이 안 묵으니께 영 걸리요."

"그러요. 좀 잡수시요."

"젖 주던 거라서 싫소?"

"또 그 소리. 빨리 잡수시기나 하시요. 바닷가는 언지 가요?"

개고기가 끝나는 대로 썰물에 맞춰 바닷가로 갯것 가기로 전날 약조가 되어 있었다.

"갑시다, 얼릉."

"가만있어 봐. 묵을 건 묵고."

삶고 썰고 먹고 떠들고 다시 데우고 하다 보니 얼굴들도 불콰하고 기름땀으로 낯바닥들이 번지르르했다. 한여름 내내 더위와 일과 선적의 촉박함에 시달리던 몸이 이제야 힘을 보충받고 있는 거였다. 개고기이기는 하지만 그러나 먹는 것이야 한나절만 지나도 몸에서 없어져버리는 거였다. 어쩌면 몸으로 섭취하는 영양만큼이나 휴식 시간에서 받는 정신의 쉼 덕분에 길고 긴 노동의 고통이 사그라드는 듯도 했다. 고기 덕이든 휴식 덕이든 더운 열기가 하늘과 함께 몸속에서도 일어나고 있다.

뜨거운 태양 아래에선 바다도 순했다. 바다도 더위를 타는지 아예 낮게 엎드려 잔물결도 힘겨워했다. 쉬지 않는 건 멀리 공단 굴뚝이었다. 그곳과 이곳 사이 만(灣)에 사로잡힌 바닷물은 일찌감치 푸른색을 잃어버리고 보기에 따라서 누렇거나 붉게 보였다. 예전이면 따뜻한 물을 찾아 고기들이 떼로 몰려들던 곳이지만 지금 살아 있는 거라고는 하나도 없는, 공단의 공업용수 창고가 되어버린 상태였다. 말이 좋아 갯것 한다고 했지 그것은 순전히 핑계여서 호미나 함지박을 들고 온 이는 하나도 없었다.

한여름 내내 삶고 얼리고 다듬었던 홍합을 멀리 유럽으로 보내고, 죄 없는 동네 걸구 한 마리를 저승으로 보낸 덕에 그들은 모두 불그스레한 얼굴이 되어 썩은 바닷가로 가는 길이었다. 개고기가 확실히 기운 승한 데가 있어 뙤약볕 아래서도 지친 얼굴이 없었다. 여자들은 쓰는 힘의 정도가 그래서 그렇다고 치고 오후가 되면 근력 없어 하던 남자들도 모처럼 기운이 뻗치는 모습이었다. 그 모습은 고기에 손도 대지 않은 승희네도 마찬가지였는데 호젓하게 문기사와 바닷가를 거닐고픈 소원이 이루어진 순간이라서 그랬다.

여자 넷은 딴에는 모양낸다고 승희네가 들고 온 것과 밥집에서 부랴부랴 빌린 것 해서 두 개 양산에 나누어 좁은 그늘을 억지로 넓히고 있었다. 승희네는 키가 비슷한 강미네와 써서 높이가 맞았지만 중령네는 키 큰 김씨네와 한패여서 층이 졌다. 남자 셋은 모자도 없이 생겨먹은 그대로였는데 머리가 땀에 젖어 막 감은 듯했다.

일행은 썰물이 되어 물이 빠진 바다를 저만치 두고 해송 그늘이 시원한 모래톱에 돗자리를 깔았다. 승희네가 재치 있게 싸 온 개고기와 술을 꺼내고 공장장이 따로 준비한 맥주를 내놓자 이른바 파티가 본격적으로 시작되었다.

"그렇게 묵고도 또 들어가요이."

고기에 고개를 돌리며 여자들은 늘 보는 모습이면서도 새로워했다. 이쯤에서 여인네들의 입에는 맥주가 옳게 닿았다.

"딴 거믄 몰라도 이것은 말이지. 좋은 것이께."

"지금 안 묵으믄 언지 또 묵겠소."

"개는 배불러서 못 묵지 질려서 못 묵지는 안 하요."

누가 뭐랬다고 세 남자가 이유를 각자 하나씩 달았다. 강미네는 죽이 맞는 국동패와 떨어져 비교적 순진한 편인 여인네들과 어울리는 게 재미적은지 맥주를 마다하고 중령네와 패를 맞춰 남자들 사이에 같이 묻혔다. 술을 못하는 김씨네와 승희네만 남는 양산을 각자, 나무 그늘도 부족타 하고 하나씩 머리에 얹고 이쪽만 바라보았다.

"나도 묵기는 했지만 참 좋아들 하요."

김씨네가 지청구 듣기 딱 좋을 소리를 또 별 생각 없이 내놓

왔다.

"이 애편네야. 나가 이거 묵으믄 이것이 어디 가겠냐? 다 니
한테 가지."

"당신은 그렇다고 치고 총각들은 그거 묵어서 어덨다가 쓴다
요?"

"쓸 데가 왜 없겠어. 저런 빙충이. 백모가지라도 한번 갈라믄
이걸 묵어야 써. 어이 공장장하고 문기사, 솔직히 말해봐, 가봤어
안 가봤어?"

다들 두 총각을 바라보았다. 유독 승희네 눈이 반짝였다. 문
기사는 대답이 궁해졌다. 가봤다고 못할 것도 없지만 그 눈빛은
또 뭔가. 공장장이 대답을 먼저 했다.

"여수 남자치고 안 가본 사람이 어디 있다요. 나하고 내 친구
들은 다 구멍 동서들이요."

"으이구."

"문기사하고는 동서 아니여?"

"문기사하고는 안 가봤지만 또 모르지라."

"그렇게 따져보면 여수 사람 중에 동서 아닌 사람이 워됐겠
소."

문기사가 은근슬쩍 넘어가면서 승희네를 힐끗 쳐다보았다.
이게 뭔가. 부부 사이도 아니고 그렇다고 손이나 입술이나 하다못
해 편지 같은 것이나 이런 끈으로 맺어진 애인 사이도 아닌데 우
습게도 도덕률이 생겨나 있지 않은가. 승희네가 웃음을 머금고 눈

을 돌렸다. 문기사도 고개를 틀어 햇살이 내리꽂히고 있는 바다를 바라보았다. 문기사는 억지로라도 생각했다.

봄에 와서 벌써 여름도 이젠 끝물이었다. 정리되지 않는 내 시간은 어디까지인가. 여전히 태양은 빛나고 있는데 개고기에 소주 마시고 젖이 남아돌아 강아지한테도 먹였다는 남의 집 큰며느리와 눈빛이나 교환하고 있는 나는 도대체 무얼 하고자 하는 것인가. 땀 흘리는 노동인가 그 이상의 것인가. 여러 도시를 헤매 다니다가 자리를 잡은 이곳이 과연 내가 뿌리내릴 곳인가, 아닌가. 홍합공장 기사 하다가 잘하면 반장도 되고 공장장도 될 테니 그것도 가히 나쁘지 않겠지만 먼 훗날에 삶을 되돌아보며 무엇을 다행으로 여기고 무엇을 후회하게 될 것인가.

술이 올라왔다. 그럴 때면 그것도 가속도가 붙였다.

"한잔 더 줘보시요."

"그래 묵어부러."

시간이 멈추어버린 것 같은 때가 있다. 혹독한 계절에 특히 그러했는데 눈[雪]은 무릎 높이까지 쌓여 있고, 멀리로 집 한 채, 그 옆으로 알 수 없는 어느 곳을 향해 평행을 그리며 뻗어나가고 있는 가로수들이 눈앞에 가득 들어찼을 때, 날숨 들숨 모두 버리고, 바람도 없는 하늘에 검은 새 한 마리 날갯짓 한 번 않고 날아가는 깊은 겨울이면, 시간이 멈추어버린 듯했다. 또한 여름에는, 넓은 광장에 주위를 햇볕으로 가득 채우고 맑은 술이나 한잔 따끈하게 들이켜고, 오직 쉴 곳이라곤 스스로가 만들어놓은 그늘뿐이라,

그것도 그늘이라고 보듬고 앉아 헉헉대고나 있으면 뜨거운 열기가 땅속보다는 가슴속에서 내뿜어지는 듯한데, 하여 뙤약볕 아래에서도 시간이 멈추어져 있었다.

허나 풀과 나무에 물이 오르고 겨우내 겨울잠 자던 물이 몸 풀고 흘러내리는 봄이나 풀과 나무가 기운을 뿜어내다가 도가 지나쳐 얼굴이 붉어지고 모든 살아 있는 것들의 가죽에 윤기가 도는 가을이면 시간은 아무리 붙잡으려 해도 손아귀로 움켜쥔 한 줌 물처럼 절로 흘러가버리는 거였다. 그것은 인생에서 청춘과 같아 지금이 좋을 때구나 싶어지면 이미 화려한 시간대의 끝물이어서 사람의 생이란 게 언제나 시간보다는 한 호흡 뒤지는 물건일 수밖에 없었다. 시간이란 무서운 것이었고 살아 있는 생물 같았다.

그런데 훗날 이 시간대는 어떻게 말이 되어질까 싶었다.

공장 생활을 시작하고, 트럭을 몰고, 종일 홍합을 나르고, 여전히 밥은 먹고 똥은 싸면서, 아이 둘에 노인네들 주렁주렁 딸린 여인네와 눈짓을 주고받고 하는 이 시간대는 어떻게 말이 되어질까.

어떻게 보면 아무렇지도 않은 삶의 연속일 뿐이었으나, 언어로 옷을 씌우면 또 객기나, 일탈이나, 퇴화나, 자포자기의 명찰을 달 수도 있거니와 또 다른 가지의 색채를 씌우면 성숙이라거나, 배짱이라거나, 진화거나 뭐 그런 형태일 수도 있었다. 글쎄 대학 출신이라는 게 그렇게 많은 종류의 말들이 모아지는 그런 접점이었다.

그동안 투자한 돈과 시간과 정열의 가치로 그것을 바라본다면, 이윤은 못 만지더라도 최소한의 본전은, 그렇다, 본전 생각들로 많은 말들이 만들어지는 거였는데, 기회비용의 측면에서라도, 4년 동안 생돈을 바쳐가며 따놓은 졸업장이란, 특히 등록금 대주느라 허리가 휘고 흰머리가 늘어버린 가족이 볼 때는, 배배 꼬인 삶을 풀어내는 하나의 암호가 될 수도 있었다. 그러나 기회란 좌절의 또 다른 이름. 사실은 세상을 바라보는 갈대 구멍일지도 몰랐다.

대학이란 어떤 면에서 보면 집안이나 개인의 한을 푸는 곳이었다. 세자가 툭하면 문기사를 붙잡고 대학 가는 방법을 상담하는 이유도 그러했다. 하긴 스물둘에 밥집에서 사내들 밥이나 차려주고 있기에는, 너무 아름답고 아까운 나이였다. 그 나이 또래들은 비스킷과 커피를 두고 잡담을 하는 애들이 훨씬 더 많은 세상이었다.

대학에 들어간 문기사는 봄볕이 너무나 따스하고 부드러운 5월 어느 날 학교 식당에서 밥을 먹다가 옆자리에 앉아 있는 여학생들을 보았다. 저마다 맵시를 한껏 부린 머리에 세련된 화장을 하고 전공 서적에 유명한 소설책 한 권씩 끼고 둘러앉아 커피와 비스킷을 가운데 두고 한담들을 나누고 있었다. 그건 말하자면 인생의 황금기라 할 만했다. 20대 초반의 처녀들이 부족할 것 하나 없는 상황에서, 좋은 날씨에 그러고 앉아 있는 것만으로도 인생은 충분히 살 만한 것으로 여기게끔 했는데, 그러나 그들의 얼굴에는 한결같이 권태가 더덕더덕 붙어 있었다. 이런 상황이 조금만 더 계속되면 짜증과 신경질이 일어나 미쳐버릴 것 같다는 표정들이었다.

국밥을 떠먹던 그의 뇌리에 순간 떠오르는 한 장면이 있었다. 기억 저 깊숙한 곳에 숨어 있던 거였다. 갈무리를 잘해놓은 것도 아닌, 떠올랐기에 숨어 있었다고 표현할 수밖에 없는, 사실 잊어버리고 있던 어떤 장면이었다. 그건 쥐포공장의 여공들이었다.

그가 열일곱 살 먹던 해 그의 집에서는 시계 외판을 했다. 고입 시험을 치르고 나서 그는 아버지에게 오토바이를 배웠다. 오토바이를 배우고 나서 불량 회원 수금을 다녔다. 당시에는 손목시계가 큰 재산이었고 자신의 몫으로 장만하거나 누구에게 선물을 하거나 간에 시계가 큰 무게를 차지하고 있을 때였다. 싸락눈이 제멋대로 휘날리는 겨울날 몇 달째 입금을 미루고 있는 어떤 여자의 수금 카드를 가지고 주소대로 찾아갔다. 여수 인근의 어느 허름한 공장이었다.

3, 40명의 젊은 처녀들이 싸락눈 내리는 넓은 마당에서 포 뜬 쥐치의 살 말리는 일을 하고 있었다. 큼지막한 발을 60도로 세워놓고, 조미료와 설탕, 소금으로 간한 물에 담근 쥐치 살을 동그란 모양으로 붙이고 있었다. 손은 말할 것도 없고 얼굴이 추위에 빨갛게 얼어 있었다. 다들 스무 살 안팎의 처녀들이었는데 따뜻한 물이 담긴 목욕탕 바가지를 하나씩 옆에 두고 정 시려우면 손을 그 물에 한 번씩 담그고 있었다. 뭐 그러려니 했다. 그에게는 시계를 샀던 여자가 맞보증을 섰던 친구와 함께 날라버렸단 사실이 더 중요했다.

그의 눈앞에서 권태와 목욕탕 물바가지가 뒤섞이기 시작했다. 왜 이들은 이렇고 그들은 그런가.

그래서 공장 출신의 처녀들은, 이 짓보다는 다음이 더 좋을 거라는 막연한 믿음 때문에, 기회만 있으면 빨리 연애하고 결혼하고 집 사고 아이 낳고 하는, 세상을 빨리 살아버리려는 버릇이 생겼는지도 몰랐다. 그러고 보면 사람들을 빨리 늙는 부류와 늦게 늙는 부류로 나눌 만했다.

커피와 비스킷은 다과(茶菓)의 대명사이면서도 한담(閑談)보다는 권태를 표현하는 것으로 위치가 격하되었다. 저 권태의 여대생들이 그렇게 한 4년 살아보니 남는 것은 결혼하기에 적당한 나이가 되었다는 것 말고는 없다고, 차라리 돈이나 벌고 사회 경험이나 하는 게 낫다고 노련하게 말할지라도 그 속에는 아무런 삶의 근력이 없게 마련이었다. 하여 저 솔로몬이 떠들었던, 모든 영화(榮華)가 다 부질없고 헛되도다, 라는 말처럼 부질없고 헛된 게 없었다. 넘치는 잔과 배부름의 여가(餘暇)와 권태를 한 번도 맛보지 못한 이들의 마음을 바늘 끝만큼도 짐작하지 못한 소리였다, 그 뇌까림은. 영화가 부질없음을 깨닫기 위해서는, 풍요가 넘실대는 그 강물에 빠져 허우적대보기 전에는 수천 수만의 말씀이 다 걸레 조각이었다. 아프리카 원주민에게 어떻게 얼음의 맛을 설명할 수 있을까. 손을 담가보기 전에는 알 수 없는 것들투성인데, 그 말 외에 어떤 것이 삶을 설명할 수 있을까.

여름은 날이 길었다. 바닷가에서만 있을 게 아니라 자기 집에 가서 놀자는 김씨 성화에 소주를 더 사 들고 승희네가 나흘 동안 약을 쳤다는 논을 지나 김씨 집에 들어섰는데도 해는 한 발이나 남았다. 듣던 대로 김씨네는 마을과 한참이나 떨어져 있었다. 구멍 난 판자 지붕에 비닐과 함석을 대고 방 두 개 마루 하나에 널 대문조차 없이 덧살창만 도드라졌는데 남향받이이긴 해서 한여름 햇살만큼은 푸지게 받아 쬐고 있는 일자형 담집이었다. 마루에는 벗어놓은 옷가지가 널려 있고 마당이고 부엌이고 도무지 정리된 맛이 없어 김씨네는 집이 저만치 보이는 데서부터 다음에 왔으믄, 다음에 왔으믄, 했으나 괜찮당게 사람 사는 디가 다 똑같지, 해대는 남편 기운에 눌려 그예 일행을 들여놓았다. 흔한 강아지 한 마리 없이 고요한데 마당 끝이 바로 바다가 시작되는 자갈밭이어서 마을로 들어오는 바람을 일 차로 받아 마시는 곳이었다. 키 낮은 소나무 두 그루가 멀리 떨어진 뒷간 울타리로 장식을 하고 있기는 해도 누가 버린 집을 거저 얻다시피 구해 구멍 난 곳이나 적당히 가려가면서 살고 있다는 말이 옳게 보이는 풍경이다.

아들 둘이 쫓아 나와 인사를 꾸벅하고 들어갔다. 인간사가 불공평한 와중에 그래도 드문드문 공평하다 싶은 때가 있는데 이 집 같은 경우가 그랬다. 따로 학원 한 번 보내본 적도 없고 부모가 무릎 꿇리고 이것은 이러하고 저것은 저러하다고 가르쳐본 적 없건만 중학교 2학년과 초등학교 6학년인 형제는 성적표에 일등만 받아 왔다. 애들은 그 무더위 속에서도 작은 방에 밥상을 펴놓고 앉아 공부를 하고 있었다.

"그 애비에 그 자식이라는 말이 틀리는 경우도 있구만. 어떻게 그런 애비한테서 그런 자식들이 나왔다냐?"

이런 주변 사람들의 말마따나 참으로 기특한 아이들이었다.

부랴부랴 걷고 치우고 쓸고 하는 김씨네를 도와주고자 일행은 김씨가 잡아놓은 뱀 구경을 한동안 착실히 했다. 좁아터진 방에 앉아 있기가 더위 아래 있기보다 더 독해 사람들은 간기가 배어 짭조름한 지하수를 품어 올려 한바탕 씻고 마루에 걸터앉았다. 바다가 바로 옆이건만 바람은 어디쯤에서 발목 잡혀 묶였는지 흘러가는 것 한 올 없다.

"이러고 사요. 이해하시요."

남편 술 말리러 갔다가 졸지에 손님을 끌어들인 김씨네는 대충 치우고 나서야 조금 펴진 얼굴로 시어터진 김치 한 보시기 올린 상을 들고 왔다. 사람이 많아 잔과 젓가락만으로도 한 상이 훌륭히 차려졌다. 아이들 공부하니까 차라리 어디 다른 데로 가자고 사람들이 졸랐으나 김씨는 듣지 않았다.

"즈그들 공부는 즈그들이 알아서 하니께 내비둬."

잔마다 술이 가득 부어졌다.

"어른이믄 몰라도 애들이 이 염복에 저렇게 암 소리 않고 공부들 하는디 우리들이 떠드는 것이 영 걸리요."

흐뭇한 얼굴로 아이들이 공부하는 것을 훔쳐보고 온 강미네와 공장장이 거듭 말리려 들었다. 사람들은 아이들이 집에서 공부하고 있다는 것을 짐작하지 못하고 김씨가 꼬드기는 대로 그럼 공부 잘하고 착하다는 그 형제들의 얼굴 구경이나 한번 하자고 밀고 들어왔던 터였다.

"아이 느그들, 시끄럽냐? 이리 와봐."

김씨가 가장(家長)의 위세를 부렸다. 아이들이 조금 겁먹은 얼굴로 아버지 앞에 섰다. 말려도 듣지 않았다.

"이 아부지가 손님들하고 술 한잔하는디 느그들 공부가 방해받냐?"

"무 담시 애들한테 그라요?"

"말해봐라. 아부지가 이라믄 안 되냐?"

작은 것은 겁에 질려 고개를 푹 숙이고 있고 형은 머리 굵어가는 표시로, 그러나 띄엄띄엄 주눅 든 대답을 공손하게 내놓았다.

"아닙니다요. 공부는 다 끝냈습니다요. 잡수십시오."

큰애는 어렵게 말을 마치더니 제 동생을 끌고 들어가 공부하던 것을 치우고 나서 바닷가로 걸어 나갔다. 찾아온 사람들이 더 송구스러워 엉덩이에 종기를 하나씩 달았다.

"참말로 왜 그라요. 우리가 비켜줘도 션찮을 판에."

"우리 욕하겄소."

대답이 김씨네에게서 나왔다.

"이건 암것도 아니요. 술 묵고 와서 전축을 있는 대로 틀어놓고는 잠을 자는디 코를 골길래 소리라도 좀 줄이믄 갑자기 자다가 일어나서 야단을 치요."

"근디도 공부를 잘하는 것 보믄 참말로 보통이 아니요."

"아들 한번 기똥차게 나놨네요. 김씨 아저씨마."

으레 하는 칭찬이 아니었다.

"나는 그래. 즈그들이 할라고만 하믄 시끄럽든지 어쩌든지 잇어뿔고 하면 되는 거 아니냔 말이여."

이번에는 김씨의 말이 사람들 귀에 들어오지 않았다.

"차라리 공장에서 맨날 술 묵고 밤중에 들어오는 것이 애들한테는 더 낫겠구만."

"무슨 꿈을 꿨기에 저런 아들들을 났소, 참말로."

김씨네 차례였다.

"그래도 즈그 아부지 늦으믄 기달리요이. 술 잡숴 걱정된다고."

"참말로 좋은 거. 사우 삼었으믄 좋겠네."

한동네라 뻔히 아는 승회네만 조용히 있고 나머지는 말로만 듣던 아이들이 실제로도 대견스러워 그 애들이 사라진 바닷가 자갈길 쪽으로 눈길을 계속 주며 말을 이었다.

"챙피한 줄도 좀 아셔야겠소. 애들은 저렇게 착한디 어째 어른이 술만 묵고 그래요."

김씨한테 그 정도 소리라도 할 수 있는 사람은 강미네뿐이었다.

"나가 워째서."

"애들 생각해서라도 술도 좀 줄이고 하시요."

"나가 술 묵는 거랑 즈그들 공부하는 거랑 상관이 있간디?"

강미네를 바라보는 김씨의 붉은 눈에 너희들은 안 먹니? 하는 기운이 서려 있다.

"허이구, 이런 양반한테서 어떻게 저런 아들들이 나왔이까?"

야단은 쳐야겠고, 그렇다고 대놓고 무안은 줄 수 없고 하니 강미네 목소리가 일부러 높아졌다.

"즈그들이 다 나한테서 나왔지 워디 딴 디서 뎃고 왔간디? 하기는 우리 마누라가 딴 디서 봐 왔다믄 또 몰라."

"쓸데없는 소리 또 하네. 보기는 워디서 봐."

"근데 참말로 태몽은 뭐 꿨소?"

태몽부터 해서 이야기는 긴 원을 그렸다. 각자 자신과 관련된 태몽부터 제 아는 동네 사람에, 친구에 또 누구 팔촌 사돈네 옆집까지 두루 끄집어냈다. 용 호랑이 뱀 돼지 잉어가 나와서 돌아다니고 감 대추 수박 참외 등 각종 과일로 과일전이 차려지더니 화살 칼 이런 무서운 것도 나오고 심지어 죽어서 뼈도 없는 몇 대 할아버지나 전쟁 통에 죽은 삼촌들이 나와 술상 위에서 한동안 살다가 다시 돌아갔다.

다음은 묏자리였다. 금계포란형(金鷄抱卵形)이니 비봉귀소형(飛鳳歸巢形)이니 하며 공장장이 풍월을 읊었지만 문자 속은 그것으로 충분하고 주로 나오느니 〈전설의 고향〉 수준들이었다. 물이 솟아 너무 춥다고 떠는 귀신들은 흔해빠져 급에도 못 끼고 죽어서도 머리카락하고 손톱이 길었다는 둥 시체가 미끄러져 내려와 제 무덤은 위에 비어 있는 독채로 두고 남의 밭에서 나왔다는 둥 뱀이랑 함께 지낸다는 둥 말 그대로 납량물들이었다.

태몽보다 이야기의 폭이 훨씬 깊고 넓어 묏자리에서 한참이나 머물던 일행은 중령댁이 제 남편 동료 중에 하나가 수류탄 오발로 참혹하게 죽었는데 알고 보니 원인이 조상들 묘보다는 집터였다는 말을 꺼내 마침내 무덤을 버리고 집으로 찾아들었다. 이번에도 등장인물은 귀신들이었는데 묏자리는 귀신이 꿈에서 나오는 대신에 집터는 귀신이 살아 있는 존재로 나왔다.

큰 집이 아주 싸길래 하급 장교 하나가 들어가 살았는데 부지깽이가 돌아다니고 접시가 저 혼자 날아가다 찬장에 부딪혀 깨지고 했단다. 나중에는 벌건 대낮에도 수시로 그랬는데 우여곡절 끝에 알고 보니 집 밑에 시체가 들어 있었고 장사를 후하게 치러주자 그날로 승진에 승진을 거듭해 동기생 중에 최초로 준장을 단 이가 바로 지금 모모 사단장인 누구라는 중령네 말을 시작으로 비슷비슷한 이야기가 나왔다. 집터는 묏자리보다 문자 속이 더 어두웠던 관계로 공장장도 배산임수(背山臨水) 정도가 전부였다.

아무리 태몽에 묘에 집터까지 두루 살피고 헤집고 해봤으나 쓸데없이 귀신들만 쫙 늘어놓았지 정작 김씨의 두 아들이 공부 잘하는 원인은 찾지도 못하는 말잔치가 되어버렸다. 그러자 다음을 이어가는 이야기가 자연스레 나왔다.

"반장 아줌마가 아까 사우 삼고 싶다고 하등만 사돈 맺으실라요?"

문기사가 이야기의 중심을 새로 잡았다.

"참말로. 딸이 몇 살이랬소?

승희네가 쿵짝을 맞춰주었다.

"열니 살 열한 살인디 어짜요, 맺어보까요?"

"골라잡어."

"니미, 애들 갖고."

"벌써부터 먼 그런 소리를 한다요."

김씨는 원래부터 국동패들을 눈으로 보기 귀찮아했지만 김씨네도 아들 잘 낳은 위세는 있어 농담조라도 좋다는 말은 안 했다.

"싫소? 안 할라요?"

"어리디 어린 것들을 갖고."

"싫은갑소. 맘에 안 든갑소."

문기사가 충진다고 강미네를 꼬집었다.

"니미, 우리 딸년들은 나하고는 달러서 이쁘지, 키 크지, 노래 잘하지, 벌써부터 살림 잘하지, 워디다가 내놔도 아파트 열쇠에 자동차 하나는 받어 올 만한디?"

"공부도 잘하는가벼?"

중령네는 이렇게 필요 없는 질문을 할 때가 있었다.

"공부를 뭐 하러 시켜. 넘의 집 아들 공부 열심히 해서 한자리 차지하는 것 보고 미모로 한 방에 꼬셔블믄 되지."

강미네는 낄낄 웃고 말았다.

"우리 큰놈은 난중에 법관 시키고 밑에 것은 행시 봐서 공무원 시킬 거요."

김씨네 유세가 체중기를 달았다.

"우리 딸내미는 난중에 미스코리아 시킬 건디?"

그러나 사람들 마음의 비중이 강미네 딸보다는 전교 일등을 꼬박꼬박 따 온다는 김씨네 큰아들 쪽으로 실리고 있었다.

"요즘 시대가 어떤 시댄디 어린 것들을 중매로 한다고 되간디? 다 인연이 있어야 쓰지."

"요즘 시대가 그 잘나빠진 보통사람 시대라서 그러요?"

"그람. 오다가다 만나야지 억지로 한다고 되간디? 가만있어라. 술이 다 떨어졌지이."

사람들이 싫다는 것을 뿌리치고 김씨는 직접 술을 사러 나갔다. 남은 사람들이 이제는 인연론을 가지고 술상공론을 펼쳤다.

"좋은 인연이 그리 쉽게 되나."

아무래도 서방 각시 인연이라면 골머리 않는 쪽이 강미네였다.

"살다 보믄 인연이 또 온답디다. 무슨 말이냐믄 첫 번째 인연만이 다가 아니다 그 말이요."

이렇게 말한 쪽은 승희네였다.

"근디 두 번찌 인연이라 해봤자아 살다 보믄 첫 번찌하고 똑같으요이."

"어째 똑같어. 한번 실패하고 나서 다시 시작하는 건디 아무래도 더 낫어야지."

"그래도 아닙디다. 도둑 피할라다 강도 만난다고, 뚱뚱한 남자 싫어서 헤어지고 홀쭉이 만나믄 이건 또 뚱뚱이만 못한 게 쌔부렀고."

"그래도 경험이란 것이 안 있소. 아무러믄 싫어서 헤어진 사람보다 다음번에 만난 사람이 더 낫겄제라."

두 총각은 눈만 멀뚱거리고 있고 강미네와 승희네가 한편이 되어 김씨네와 말을 나누는데 김씨네는 남편이 옆에 없어서 그런지, 아들 덕에 모처럼 기가 살아서 그런지 평소와는 다르게 말마디가 여물게 나왔다.

"꼭 그런 것이 아니랑께. 좋을지 안 좋을지는 살아보기 전에는 아무도 몰라."

"워째 그리 잘 알어?"

"왜 몰라. 나가 지금 그러고 살고 있는디."

"먼 말이여?"

"쟈이 아부지 만나기 전에 연애를 했는디 술 좋아하는 것이 징그러워서 헤어졌드니만 결혼해서 애 낳고 사는 사람은 더 술꾼이더라 그 말이요. 좋아질 것이 뭐가 있소."

김씨네는 입을 다물었다. 김씨가 술병 들고 밭두렁을 넘어오고 있었다. 늦여름 뜨거운 태양이 점차 내려앉으면서 모처럼의 느긋한 하루도 저물어가고 있었다.

태풍 오던 날

바르셀로나 올림픽이 끝나고 나서도 텔레비전은 한참이나 시
끄러웠다. 9월로 접어들면서 프로야구 페넌트레이스에서 김영덕
감독의 빙그레 이글스가 우승을 했고 곧바로 추석이었다. 열아홉
어린 나이에 김정필이 지현무를 이기고 입단 9개월 만에 천하장
사에 등극했으며 김보은이가 남자친구 김진관과 함께 자신을 상
습적으로 성폭행해온 의붓아버지를 죽였는데 징역 3년 집행유예
5년이 떨어졌고 김진관은 징역 5년 실형이 선고되었다.

공장은 여인네들이 와글거리는 곳이라 야구나 씨름 이야기보
다는 비운의 사건에 관해 두고두고 말품이 잦았다. 불쌍타, 가 이
야기의 큰 맥이었고 졸지에 의붓딸까지 거시기 하려는 남자들의
대책 없는 욕심이 작업대 위에 불려 나와 피투성이가 되게 얻어맞
았다. 시한부 종말론 또한 예외가 아니어서 수많은 신도들이 그녀
들의 입에서 입으로 끌려 다녔다. 누구네 아들이 그 교회에 다녔

는데 부모 몰래 벌써 얼마를 갖다 바쳤고 누구네 이모는 아예 교회에서 살다시피 한 관계로 집안이 쑥대밭이 되다 못해 남편이 모모 프로에 얼굴 가리고 나오기까지 했다며 어머나, 미쳤다, 해댔다. 그러다 그 모든 것이 조용해지는 순간이 왔다.

북태평양의 남서부에서 발생한 열대성 저기압이 아시아 대륙의 동쪽 방면으로 이동하면서 바다를 한번 뒤집어놓고 뭍에 뿌리내린 것들의 모가지를 사정없이 분질러놓은 것이 태풍이다. 이게 쿠로시오 난류를 따라 일본 쪽으로 올라가면 다행인데 무슨 볼일이 있을 때는 우리나라 쪽으로 오기도 했다. 태풍이 오는 절기였고, 마침내 태풍이 왔다.

여름이 물러가고 아침저녁으로 시원하게 산들산들 불던 바람이 뚝 그치더니 먼바다 쪽에서 파도가 밀려오기 시작했다. 파도는 점차 크기를 키워갔고 얼마 지나지 않아 잔모서리들이 보이지 않는 너울이 몰려왔다. 바람 없이 집채만 한 너울이 몰려오는 파랑주의보 시간이 지나자 이제는 묵었던 바람이 터지기 시작했고 그것을 신호로 뭉툭하던 파도도 머리칼을 젖히며 흰 포말을 거칠게 뿜어대는 사나운 모양으로 바뀌었다.

A급 태풍이었고 그것의 상륙 지점이 내륙이었다. 남중국해에서 그물을 부리던 중선배들이 속속 여수항으로 귀항하고 멀리는 나로도, 손죽도, 가까이는 개도, 백야도 등지에서 오가던 어선들도 방파제 안으로 기어들어 와 몸을 서로 칭칭 동여맸다. 모든 현장이 정지되었고 공장도 쉬었다. 그러나 여전히 바쁜 사람이 있었다. 공

장장과 문기사였다. 현장에서 홍합 따는 배를 여수 방파제 선착장에 묶어놓았는데 워낙 늙고 낡은 것이라 수시로 돌봐야 했다. 공장에서 하릴없이 시간을 보내야 하는 두 사람이 그 일을 맡아 임시로 빌려 쓰는 가겟방으로 내려왔다. 뉴스는 종일 태풍 테드의 진행 방향에 대한 이야기였고 그 사이를 메운 것은 광고였다.

둘은 내려오면서 승희네를 데리고 왔다. 아침에 세자네서 밥 먹고 항구로 내려올 준비를 하면서 아줌마가 하나 필요하게 되었다. 빌려 쓰는 가게 뒷방과 창고에 잔일거리가 잔뜩 있었다. 그곳은 홍합 채취하는 선원들이 쓰는 방으로, 배에서 쓰는 물품들과 이런저런 것들로 잔뜩 어지러웠다. 언젠가 그 꼴을 보고 온 공장장이 툴툴거리더니 이왕 가는 데 깨끗하게 치우자고 의견을 내었다(공장장과 선장은 동급이었지만 나이 차이가 워낙 많이 나서 대놓고 선장에게 싫은 소리를 할 수 없는 처지였다). 연락하기 좋은 공장 근처에 사는 아낙들은 날이 사나워 나가기 성가시다고 거절하고 누구네하고 부침개 부치기로 했다고 배시시 뺐다. 그러다 덜컥 얻어걸린 이가 승희네였는데 전화 한 방에 당장 오케이였다.

막상 청소를 해보니 반나절감도 못 됐다. 창고 안에 함부로 쌓아놓은 그물과 밧줄 따위를 반듯이 개고 쓰레기 치우고 내친 김에 물청소까지 해버렸으나 정작 두 시간밖에 지나지 않았다. 비로소 사람 사는 곳다워진 방에서 공장장은 전날 선장이 두고 간 장부를 펴놓고 앉아 전자계산기를 두드리며 그동안 지출 내역을 검토하기 시작했고 승희네는 작업복과 물옷을 한 아름 짊어지고 수돗가에 엉덩이를 내렸다. 문기사는 배를 둘러보려고 갯가로 나섰다.

그 풍경을 뭐라고 말할까. 하늘도 바다처럼 안팎이 완전히 뒤집어져서 드문드문 틈이 갈라진 시커먼 먹장구름이 전투태세로 떼 지어 몰려오고 가고, 비는 거침없이 쏟아지고, 바람은 지상에서 튀어나온 모든 것들의 고개를 여지없이 꺾어대고 있었다. 바다에 배들이 이렇게 많았던가. 남중국해에서 가막만까지 동서남북으로 떠돌던 어선들이 모두 몰려와 두 줄 세 줄로 나래비를 선 것도 부족해 아직 공사 중인 새 방파제까지 모두 같은 장면이었다. 옆구리를 잔뜩 붙이고 파도에 삐그덕 쩌그덕 해대는 배들은 삿대와 부표용 대나무 따위들이 잔뜩 하늘로 솟아나 있어 마치 바다에 새로 묘목밭이 하나 생긴 듯했으나 일제히 바람 부는 쪽으로 휩쓸려 보기에도 위태로웠다.

태풍이라 사람들은 드물었고 주위는 구름과 파도 탓에 온통 청동색이었다. 연신 고개를 끄덕거리고 있는 배 부리와 항에 쌓여 있는 콘크리트 적재물, 바닥에 나뒹구는 자갈들은 모두 손으로 만지기만 하면 푸른색이 묻어날 것 같았다. 태풍은 여전히 내륙 쪽으로 몰려오고 있었고 상륙 시간은 대충 세 시간 정도 남았다. 그 바람과 파도와 푸른색은 사람들이 버무리고 저질러놓은 숱한 것들을 한순간 별 소용 없어 보이게 했다.

소경도(島)와 대경도 사이로 물보라를 뿜어 올리는 파도가 아가리를 쩍 벌리고 잡아먹을 듯이 덤벼들고 있었다. 축양장 바지선과 양식장 부표는 가라앉았다가 한순간에 솟구쳐 오르며 죽기 직전 마지막 비명을 질러댔다. 섬 꼭대기와 맞은편 육지의 종고산, 장군산 소나무 숲도 포악한 신령(神靈)의 몸을 받아 육신이 찢어지게 춤추고 있었다.

문기사는 몸을 잔뜩 움츠리고 걸었다. 바람은 우산 살촉에서 날카롭게 찢어지며 울었다. 바람은 그의 머리카락 속에서 울고 모래 알갱이 사이에서도 울었다. 이 바람은 어디에서 불어오는가. 한 1000년 전쯤에 태평양으로 흘러갔던 것들이 집도 없이 떠돌다가 다시 밀려오는 거였다. 마리아나, 필리핀, 류큐 해구 따위에서 한 만 년가량 가라앉아 있던 뜨거운 기운이 마침내 터져 나온 거였다. 수천 년 동안 바다에 빠져 죽은 선원들의 혼령들이 드디어 머리 풀고 날아오르는 것이었다. 이것들은 오키나와를 정면으로 들이받고 동중국해를 뒤집어놓고도 원한이 남아 이렇게 뭍을 타오르고 있었다.

홍합 채취선은 저보다 덩치가 더 뚱뚱한 모래선과 중선배 가운데에서 충격 방지용 타이어를 욱질러대며 몸싸움을 하고 있었다. 중선배야 철선이라 괜찮다 싶지만 하필 선장이 골라 들어온 곳이 모래선 옆이었다. 홍합 채취선도 늙은 배이지만 모래선은 태어난 지가 언제인지 분간이 안 될 정도였다. 바로 그런 부분이 걱정이었다. 오래된 목선은 아무리 잘 묶어놓아도 태풍의 영향권 안에 들어 배가 요동을 하면 언제 밑창이나 옆구리에 구멍이 나 가라앉을지 모를 일이었다. 그렇게 큰 배가 가라앉으면 줄이 서로 묶여 있는 옆 배도 온전치 못했다. 더군다나 그 배에는 모래가 가득 실려 있었다.

문기사는 돌아섰다. 이번에는 비바람이 그의 등을 떠밀었다. 우산살이 뒤집어져 몸이 금방 젖었다.

"배 괜찮등가?"

"하이고야 대단하네. 배를 모래배에 대났습디다."

"그래서 하여간 문제여. 많고 많은 배 중에 왜 가장 위험한 배에다 대났냐, 이 말이여 내 말이. 일이 안 돼, 일이."

문기사는 고개를 끄덕이고는 양말을 벗고 수건으로 몸을 대충 닦기 시작했다. 물이 뚝뚝 떨어졌다. 덕분에 빨랫거리를 빨아 크기대로 나란히 걸고 난 승희네가 걸레로 다시 방을 훔쳤다. 공장장은 얼추 회계가 끝나가는 모양이었다. 지붕 위에서도 비가 한바탕 제법이었다.

"가만히 보자. 밥때가 다 되았는디. 어치께 할라요?"

"쌀 있소?"

승희네는 저보고 밥을 하라는 소리로 알아들었다.

"쌀이야 있습디다만은 밥하란 소리가 아니고 시켜 묵을께라 아니믄 나가서 묵을께라."

"좋을 대로 하시요."

"밥은 무슨."

문기사가 제동을 걸었다.

"술이나 한잔하지 뭐."

밖이 난리를 만나 뒤집어지고 있어서 방 안은 되려 느긋했다. 사내 둘은 종일 방구들을 베고 누워 태풍 속보나 보면서 간혹 배 보러 나가면 될 터이고 승희네는 어쨌든 하루 치 일은 달아주니 일 핑계로 퇴근 때에 맞춰 들어가면 될 터였다.

"막걸리 좀 받아 올라요?"

"돈 주시요."

승희네가 벌떡 일어서며 문기사를 눌러 앉혔다.

"내가 갔다오께라."

"가만있으시요. 나가 가야 안줏거리라도 좀 챙게 오지라."

"그러시요. 사이다도 갖고 오시요."

공장장의 당부가 끝을 맺기도 전에 승희네 몸은 문 바깥으로 사라졌다. 쥐유우웅. 열린 문틈으로 바람이 비집고 들어왔고 비는 거듭 우두두두 몰아쳤다. 저것은 도대체 맺히거나 맺지 못한 그 무엇이 있어 사당패처럼 천지를 주유하며 세상을 들썩거리는가. 문기사는 누워 빗소리를 들었다.

"망을 금일초물에서 사라고 그렇게 일렀는디도 계속 신신초물에서 샀구만. 삼십 원씩 비싸게 적힌 것 봉께."

"선장 사춘네라고 합디다."

"그래서 안 된당께. 뻔히 아는 금인디. 누가 동생네서 사지 마라고 그래? 비싸게 산게 그러제. 이랑게 돈이 안 돼 돈이."

"선장 말이 금일초물 것이 싸기는 해도 망이 약해 못 쓴다고 하등만."

"창고 봐. 쌓는 디서부터 함부로 항께 그라제. 보관 잘못한 것은 생각 안 하고."

공장장은 한동안 고시랑거리며 계산기를 두드리더니 전무와 긴 통화를 했다. 문기사는 그동안 담배나 피우며 빗소리를 전화 소리와 섞어 들었다. 승희네는 무슨 안주를 하느라고 이리 늦는가.

승희네가 이윽고 돌아왔다.

"찌개 끓이느라 늦었소."

누가 뭐라 하지도 않았건만 혼자 변명부터 하며 쟁반을 내려 놓았다. 참으로 이런 여인네의 손은 사내의 그것과 다른 훌륭한 데가 있어 돼지고기와 김치, 두부를 넣고 끓인 찌개와 김치, 된장 딸린 생고추, 막 익었음 직한 오이소박이, 고봉밥 두 그릇, 막걸리와 사이다로 빈틈이 없는 술상 겸 밥상을 준비해 왔다.

셋은 빗소리와 바람 소리 때문에 목소리를 조금 높여 구시렁대며 먹고 마셨다.

"바다 봉께 참말로 무섭습디다. 질거리고 바다고 몽땅 물입디다, 물."

여인은 여인 표시를 냈다.

"고향에서 태풍 못 봤소?"

"벌교가 다 바닷가다요? 우리 집은 차로 한 시간은 나가야 바다가 있는 뎅께 통 못 봤지라. 태풍이 정면으로 오는 것은 첨 보요."

그들은 이야기하느라 잠시 꺼두었던 텔레비전을 다시 켰다.

상륙 시간이 되어 가고 있었다. 일본이나 동해를 버리고 남해안을 관통하려던 태풍은 무슨 속셈인지 방향을 틀어 서해 쪽으로 자리를 잡고 있었다. 상륙 시간이 되면서 비는 더욱 미친 듯 퍼부어댔고 바람은 숨이 끊어져라, 사람들의 집을 파고들었다.

"피해가 많겠구만."

"한번 또 나가봐야지 안 되겠소."

"내가 나갔다 올 텡게 두 사람은 쉬시고."

"장화 신고 가시오. 신발이 금방 젖으요."

공장장은 비옷을 껴입고 바깥으로 나갔다. 승희네는 상을 치우고 들어왔다. 비록 태풍의 방향이 서쪽으로 잡혔다 해도 이미 태풍의 중심권에 들어 바람은 비할 데 없이 사납고 비도 아예 홍수가 난 듯 퍼부어대고 있었다. 피유우웅은 바람 소리, 빠당당당하는 소리는 합판이 날아가며 시멘트 바닥에 제 모서리를 짓찧는 소리, 텅텅텅은 양은 세숫대야 따위가 땅 위를 구르는 소리였다. 세상은 비정상적인 소리들로 가득했다.

"누웁시다."

문기사가 바닥에 벌러덩 누우며 말했다. 승희네라 해서 뭐 따로 할 일이 있는 건 아니었다.

"이럴 때는 그저 누워서 빗소리나 듣는 것이 제일이요. 아이고 시언한 거."

그들은 굳이 바깥엘 나가지 않아도 되었다. 텔레비전 화면을 통해 방파제에 부딪히며 자지러지는 파도와 집채처럼 퍼지는 포

말, 기운도 못 쓰고 반쯤 가라앉아 하릴없이 파도에 떠밀리는 어선, 물에 잠긴 자동차, 바지를 걷어 올리고 인상을 있는 대로 쓰며 걷는 사람들이 차례로 나오고 있었다.

"무섭소."

승희네도 베개를 끌어당겨 몸을 눕혔다. 이상하게 볼 게 아닌 게 일하다 보면 새참 시간이나 점심때 몸을 눕히는 것이 자연스럽게 묵어온 모습들이었다. 문기사가 몸을 일으켜 텔레비전을 끄고 다시 누웠다. 비 오는 소리가 누워 있는 둘 사이에 그윽하게 졌다.

"참말로 비가 많이도 오네. 우리 논 괜찮을랑가 모르겠네."

"그것 때문에 맨날 죽겠담서 또 그 걱정이요?"

"걱정이 되지 그럼 안 돼요? 참말로 누가 하늘에다 구멍을 냈나, 뭔 놈의 비가 이렇게 무섭게도 온다냐."

"헤헷."

"배 괜찮겠지라?"

둘 다 침묵을 못 견뎌하고 있었다.

"안 괜찮으믄 워쩌겠소. 지가 까라앉기밖에 더 하겠소."

"배 까라지믄 어쩔라고 그라요. 말이 씨 된다고."

"메칠 놀고 좋지 뭐."

다시 빗소리와 뭐가 시끄럽게 구르는 소리가 빈 곳에 들어찼다. 이 소리도 이를테면 태풍의 노래였다. 문기사는 누워서 눈치로 승희네가 몸을 돌려 자신을 바라보고 있는 것을 알았는데 처음부터 그의 신경도 여인네 쪽으로 쏠려 있었다. 여인의 몽땅한 손이 다가왔고 동시에 그도 손을 뻗어 슬며시 잡았다.

"손가락이 영 기요이. 남자 손구락이 이렇게 질어서 어디다가 쓰까."

문기사는 올챙이처럼 파고들어오는 손을 힘주어 감았다.

"콧구멍 팔 때 좋소."

"콧구멍 파요?"

"예."

"콧구멍 파는 버릇이 있는 사람이 침착하고 다정다감하다요."

"별걸 다 아시요."

주체를 못 하고 어디론가로 흘러가버려야만 되는 바람처럼, 꼭 그렇게 알 수 없는 어디론가로 몰려가버리고 싶은 충동이 손을 통해 오가기 시작했다.

"생명선이 영 짧소이."

"바깥으로 선 하나가 덮여 있어서 괜찮다요."

"이것 말이요?"

"예."

"죽을 뻔한 적 있었소?"

"뒤 번 돼요. 하지만 그거 없는 사람이 어딨겠소."

"죽을 뻔하다가 살아난 사람은 오래 산다고들 합디다."

그리고 침묵이 흘렀다. 아주 짧은 순간에 그들은 껴안고 입맞추고 마음을 확인하고 몸부림치는 정사를 나누고 눈물 한 방울

쫌 뽑아내고 보따리를 싸 멀리 도망하여 방을 얻고 이부자리를 사고 밥그릇 수저 젓가락도 사고 출근을 하고 날마다 눈물겨운 밤을 보내고 아이를 갖고, 낳고, 키우고, 늙어가고 있었다. 그렇다면 먼 나중에는 둘이 주막이나 하나 할지 몰라.

이번에는 문기사가 빗소리를 밀어냈다.

"여자 손가락이 이렇게 퉁겁고 짧아서 어디다 쓰까."

"호미질하는 데 쓰지."

"호미질 잘하지라?"

"처녀 때부터 해온 것이 그것인디."

"메느리가 호미질 잘하믄 집안이 잘된답디다."

"……."

"일을 얼마나 했기에 젊은 나이에 손가락 마디마다 다 굳은살이요?"

"그러게 말이요."

다시 침묵이었다. 말로는 설명할 수 없는 그 무엇을 거듭 보내고 받고 있었다.

그래서 도대체 어쩐단 말인가, 생각 또한 그 손을 통해 기어가고 스며들고 있었다. 내가 이 여인을 안는다면, 입술을 맞추고, 가슴을 더듬고, 손을 저 몸 깊숙이 넣어보고, 아아, 사랑을 하고 또 어쩌고 한다면 도대체 그다음은 무엇이란 말이냐, 저 사람은 시부모와 둘씩이나 되는 아이들이 있는데. 문기사는 손을 통로로 두되 거역할 수 없는 힘에 이끌려 자꾸 다가가려는 몸을 억지로 잡아당기며 저 깊숙한 곳에서 바르르 떨었다.

이대로 안긴다면 얼마나 좋을까. 저 넓은 가슴에 푸욱 파묻힌다면, 내 가슴으로 스산한 기운 풍기는 저 눈을 따스하게 감싸준다면, 물속에서 노니는 두 마리 물고기처럼 기운 다해 한 곳으로 헤엄치며 몸을 비빈다면, 행복할 것이로되, 부러울 것이 없을 것이로되, 죽은 남편이 눈에 보이고, 그보다도 아이들이, 아, 승희야 진수야. 승희네도 바위 밑에 몸을 숨기고 긴 더듬이만 내놓은 가재처럼 나아가지도 못하고 침잠하고 있었다.

손바닥에서 땀이 났고 비는 계속 내리고 바람도 계속 불었다. 그들은 누워 있기만 했다. 깊고 길게 내쉬는 숨소리만 빗소리에 섞였다. 태풍은 홀로 일어 저 마음대로, 거칠 것 없이 흘러가는데 사람 마음속에 일어난 파장은 그렇게도 육신의 벽을 뚫기가 버겁고 고통스러운 거였다.

몸이 차마 마음을 따라가지 못하는 것은 어쩌면 언제 들어올지 모르는 공장장 때문이기도 했는데 실제로 공장장이 비를 흠뻑 맞으며 쫓기듯 들이닥쳤다. 둘 사이에 오고 가던 무거운 시간과 그 어떤 것들이 한순간에 깨어지며 허공 속으로 바람 따라 흩어져 버렸다.

"얼릉 나와봐. 배 까란졌어. 빨리."

배는 모래배에 이끌려 반 너머 기울어 물속에 들어가 있었다. 태풍의 거대한 몸체가 바로 눈앞에 있었다.

혹독한 계절

순한 계절은 짧고 혹독한 계절은 길다. 여름이 너무 짧아 풀이고 동물이고 서너 달 동안에 1년 치 모아 살아야 하고 남은 기간은 버텨야 하는 저 툰드라의 어느 지점처럼 일하기 좋은 가을의 맑은 날은 금세 사위고 매서운 칼바람의 계절이 공장에도 찾아들었다. 한여름이 근육이고 정신이고 한가지로 넓게 퍼지려고만 해서 해파리처럼 둥둥 떠다니는 계절이라면 겨울은 앞발을 모으고 허리 굽혀 촉각만 길게 내세운 새우의 절기였다. 몸에 물이 많은 게 거추장스럽고 힘들 때가 여름이라면 겨울은 춥고 시리고 허리와 어깨에 신경통이 생기는, 뼈와 근육이 힘겨운 때였다.

또한 혹독한 계절에서 순한 계절로 넘어가는 것은 더뎠지만 반대는 빨랐다. 제비들이 보이지 않고 아침에 변소 갈 때 알싸한 기운이 도는가 싶더니 금방 기러기가 하늘을 날았다. 태풍이 지나가자 금세 가을 기운이 무르익었다.

가라앉은 배를 끄집어 올려 수리하는 일을 선장에게만 맡겨 놓을 수 없다고 공장장이 조선소를 오르내리느라 바빴고 홍합을 이런저런 양식업자에게 납품을 받았기에 문기사의 트럭 바퀴가 더 닳았다. 덕분에 공장에서는 강미네와 김씨가 분주했다.

가을 동안에 변화가 있었다. 반장 강미네가 이혼을 했다. 최씨가 또 한 번 술 먹고 난리를 치자 강미네는 곧바로 이혼 신청을 했다. 이혼은 받아들여졌다. 전세방을 최씨에게 넘겨주고 두 딸을 데리고 나온 그녀는 국동패들이 보증을 서고 하여 대출받아 국동에 11평 아파트를 얻어 들어갔다. 그 와중에 결근과 조퇴가 잦았기에 김씨의 어깨가 무거워지기도 했다. 새집 정리를 마치고 다시 출근한 강미네 얼굴은 서운함과 시원함이 동시에 뒤섞여 있었다. 신풍패들의 일솜씨가 더욱 숙달되었고 특히 중령네의 손속이 여물어졌다. 귀찮아하고 짜증이나 내던 얼굴이 슬슬 풀리더니 훌륭한 일꾼으로 변해갔다.

배가 다시 정상 조업을 시작했으나 공장은 예전의 모습을 쉬 되찾지 못했다. 10월과 11월은 홍합이 드문 시기라 일거리가 줄어들었다. 하루가 다르게 찬 바람이 일었다.

봄에 홍합이 알을 슬기 시작하면 바지선에 줄을 늘어뜨려 그것을 받아 종패 작업을 한다. 진주알만 한 것들이 다닥다닥 붙어 있는 것을 한 주먹씩 떼어 지역마다 굴 껍데기나 대나무, 생고무 따위에 간격을 두어 붙이고 뜬 공을 매달아 바닷속에 집어넣는 게 종패 작업이다. 해류를 타고 흐르다가 사람 손에 잡혀 양식장 속으로 들어간 홍합은 수면 아래에서 한가로이 떠 제 살을 키우며 시간을 보낸다. 종패 작업 시기는 어디나 비슷하지만 채취 시기는 천차만별이었다. 전에 양식해두었던 홍합은 10월 정도면 거의 소비가 되었고 경남 지역에서 12월쯤에 첫 채취가 이뤄졌다. 양식은 전라도보다는 경상도 쪽이 잘되었는데 수심이 깊고 흐름이 좋아 그랬다. 전라도 쪽 홍합은 다음 해 봄이 되어야 따기 시작했다. 그래서 일거리가 많지 않을 때였다.

작업도 조금 바뀌었다. 반탈각은 꾸준히 해나갔지만 여름처럼 흥청거리지를 못했다. 대신 회사에서 사두었던 양식장 것을 가지고 유난히 큰 놈을 골라다가 꼬지를 만들었다. 꼬지는 삶은 홍합을 대나무 가지에 다섯 개씩 끼워 말린 것으로 경상도 쪽에서 특히 명절 제사에 썼다.

공장 여인네들의 수도 줄어 근 20명 가까이 되던 인원이 예닐곱으로 못이 박혔다. 쓸쓸한 눈으로 보기에는 그만큼 쓸쓸했다. 시간이 갈수록 가을이 무르익음과 동시에 더욱 찬 바람이 몰아쳐 불어왔다. 수시로 차가 들고 나던 냉동공장도 한풀 꺾이어 박기사는 지게차 모는 시간보다는 조는 시간이 길어졌고 공장장은 툭하면 전무에게 바둑을 두러 갔다. 바빠진 곳은 도축장이었다. 날이 추워지면서 고기 수요가 늘었기 때문이다. 여전히 변함없는 게 김씨의 술버릇이었다.

김씨는 술 때문에 보름간 현장에 다녀왔다. 공장 일거리가 비교적 줄었지만 사람을 더 줄인 탓에 평소보다 일이 더 많아졌으면

많아졌지 적지가 않았다. 그러나 주변이 헐거운 탓에 자투리 시간
을 내려면 얼마라도 낼 수 있었다. 그게 되려 화였다. 전에는 보는
눈도 많고 여러 가지 일이 기어가 맞물리듯 돌아가야 했기에 신경
쓸 것도 많았지만 판국이 바뀌고 나서 시간이 헐거워지자 술잔을
붙잡는 시간이 늘었던 것이다.

　직접 짐 들고 뛰어다니는 일이 적잖아 고되다고 반주로 한잔
하게 되고부터 김씨의 낮술이 본격적인 궤도에 올랐다. 점심때 밥
집에 앉으면 그는 아예 숟가락을 놓고 제 물건을 찾았다.

　"내 꼬푸 좀 줘봐."

　"또 거기다 마실라고 그라요? 쬐깐한 잔에다 한 잔만 하시오.
아직 즘심때요."

　"영 되구만. 딱 한 잔만 하고."

　"오후에 옥상에 발 올려놔야 하고 대나무도 오백 개는 더 쪼
개야 하요이."

　"걱정 말어. 다 해놓을 텡께."

　김씨 입에서 그 소리가 나오면 꼭 걱정되는 일이 생겼다. 딱
한 잔이던 것이 두 잔 되고 세 잔 되곤 했다. 일단 그 지경 속으로
들어가면 참으로 말리기 어려운 존재가 그였다. 워낙 근력도 좋아
힘으로 말릴 수도 없었고 한번 들어가기 시작하면 좀처럼 잔을 놓
으려고 하지 않았다.

　"나는 그래도 딱 두 잔씩만 하고 놀다 묵고 그라는디 저것은
한번 잔을 잡으믄 병을 보듬고 산다니께."

상황이 역전되어 이번에는 근태 아빠가 와서 저만치서 홍알거리고 있는 김씨 흉을 보았다. 흉을 볼 만했다. 맥주 컵으로 두세 잔쯤을 우습게 마시고 온 것까지는 봐줄 만하고 낯바닥에 붉은 기를 띠며 영차, 일을 하는 것까지도 좋은데 여차하면 도중에 사라지고 없었다. 찾기는 매우 쉬웠다. 다시 밥집에 앉아서 맥주잔을 받들어 모시고 있는 중이었다. 가을이 깊어지면서 그 병도 깊어지더니 오후에 방에 드러눕는 경우도 생겼다. 또 전무에게 들키는 데도 뭐 있었다. 공장 천막 뒤에서 졸다가 된통 혼이 난 다음 날은 일부러 술을 꾹 참고 일에 전념하는 모습을 보여주어 떨어진 신뢰를 회복하려고 했으나 전무가 그럴 때는 오지 않고 혹시나 하고 다시 입에 대고 나면 꼭 나타났다.

"김씨, 일 그만둬요."

전무는 단도직입적이었다. 김씨보다는 김씨네 얼굴이 파랗게 질렸다.

"얼른 잘못했다고 하시요. 인자 절대로 안 마신다고 말씀드리시오."

"너는 가만있어봐."

"얼른 비시요."

"이 씨, 가만있으라니께."

김씨네는 남편에게 짓눌려 입안에 말만 가득 담고 한 발자국 뒤로 물러섰다.

"지금 도대체 뭐 하는 거요. 근무시간이야, 술 마시는 시간이야?"

"예 전무님, 죄송합니다요. 그란디요, 자꾸 주정뱅이 취급하니께요, 내 맘이 덜 좋으요."

"주정뱅이지 그럼."

"그래도 할 때는 열심히 하는디요."

"집에 가서 술 많이 먹어요."

"내 말은요. 나가 일을 열심히 할 때는 한 번도 안 오고."

"됐어요, 그만해요."

김씨는 성격 깔끔한 전무에게 늘 찍혔고 그만두게 되는 지경까지 몰렸다. 먼저 공장장과 강미네가 김씨에게 약조를 받고 전무에게 사정했다.

"김씨, 그럼 현장에 가서 일하는데 근신이라고 생각하고 술 안 먹고 착실히 일하면 계속 쓰겠소."

그래서 김씨는 좌천을 당해 현장으로 내려갔다. 당연히 금주령이 내려져 덩달아 현장 인부들까지 불평이 자심했다. 허나 김씨가 막걸리는 전혀 먹지 않고 소주만 마신다는 말을 듣고 전무가 다시 소주 금지령으로 바꾸어 그는 의붓자식 노릇을 보름이나 착실히 하고 올라왔다. 그러나 김씨는 올라오는 날로 술잔을 다시 찾았다.

김씨는 버릇대로 뱀을 곧잘 잡았다. 스스로도 자신의 근력은 뱀에서 나온다고 자부하듯이 혼자 잡아서 해 먹곤 했다. 종일 꼬지용 대나무를 자르고 말린 것을 모아 포장하고 나서 김씨네 먼저

보내고 밥집에서 술이 시작되었는데 예의 뱀 타령부터 나왔다.

"아리께 가다가 살모사 한 마리 잡었다이."

"겨울인디요?"

"인자 겨울 시작인디 뭐. 요새야 자러 들어가는 것들도 있어."

"어찌께 했소. 잡쉈소?"

"한 마리 갖고는 약이 되간디? 독아지 속에다 늘어놨는디 아칙에 봉게 요로코롬 가만히 있등만."

"몇 마리나 해야 약이 돼요?"

"종류별로 몇 개 돼야 약이 돼. 언지 능세(능구렁이)나 한 마리 잡으믄 해 묵을라고. 같이 묵세."

"많이 잡수시요. 뱀은 묵을 자신이 읎소."

"생 소간을 묵으믄서 왜 뱀은 못 묵어요?"

벌써부터 인상을 찌푸리고 저만치에 앉았던 세자가 툭 튀어나왔다. 그녀가 볼 때는 살아 있는 쇠간을 빼 먹은 거나 뱀을 잡아 먹는 거나 똑같이 치 떨리는 짓인데 새삼 얌전한 척하는 문기사와 공장장이 눈에 거슬렸던 것이다. 그녀는 찬 바람이 일면서부터 밤 늦은 시간까지 책하고 사전 뒤적이는 게 일이었다.

"소간이사 소고기 종류지만 뱀은 어째."

"하여간."

김씨의 뱀 예찬이 계속되었다.

"이것들은 한번 갈래가 붙으믄 만 하루를 떨어질 줄 모르는 거여. 생각 좀 해봐. 짐생 중에도 그렇게 질게 하는 것들이 워딨간디. 그래서 이것이 심이 좋당께."

뱀, 하자 공장장도 고향 이야기를 풀어놓았다. 공장장의 고향은 여수와 제주도의 중간쯤에 있는 섬으로, 관광 회사 유리창에 꼭 붙어 있는 거문도 백도 관광의 바로 그 거문도였다.

"우리 고향에서 북쪽으로, 초도 쪽 말고 바로 여수로 직선코스를 잡아서 어선으로 한 시간쯤 걸리는 데에 역만도라고 있소."

거문도는 모두 세 곳으로 나뉘어 있어 삼도(三島)라고도 부르는데 여섯 마을 중 어떤 마을에 모씨 영감이 살았다. 영감은 젊었을 적 부인과 자식을 두고 오랜 기간 육지로 홀로 나와 살았다. 타고난 팔자가 좁고 답답한 섬 구석지에 박혀 살 위인이 못 되었던 그는 돈 벌어 오마, 쓸 만한 소리 하나 남기고 떠나와서, 결론부터 말하자면 쓸데없이 살고 말았다. 섬 출신의 사내가 붉어진 기분 하나로 반평생을 뭍에서 떠돌다가 다 늙어 모자로 얼굴 가리고 귀향을 했다면 어떤 인생을 살았는지 대충 짐작할 수 있지 않겠는가.

세상 물정은 모르는 주제에 남편한테 툭하면 앙알앙알 덤벼드는 마누라와 어쩌자고 퍼질러놓기는 했는데 크자고 받아먹을 준비만 하고 있는 새끼들이 지겹고 귀찮고 해서 그는 나름대로 풍운의 꿈을 안고 섬을 떠나버렸다. 세상 물정 모르기는 그도 매일반이라 이리저리 긁어모았던 돈은 순식간에 원래 있던 자리를 찾아 사라져버렸다. 그는 여러 가지 일을 했다. 막노동도 하고 심부름꾼도 하고 술집 청소도 하고 나이트 기도도 보고 돈 많은 부인의 몸종도 했다. 술집 근방을 돌아다닌 탓에 춤을 배워 제비도 했다.

청운의 꿈 중에 묻 것 년들을 자빠트려보는 것도 상당한 비중을 차지하고 있었던 터라 이래저래 살림도 여러 여자와 차렸다. 경상도 여자와도 살고 경기도 여자와도 동거하고 충청도 여자하고는 애도 하나 낳았다가 애 먼저 보내버리고 헤어지기도 했다. 그 와중에 섬에서 어떻게 수소문해서 형과 아내가 찾아오기도 하고 아들이 뒤를 쫓기도 했다. 그러나 그에게 그들과 섬은 이미 버린 과거였다. 그는 싫든 좋든 뭍의 생활에, 그것도 뒷골목 음습한 생활에 푹 젖어 있었다. 당연히 술과 담배와 노름과 여자의 세월이었다. 주워들은 풍월과 눈칫밥으로 버텼다.

늘그막에는 오다가다 만난, 수원 어디쯤 여자네 해장국 집에서 배달 일을 했다. 언제나 찾는 곳 없어도 찾아갈 곳 만들어 살아온 사람이었으나 근력이 딸리면서 이제 배달해주고 밥이나 얻어먹으며 힘없는 기둥서방 노릇을 하는 걸로 만족했다. 그러나 그것도 오래가지 않았다.

빈 그릇을 찾아 들고 오다가 터져 나오는 기침 때문에 급기야 쟁반을 떨어뜨리고 말았다. 각혈이었다. 그는 제법 오래 기침을 해왔는데 그냥저냥 술로 누르며 병을 키워왔던 거였다. 여자는 그 사실을 알고 그를 내보냈다. 당연히 갈 곳이 없었다. 반거지가 되어 돌아다니다가 결국 마지막 몸 누빌 곳으로 고향을 찍었다. 폐결핵 말기가 된 그는 겨울을 맞아 섬으로 돌아왔다.

식구들이 반길 리 없었다. 부인은 옆집 것마냥 그런대로 늙고 자식들도 별 탈 없이 커서 시집도 가고 선원도 되고 했지만 죽어버린 송장이 찾아온 것으로 여겨 늙은 각설이쯤으로 대접을 했다. 욕이야 얻어들을 각오가 되어 있었기에 그는 죽여다오, 했다. 마지막 남은 의미 하나, 피붙이라는 것까지 외면하지 못해 사랑방 하나를 치워 내주었고 그는 그곳에 누워 더도 말고 뒷산에 묻어만 다오, 하며 죽기를 기다렸다.

쉬 죽어지지 않았다. 하긴 죽자고 해서 죽어질 정도면 이미 고행으로 득도의 경지에 올랐을 터이니 그쯤이면 그의 귀향이 그리 냉대 속에서만 이뤄지지는 않았을 것이다. 어쨌든 죽어지지가 않아서 그는 한 석 달 동안 오가는 식구들의 욕설과 한탄과 저주를 고스란히 들었다. 그는 마침내 자신의 삶이 어떠했는가를 뼈저리고 살 떨리고 피 토하게 느꼈는데, 이미 피는 날마다 사발로 토하는 중이기는 했다.

그가 특히 섭섭해하는 부분이 있었다. 바로 친구들이었다. 어쨌든 친구는 가족과 다른 존재였다. 가족이 육신으로 맺어진 연줄이라면 친구는 정으로 맺은 끈이었다. 그동안 그는 육신의 줄기는 무너뜨리고자 안간힘을 썼으나 반대로 친구는 정성으로 챙기는 걸 잊지 않고 살아왔다.

어쩌다 연락이 되어 찾아오는 친구를 좋다는 곳에 데리고 다니며 먹여주고 씻겨주고 입혀주고 시켜주기를 마다하지 않았다. 그게 비록 제 볼품없는 체면을 세우는 방법이기도 했고 그게 빌미가 되어 집안의 추적을 받기도 했으나 친구라면 사족을 못 쓰고 대접을 했다.

마을에서 한둘이 아니었다. 너 출세해부렀다이, 야 나 땜시 니가 돈을 너무 많이 써부러서 워쩐다냐, 소리도 들었고 어저께 그 가시내 한 번 더 만나보고 싶은데 저기, 하는 놈은 또 원하는 대로 거시기 해주기로 했다.

한데 대접이 말이 아니었다. 친구랍시고 찾아오기는 했으나 이건 주민등록 문제로 찾아온 젊은 면 서기만 못했다. 그새 세상 뜬 이들도 없지 않았고 저이들도 살아봤자 남은 생이 바지 주머니 속 지전 헤아릴 정도밖에 남지 않은 것들이 방문도 안 열고 숫제 창문에 대고 몇 마디 해댈 뿐이었다.

"어째 병이 들어도 그런 몹쓸 것이 들었다냐. 그래도 요양 잘 해서 낫어야 써."

"어짜다가 그랬냐. 몸단속 잘 좀 하지 그랬다냐."

"어이 머시기, 얼른 낫소이."

그러고는 내빼기 바빴다. 얼마나 빨리 도망을 쳤는지 그 소리 를 듣고 반가워 엉금엉금 기어서 문 열어보면 흔적도 없었다. 그 는 그게 무엇보다도 슬펐다. 그래도 친구들은 전염 걱정보다는 친 구 걱정을 해줄 줄 알았던 것이다. 몸의 병보다도 마음의 병이 깊 어 당장 죽고 싶었으나, 몸과 마음이 다 썩어 무너져도 죽어지는 것은 당자하고는 다른 그 무엇의 소관이었다. 상심한 나머지 그는 남 같은 마누라에게 사정하여 소주 됫병 받아 반 되를 마시고 볕도 뜨지 않는 야심한 밤, 아무도 모르게 마을을 내려와 갯가에 매어놓은 뎀마(거룻배)에 올라탔다.

자살을 결심한 거였다. 술 힘을 빌어 그는 마을 방파제 끝, 섬이 마감되고 칠흑 같은 너른 바다가 시작되는 곳으로 노를 저어 갔다. 그곳은 아주 오래전, 세상에 사람이 생겨날지 어쩔지도 모르던 까마득한 옛날, 섬이 만들어지면서부터 지금까지 하루도 쉬지 않고 파도가 치는 곳이었다. 오종종 모여 있는 마을의 불빛이 점차 멀어지다가 산에서 흙이 미끄러져 내려오다 갑자기 마음을 바꿔 돌벼랑으로 곤두박질치는 너덜겅을 끝으로 어둠 속에 묻혀버렸다. 이제 망망한 밤바다만 보이지 않게 눈앞에 있었다.

하긴 그곳에서 그대로 서쪽으로 가면 중국 대륙도 가고 동쪽으로 가면 하와이도 가고 북미·남미 대륙도 나올 것이고 남으로 내려가면 적도를 지나 호주와 남극대륙도 있었다. 그러나 그는 중국이나 하와이나 아메리카 또는 남극보다 더 먼 곳으로 갈 작정을 한 뒤라 노를 끌어 올리고 갑판을 베고 누웠다. 1년 사시 치는 파도가 그날이라고 몸살을 안 하는 것도 아니어서 배는 순식간에 깊고 먼 밤바다 가운데로 사라져버렸다.

그의 실종을 두고 사람들은 수군대는 정도였다. 유일하게 애타하는 이가 있었으니 그와 친했던, 그리고 예의 그 먹여주고 입혀주고 시켜주었던 이로, 바로 뎀마의 주인이었다.

그는 무심코 눈에 보이는 대로 얻어 탄 거였지만 어찌 보면 필연의 요소가 있는 듯해, 그게 가장 섭섭하던 친구한테 베풀었던 것을 되받는 것이기도 했으니 그것만 보더라도 참으로 인간사 얽히고설킨 것들 속에 무서운 그 무엇이 있는 것 같기는 했다.

그의 가족들은 한 며칠 지내면서 주위를 다니는 배들로부터 그렇게 생긴 인물은 고사하고 그렇게 생긴 뗌마 조각도 못 보았다는 소식을 주위 모은 다음 적당한 날을 잡아 상(喪)을 치르고 묘를 세우고 어거지로 애고곡 서너 마디 하늘로 날려 올렸다. 그는 마을에서는 확실히 죽은 거였다.

뗌마 주인 빼고는 모두들 그의 존재는 물론 죽음까지도 금방 잊어버렸다. 모두들 사느라고 바빴고 그것은 가족들도 마찬가지였다. 그의 집은 그가 죽어서 차라리 나았다. 사랑채를 개조해 새로 전근해 온 초등학교 선생에게 하숙도 놓았다.

그리고 세 달이 지난 뒤 그는 돌아왔다. 무인도에 표류해 있다가, 사실 표류가 아니지만, 지나가는 배에 손 들어 얻어 타고 돌아왔다. 그는 놀랍게도 병이 모두 나아 있었다.

그가 차가운 겨울밤 파도에 떠밀려 간 곳이 바로 역만도였다. 역만도는 거문도에서 북쪽으로 20킬로미터 정도 떨어져 있는, 제법 크기는 하지만 나무도 별로 없고 깎아지른 벼랑으로 둘러쳐진 몹시 험한 무인도이다. 섬이 넓지 못하고 솟아만 있는 데다 주변에 파도도 높고 배 델 만한 곳도 없어 오랜 세월 동안 도통 사람의 발길이 닿지 않는 곳이었다.

그는 술기운과 병 기운에 취해 정신을 잃었다가 그곳에서 정신을 찾았다. 어떻게 그곳까지 떠밀려 왔는지 알 수 없지만 하여

튼 눈으로 보기에 젊었을 적 숱하게 근처를 지나다녔던 그 섬이
라는 것을 알 수 있었다. 뎀마는 밑창이 깨진 채 바위를 타고 앉
았고 그는 그 속에서 깨어났다. 늦겨울 바람은 몹시도 매서웠고
사람 목숨은 그보다 더 모질었다. 어떤 사람들에게는 죽는 것도
그렇게 힘드는 일이었다. 그는 모진 목숨 줄을 한탄하며, 제 손으
로 제 심장을 꺼내어 부숴버릴 만한 용기는 없었기에 산을 타고
올랐다.

　키 낮은 소나무 뿌리들이 뒤엉켜 있는 바위 밑에 몸을 눕히고
나서 춥고 무섭고 쓸쓸하고 인생이 뭣 같아서 울었다. 한편으로는
울고 한편으로는 벌벌 떨며 한 이틀이 지났나 싶었다. 어디서 씩씩
거리는 소리가 났다. 사람 소리는 아니었다. 죽을 땐 죽더라도 겁
부터 덜컥 난 그는 바위 위로 올라가 숨어서 소리 나는 곳을 찾았
다. 그랬더니 저만치 풀 우거진 구릉에서, 세상에, 아무리 노련한
사냥꾼이 와도 해보지 못할, 집채만 한 멧돼지 한 마리가 뭐라고
씨익씨익 화통 같은 콧김을 내뿜으며 뭔가를 우적거리고 있었다.
그는 숨이 딱 막혔다. 죽어도 참으로 더럽게 죽게 된 거였다.

　그가 어렸을 적에 들어 알고 있듯이 도대체 이 섬은 들짐승이
사는 곳이 아니었다. 저런 흉악한 짐승이 어디에서 왔단 말인가.
그는 멧돼지를 저승사자로 여겨, 그렇다고 찾아가 머리를 내밀지
는 못했지만, 숨도 못 쉬고 반쯤 죽어 또 하루를 지나 보냈다. 다음
날 가까이 가보니 흉악한 짐승이 씹다 남긴 건 뱀 껍질이었다. 그
러고 보니 그 섬에는 뱀이 많았다. 섬 덩치가 만만찮은 데다가 꽹

이갈매기나 또 이런저런 물새들이 많이 살고 있어서 당연히 뱀이 많았다. 그건 그렇다 치고 저 짐승은 어디에서 그 소문을 듣고 왔단 말인가. 뱀이야 섬에서 섬으로 헤엄쳐 다니는 것을 그 자신도 자주 보았으나 멧돼지는 도대체 어디에서 어떻게 왔단 말인가. 그러나 궁리를 할 필요가 없었다. 말이 되든 말든 멧돼지는 눈앞에서 돌아다니며 뱀을 잘도 잡아먹고 있었다.

멧돼지 눈에 띌까 무서워 도망 다니며, 이름을 대충 알 수 있을 것 같은 풀을 뜯어 먹으며 또 사나흘이 지났다. 하긴 그렇게 무서운 짐승이 없었으면 그는 추위와 배고픔에 지쳐 지레 죽었을지도 몰랐다. 그러던 어느 날 바다에서 돌풍이 불어 날이 몹시 사나워졌다. 배에서 멧돼지 몰래 져 나른 그물을 깔고 덮고 누운 그는 비몽사몽, 죽는 것보다 더 끔찍한 꿈을 꾸었다.

산만 한 멧돼지가 송곳니를 반짝이고 입에서 불을 뿜으며 역시 번개를 등에 업은 무슨 용(龍) 같은 괴물과 먹이를 두고 싸움을 하는데 먹이가 바로 그였다. 기가 막혔다. 그는 바위에 몸이 묶여 있고 보도 듣도 못 한 괴물들이 눈앞에서 불을 뿜고 번개를 치고 하여간 한바탕 대접전을 벌이는 것이 아닌가. 두 괴물은 서로 뿜고 쏘고 얻어맞고 피 흘리고 물어뜯고 포효하고 할퀴며 반나절을 싸우다가 드디어 결판을 지었다. 용이 이겼다. 멧돼지는 용의 이빨에 최후의 일격을 당해 꽤애액 마지막 비명을 지르며 마침내 쓰러졌다. 용이 피 흐르는 몸을 이끌고 승리의 제물을 먹으러 다가왔다. 그는 산만 한 아가리가 눈앞으로 다가오는 것이 너무 무섭고 가위눌려 비명을 지르다가 튕겨나며 잠에서 깼다. 무서워 벌벌 떠는 것은 그가 유일하게 할 수 있는 움직임이었다.

날씨가 사나워 이미 죽음의 그림자를 드리우고 있는 그의 그물 막을 뒤척였고 키 낮은 소나무는 저 태어난 땅속으로 다시 기어 들어가기 위해 몸을 구부리며 쒸웅쒸웅 울어댔다. 그는 시체보다도 못한, 쓸데없이 목숨이나 붙어 있는 가련한 것이 되어 죽지도 살지도 못하는 그 어떤 존재로 시간을 보냈다. 피 토하는 것이 이미 그의 육신만이 아니어서 정신과 몸뚱이가 죽탕 끌탕이 되어 뒤섞이고 뒤틀리고 끓어 넘치고 가라앉고 하는 시간이 지나자 아침이 왔다.

그는 어쨌든 움직이고 싶어 다리를 후들거리며 간밤에 두 괴물이 싸우던 바닷가 골짜기를 찾아 내려갔다. 어차피 어느 곳이든 길은 없어 숨 한번 몰아쉬며 조금 쉬고, 피 한 모금 토하고 조금 쉬면서, 그 짓마저 안 하면 너무 무료했기에 기다시피 엉금거리며 내려갔는데 꿈이 생시로 바뀌어 어떤 모양 하나를 펼쳐놓고 있었다.

용은 보이지 않았다. 그래서 그건 다행이었는데, 그 멧돼지가 대가리에서 피를 흘리며 파도가 끝나는 부분, 뾰족한 바위를 보듬다시피 하고 엎어져 죽어 있었다.

그는 한동안 망연자실 바라보다가 여러 날 굶기도 했고 그게 다름 아닌 돼지고기이기도 했고 마침 타고 온 뗌마가 멀지 않은 곳에 있어 칼과 젖어 있는 성냥을 찾아와 그걸 어떻게 해보기 시작했다. 불 만드는 데 반나절, 돼지 껍질을 벗기고 살을 저미는 데 반나절 해서 저녁이 다 되었을 때 드디어 먹기 시작했다. 어차피 그만한 일거리가 생겨 다행이기도 했지만 어렵사리 만들어놓은 음식이라 맛 또한 있었다. 간은 걱정 없었다. 바닷물에 헤엄치고 있는 게 소금이었다.

그날부터 시작해서 두 달 동안 멧돼지를 바닷물에 담그기도 하고 말리기도 하면서 차근차근 먹었고 도중에 질리면 미역이나 김, 파래 또는 섬의 아무 풀을 닥치는 대로 씹어 먹었다. 죽을 작정을 하고 왔기에 죽을 작정으로 먹었다. 털을 대충 그슬려 긁어내고 껍질까지 되는 대로 먹었고 목 마르면 벼랑 아래 동굴이 생기다가 만 곳에 점점이 떨어지는 물방울을 누워서 받아 마셨다. 먹고 죽은 뭐는 뭐 한다니까.

그러다 병이 나았다. 어느 날부턴가 각혈이 멈추고 눈동자에 초점이 생기더니 누가 보면 깜짝 놀랄 정도로 피부에 생기가 돌기 시작했다. 그제야 그게 약인 줄을 알아 뼈까지 갈아 먹고, 그동안 멧돼지를 피해 살아남은 뱀도 서너 마리를 더 잡아먹었다. 그리고 돌아왔다.

"그러고는 다 낫어서 지금도 건강하게 살아 있답디다."
길었던 공장장의 이야기가 드디어 끝을 맺었다.
"그짓말 같으요이."
이야기의 위력은 무엇보다도 강해 세자 엄마는 텔레비전을 끄고 세자까지 보던 책을 덮고 술좌석 옆에 나란히 앉아 있는데 못 믿겠다는 투였다.

"인자는 착하게 살으요?"

"울력이믄 울력, 품앗이믄 품앗이, 모다 설치고 댕기면서 열심히 한답디다."

"완전히 새로 태어났구마이."

"근디 얼른 안 믿겨지요. 진짜로 그랬다는 것이."

세자가 아무래도 못 믿겠다는 식으로 이야기의 꼬리를 이어나가자, 공장장이 그에 대해 대꾸를 했다.

"그 동네 사는 친구한테 들은 소리요."

"세상일이 원래 못 믿을 것들이 더 많은 법이어야."

세자는 제 엄마 말에 더 고개를 끄덕였다.

"거 봐. 뱀이 그리 몸에 좋다는 소리여 그것이. 원래 뱀이 약 되고 또 멧돼지도 가슴앓이 병에 약 되는디 뱀을 그리 잡어묵은 멧돼지를 묵었으니께 금세 낫지. 하여간 살고 죽는 것이 한순간이랑께. 옛날 중선배 선원들도 그랬잖어."

김씨도 빠질 수 없었다. 사람들의 눈이 이번에는 김씨에게로 쏠렸다.

"옛날에, 긍께 그것이 나가 배 탈 때게 들었던 일인디이. 중선배 냉장실 안에 선원 여섯 명이 갇혀부른 사건이 있었단 말이여. 그때는 문이 닫혀블믄 안에서 못 열어갖고 누가 열어줘야 쓰는디 바깥에 있는 놈이 그런 줄도 모르고 술 묵고 자부렀당만."

"아저씨 같은 사람이 또 있는갑소이."

"어허, 가만히 들어봐. 자꾸 그런 소리 하믄 들 좋아."

"얼른 하십시요."

"긍께 아무리 안에서 뚜드리고 불러도 그것이 들리간디? 여기 이 공장 문 봐봐. 냉장실 문이 좀 크고 여물어? 하여간 다음 날 그 사람들을 발견했는디 여섯 명이 다 꽁꽁 얼어 기절을 해부르고 있었어."

"죽었소?"

"들어보랑께. 하여간 뜀박질도 하고, 옛날에 그렇게 갇힌 사람이 하룻밤 하루 낮 동안 짐을 이리 옮겼다가 저리 날랐다가 하다가 간신히 살어나기도 했으니께, 그 속에서 별 지랄을 다 하다가 그냥 쓰러져버린 거여. 숨은 간신히 붙어 있었당만. 근디 꼿꼿이 언 것 여섯 개를 끄집어 내놓고 갑판에서 싸움이 나부렀네. 배가 바로 여수에 닿아서 선장은 병원으로 뎃고 가자 하고 늙은 선원 하나는 아니다 목욕탕으로 뎃고 가자 하고 쌈을 했다등만."

꿀꺽. 문기사 목에 술 들어가는 소리가 다 들렸다.

"그래서 이러자 저러자, 하다가 늙은 선원이 좋다, 그럼 세 명씩 노누자, 셋씩 노놔갖고 지 좋을 대로 데리고 가되 책음을 지자 했당만. 그래 어쩌겠어. 늙은이가 죽어도 병원은 안 되고 목간통으로 끌고 가야 쓴다고 고집을 부리니께 선장이 셋 떼주고 저는 앰뷸런스를 불러서 거기 어디여 종합병원으로 뎃고 가고 늙은이는 택시에 타워 봉산동 봉산탕인가하는 디로 뎃고 갔당만. 결론이 워치께 났냐 하믄 병원 간 것 싯은 사망, 목욕탕 간 것 싯은 부활,

이리 된 거여."

"엄마야."

역시 이야기에 대한 반응은 어릴수록 빨랐다.

"거기서 느그 엄마가 왜 나오냐?"

김씨는 세자한테 토 한번 달아주고 말을 이었다.

"목욕탕에 끌고 들어가서 뜨신 통에다가 집어늫어노니께 꼬물꼬물 살아났다등만. 근디 병원 간 것들은, 나중 말을 들어보닝께 딴 방법이 읎다등만. 꽁꽁 얼어 있는 놈을 수술로 살릴 것이여, 주사나 약으로 살릴 것이여? 딴 빙이 있어 간 것두 아니고. 그냥 전기요로 둘둘 감어놨다등만. 어쩌피 얼은 것 풀라믄 목간통 뜨신 물이 더 빠르잖어."

"엉뚱하게 죽은 사람들이요이."

세자 엄마다.

"엉뚱하게 산 사람이기도 안 하요."

"하여간 죽고 사는 것이 저 생각하고는 전혀 다르게 되등만. 누구는 그렇게 운이 좋아 멧돼지 잡어묵고 뜬금없이 살어나고 누구는 또 그렇게 돼지고. 하여간 우리 눈으로는 알 수 없는 것이 있당께 씨발."

"그러믄 그런 거지 욕은 또 왜 하요."

"아, 그렇잖어. 사람 살고 못 사는 것이 나 하나 노력만 갖고 되간디?"

"노력해서 안 되는 것이 뭐 있소. 다 되지."

딸이 공부를 시작한 게 대견하기도 하고 걱정되기도 하는 세자 엄마가 말했다.

"있소."

"뭐요?"

"대통령 선거."

초겨울 밤은 깊어갔고 김씨는 거듭 취해갔다.

"취하셨소. 그만 묵고 가시요. 아줌마 기다리시겠소."

"우리 마누라? 흐흐. 우리 마누라는 나한테 꼼짝 못 해. 왜 못하냐."

"맨날 술 묵고 패니께 그렇지라."

문기사가 말을 잘랐다.

"문기사 이건 암것도 모르구만. 여자들이 쥐팬다고 잡힐 것들이다냐. 공 모냥 패믄 패는 대로 더 죽자 살자 하고 덤비는 것이 여자여. 너는 은어맞은 여자들이 뒤질 각오로 덤벼드는 것을 아직 못 봤구만."

"그 말은 맞소. 여자는 때린다고 될 일이 아니요."

세자 엄마다.

"역시 한 살이라도 더 묵은 사람들이 알어도 하나라도 더 안다니께. 그것이 다 심으로 눌러주니께 그런 거여. 하긴 우리 마누라는 피곤해서 나가 올라가도 올라간지, 내려가도 내려간지 모르고 자기만 하드라."

"아저씨."

세자가 눈에 심지를 돋우고 노려보았다.

"누가 그 소리였소. 부부지간에 주먹은 쓰지 마란 소리였제. 그만큼 잡쉈스믄 얼른 가시요."

세자 엄마도 딸 옆에 섰다. 그러나 듣는 체 마는 체였다.

"앉어 있는 사람 자꾸 가라믄 듣기에 들 좋아. 하여간 뱀은 좆이 두 갠디."

"아저씨이."

다시 세자다. 그러고 보면 악다구니를 쓰긴 하지만 그런 소리의 내용을 훤히 다 꿰고 있다는 소리이기도 했다.

"드럽게도 지랄하구만. 아 이 간내야, 너 지금은 그라지만 시집가서 남자 맛 알어놓으믄 하룻밤도 혼자서 안 잘라고 그럴 거다. 코가 크믄 남자나 여자나 모다 밝히니께."

"으아악."

모녀가 동시에 소리를 질렀다.

여름 바람은 화가 나서 덤벼들 듯 불어오는 거라면 겨울바람은 맺힌 게 많아서 호소하듯이 울어대는 바람이었다. 그것은 살갗에 싸늘하게 달려드는 잔바람일 때도 그랬다. 겨울은 또한 같은 거리도 더 멀게 만드는 힘이 있었다. 김씨가 휘적휘적, 이제야 겨울잠 자러 들어가는 게으른 뱀이나 또 하나 걸려들지 않나, 하며 걸어가고 나서 공장장과 문기사는 방으로 들어왔다. 오후 참 때 승희네가 걸레 들고 드나들더니 반듯하게 정리가 되어 있다.

공장장이 노임을 계산하거나 냉동공장 사무실 측하고 장부를 대조할 때 쓰는 책상은 늘 이런저런 청구서와 계산서, 매직, 풀, 도장과 인주 따위가 널려 있었는데 그것들이 들어가야 할 곳에 들어가 있고 서 있어야 할 곳에 반듯이 서 있었다. 이불도 나란히 개어놓았고 옷도 공장장 것은 왼쪽 옷걸이, 문기사 것은 오른쪽에 줄을 맞춰놓았다. 방은 물론 깨끗하고 텔레비전 화면에까지 물걸레질 자국이 보였다. 그리고 책상 아래 두 남자의 속옷이 네모반듯하게 개켜 있다.

"장가를 갈라믄 승희네 같은 여자한테 가야 쓴다니께."

문기사는 웃었다. 속 이유가 있었지만 공장장이 또 장가 소릴 꺼냈기 때문이기도 했다. 바람이 차가워지면서 공장장은 유독 외로움을 타기 시작했다. 외로움을 탈 나이기도 했고 계절이기도 했고 무엇보다도 그럴 환경이었다. 총각으로 부르기엔 적잖은 나이에 공장 골방에서 일을 애인 삼아 지내니 그럴 만했다. 새벽에 일어나 그날 작업량과 인원을 점검하고 일이 순조롭게 진행될 수 있도록 모든 준비를 하는 걸로 하루를 시작하는 게 공장장의 일이었다. 인원 배치부터 보일러 보랴, 작업이 다 된 팬을 입고시키고 현장과 연락을 취하고 사장과 전무에게 작업을 보고하고 지시 듣고 영 안 풀리면 잔소리하랴, 성질내랴, 한잔 마시고 신경질도 부리랴, 바쁜 존재였다. 공장장이란 직접 짐 드는 일은 적게 한다손 치더라도 누구 옆에라도 항상 있어야 하는 위치여서 그걸 빈틈없이 맞추기가 쉬운 일이 아니었다. 그러다 보일러 끄고 썰물처럼 사람들이 빠져나가고 공장 문 굳게 닫고 나면 큰 처리장에 찬 바람만 가득 불어와 그는 외로움을 탔다.

봄에 문기사가 들어와 같이 먹고 자고 하면서 동무가 생겨 심심하지 않겠다고 좋아하더니 그 약발도 찬 바람 불고부터는 효력이 없었다. 여자가 그리우면 친구도 귀찮아지는 법이었다.

"결혼을 해야 쓰겄는디."

공장장은 방에 들어앉아서도 언제나처럼 텔레비전을 켜거나 하지 않고 담배부터 한 대 빼어 물고 냉동공장 박기사한테서 빌려온 성인 만화잡지를 건성으로 펼쳤다. 젖꼭지에 붓칠이 되어 있는, 벗은 서양 여자 뱃살에 형광등 불빛이 반사되고 있었다. 그는 일어서서 창문을 열었다. 방 안에 차가운 바람이 순식간에 들어찼다.

공장장은 아들 4형제 중에 셋째였다. 여수에서 공고를 나온 덕에 일찌감치 여수에서 자리를 잡았지만 형제들은 모두 부모와 섬에서 살며 배 한 척을 부리고 있었다.

"생각해봐. 환갑 다 된 노인네가 남자들이 배 타고 와서 벗어 놓은 빨래하는 데만도 반나절이 걸린당께."

사십이 다 되어가는 큰형부터 아들 4형제가 아무도 결혼을 하지 못했다. 공장장은 일이 바빠서 못 했다 하더라도 형제들은 섬에서 살고 있기 때문에 못 했다. 섬에는 결혼 적령기의 처녀가 없었다. 단 한 번 큰형이 근본이 수상한 여자 하나를 데리고 와서 한 달 정도 살다가 내보낸 적이 있었다. 그러나 결혼할 여자가 아닌, 돈으로 산 달첩이었다.

집안에 유일한 여자가 늙은 어머니 하나뿐이라 공장장은 그
걱정도 한 짐이었다. 그는 셋 다 배를 타는 형제들보다 여수에서,
그것도 직급이 자그만치 공장장이나 되는 셋째가 결혼을 하는 게
더 빠르겠으니 제발 좀 인연을 맺어보라는 부모의 성화를 받고 있
었다. 노인네들은 며느리 절 한번 받아보기가 소원이었다.

공장장도 하고 싶어 했다. 그러나 우선 연애라도 하려면 시간
이 있어야 하는데 그게 안 되었다. 공장을 비우는 게 용이치가 않
았고(그러니까 이 대목에서는 공장장이라 해봤자였다) 무엇보다 면 단
위에 위치해 있기에 더욱 어려웠다. 아가씨들은 다들 여수나 여
천, 순천 시내에 있었다. 공장 주변에서 아가씨는 단둘. 하나는 밥
집 세자이고 하나는 냉동공장 경리 아가씨였다. 냉동공장 경리는
길쭉한 키에 오만 잡색으로 얼굴과 몸을 치장하는 터수이니만큼
손에 기름때 묻히는 것들을 우습게 아는 경향이 농후하여 공장장
이 이미, 저쪽에서 전혀 생각이 없는데도 이쪽에서 먼저 가위표를
단단히 쳐놓은 대상이었다. 하여 장부 대조하고 나면 그의 입에서
좋은 말 한마디 구경하기가 어려웠다.

"멍청한 년이 칠 번 냉장실 입고하고 팔 번 냉장실 입고하고
바꿔 달아놓고는 나보고 틀렸다고. 지랄한다고 영수증에다 루주
는 또 왜 묻혀놨어. 대가리에 든 것이 하나도 읊는 년이당께."

보통 그런 수준이었으니 아예 가망이 없었고 그나마 친하다
고 여기는 쪽이 세자였다. 허나 세자는 몸치장이 없지만 정신에

대한 치장 욕심이 대단한 여자였다. 밥집 일을 열심히 도와 1년 안에 번듯한 여대생이 되는 게 꿈이 아니라 현실적인 목표였으니 홍합공장 공장장하고 연애 걸고 결혼하고 섬으로 시부모 모시러 들어갈 존재가 아니었다.

　한번은 세자가 아는 언니를 소개해준 적이 있었다. 한여름 몹시 바쁠 때 마을 여자 연줄로 여대생들이 아르바이트하러 온 적도 있었다. 그러니까 주변에 여자가 아주 없지는 않은 것인데 길바닥 돌도 연분이 있어야 찬다고 보리개떡이나마 같이 쪄 먹을 연분이 아직 싹트지 않았다.
　세자 소개로 여수 시내 모모 레스토랑에서 만나기로 한 날은 목욕재계하고 신풍 이발소에 가서 밭에서 괭이질하던 이발사를 불러 긴 것 깎고 입성은 문기사와 의논해서 구색 맞춰 입고 나갔더랬다. 아무리 근엄한 공장장이라도 여자와 선보러 나가는 자리이니만큼 무게를 잊어버리고 헐헐대며 산뜻하게 나가더니 소식이 없었다. 문기사는 홀로 기다리며 무소식이 희소식이려니, 모처럼 재미나는 시간을 보내고 있어 전화도 없으려니 하고 밤늦게 걸려온 전무 전화도 이 핑계 저 핑계로 땜빵을 해놓았던 참이었다. 공장장은 밤 1시가 다 되어 술 냄새 풍기며 택시 타고 들어왔는데 들어보니 재미나는 시간은 보냈으되 희소식은 못 되었다.
　"나 참 얼척이 읎어서."
　"이쁩디여?"

"이쁘나 마나 앉자마자 가시내가 담배부터 한 대 꼬나물등만. 요즘 가시내들 왜 그런가 몰르겄당께."

"그래서 어떻게 했소?"

"처녀가 무슨 담배를 그리 피대느냐, 한마디 했지."

"뭐랍디여?"

"가시내가 맹랑하등만. 담배 피우는디 남자 여자가 왜 있냐고, 좋으믄 똑같이 좋고 나쁘면 똑같이 나쁜 거다, 당신도 피지 않냐고 따지등만."

"헤헤. 틀린 말은 아니구만."

"말이야 아무리 옳아도, 그래도 우리나라에서는 예절이라는 것이 안 있냐, 항께, 남자들은 고등학생들도 거리에서 담배 물고 댕기는디 여자라고 어른이 돼서도 못 피우게 하는 것은 우습잖느냐, 잘나서 남자로 태어나고 못나서 여자로 난 것이 아니다, 예의 따진다믄 아저씨는 질거리에서 담배 물고 댕기는 고등학생들한테 피우지 마라고 해본 적이 있느냐, 뭐 그렇게 따갈따갈 하등만."

"할 말 없었겄소?"

"참말로 할 말 읎기는 하데."

"그래서 어떻게 했소?"

"이왕 나간 거 참고 있는디 양식 사달라고 해서 칼질하고 맥주 사달라고 해서 호프집 가서 한잔 묵고 했지 뭐. 무슨 영화하고 가수 이야기로만 입에다가 발통을 달어부렀는디 속에 엉뚱한 것으로 꽉 차서 못쓰것등만."

"어려서 그러겠지라."

"그것이 문제여. 속도 안 찬 것이 담배만 피믄 으른이여?"

"에헤. 그 소리 할라믄 머시매 고등학생들한테도 똑같이 해야
된다메?"

"쳇. 건 그렇지만."

"그래 어쨌든 데이트는 잘했소?"

"돈까스 묵고 호프집에서 맥주 한잔 마시는디 친구한테서 삐
삐가 왔다고 가데. 뭐 즐거웠다나 어쨌다나. 그러고는 핑 나가불
드라고. 싸가지가 영 읎어. 쫓아가서 한 대 줘박어놀라다가 세자
생각해서 참았어."

"근디 왜 인자 왔소. 전무한테서 전화왔었는디."

"뭐라고 그러셔?"

"잠깐 요 앞에 나갔다고 하니께 낼 아침에 저쪽 사무실로 잠
깐 오랍디다."

"이. 물량 때문에 그러실걸."

"뭐 했소?"

"모처럼 나갔는디 그냥 들어오기도 머시기 하고 해서 친구 불
러 소주 한 꼬푸씩 하고."

이심전심으로 둘은 느물느물한 웃음을 같이 지었다.

"뭐 하겠어. 한번 갔다가 왔지."

"사람이 말이여, 비겁하게 그런 데를 혼자 가고 말이여."

"히히. 안 그래도 문기사 부를라다가 시간이 너무 거시기 하고 또 친구들도 있고 해서 냅뒀는디, 담번에는 같이 가자고."

그렇게 두런거리다가 하나는 깊은 잠에, 하나는 옅은 잠에 빠져드는 날도 있었다. 아르바이트생을 찔러보기도 했다. 그러나 대학생 것들은 눈이 높아 뵈지 않는 대신 말이 전혀 먹혀들지가 않았다. 누구 말대로 평소에 너무 합자들과 가까이 지내니 여자가 붙지 않는지도 몰랐다.

공장장은 만화잡지를 저만큼 던져놓고 벌렁 드러누웠다.

"이것 보니께 사람 마음만 더 심란하구만. 우리 바둑 한번 두까?"

"내가 언제 바둑 둡디여?"

"왜 안 둬? 재밌는디."

"안 배웠소."

"배워봐, 나한테."

"뭐 굳이 배우고 싶은 생각 없소."

"이게 얼마나 재밌는디. 이 손바닥만 한 판 안에서 별의별 수가 다 벌어지는디 한마디로 인생의 축소판이라니께."

"그 소리는 들어봤소만 그게 결국은 싸움하는 방법 연구하는 거 아니요."

"바둑이 꼭 싸움만 있는 것이 아니여. 양보도 해야 하고 타협할 때도 있고 물러설 수밖에 없는 경우에는 물러서야 하고."

"양보나 타협도 결국 전술이잖소. 나는 바둑 자체가 싫은 것보다 바둑 보고 있으면 우리나라 정치를 보는 것 같아서 그래요. 표정 숨기고 덫 놓고 미끼 던지고 이쪽 치는 척하다가 저쪽 잡아먹고. 그런 걸 잘하는 사람이 훌륭한 사람이라고 배우는 세상이니 원."

"잘났어. 바둑 갖고 연구 많이 했구만."

공장장이 입맛을 쩍 다시며 말을 바꿨다.

"아이구 박기사는 좋겠다."

개고기를 잘 만지는 지게차 박기사가 얼마 전에 결혼을 했다.

"지금쯤 마누라 궁뎅이 쪼물락거리고 있겠구만."

"그렇게도 심심하요?"

"심심하고 심란하고 궁하고 그러지 그럼. 문기사는 안 그래?"

문기사는 눈만 굴렸다.

"승희네랑 좀 그렇고 그렇지?"

"뭔 말이요."

"워치께 된 거여. 애인이 된 거여? 모른 척할라고 했는디 말나온 김에 털어나봐."

"글쎄."

"나도 총각 신세지마는 조심해야 써. 애 딸린 여자여."

"그런 걱정할 단계는 아니요."

보고 있으면 좋은 사람이 있다. 마음이 녹녹해지고 별것도 아닌 것 갖고 재미있어지고, 흐르는 시간이 아까워지는 사람. 그냥 보고만 있어도 어떤 힘 같은 게 느껴지는 사람. 승희네는 그런 존재였다.

"승희네가 참 좋은 여자는 좋은 여자여. 어쩨 한번 살어보든지."

잠시 뜸을 들이다가 공장장이 말을 바꿨다.

"것도 나쁠 것은 없겄소."

"애 둘 있고 시댁 식구들이 꾹 잡고 있어서 그렇지. 어디 가서 봐도 그런 여자는 드물등만. 키가 좀 작어서 그렇지."

"……."

"하긴 그르드라. 총각 과부 맺어지믄 총각 뻬따구가 녹는다고. 근디 그 집서 아줌마 재가해서 나와불믄 노인네들 골칠 건디."

"걱정도 팔자요."

"나도 빨리 장가들어 우선 우리 엄니 고생 좀 덜어디레야 쓰겄는디. 어디 좋은 여자가 그리도 읊으까. 문기사가 하나 소개해 줘봐."

"있으믄 이러겄소."

"허긴 원래 중신어매가 지 재가는 잘 못 하는 법이지."

"인연이 있으믄 되겄지 뭐."

"니미, 술이나 더 묵을까."

공장장은 벌떡 일어나 창문으로 밥집을 쳐다보았다. 찬 바람 속에서 밥집은 불까지 꺼져 있어 괴괴하다.

"김씨 술이 많이 췄등만, 잘 갔나 모르겄네."

"한두 번 음주 행보하는가 뭐."

"하여간 술 쎄당께. 진짜 뱀이 그리 좋은가?"

"뱀 생각 있소?"

"글쎄, 좀 그런디. 문기사는?"

"나는 없소."

"하긴 우리가 뱀 묵고 뭐 하겄어. 소용도 읎지."

그러다가 누가 먼저랄 것도 없이, 마셨던 술이 적잖았던 탓에 선잠에 빠져들었다. 창문은 열린 채였고 불도 켜져 있어서 심란한 잠자리였으나 그나마 오래가지 못했다. 한밤중에 갑자기 다급한 발자국 소리가 들리더니 바로 문 두드리는 소리가 났다.

"좀 일어나보시요. 좀 일어나보시요."

두 남자는 자질구레한 것들이 뇌리에서 생겨나고 돌아다니고 자기들끼리 부딪치고 꺼졌다가 새로 생겨나는 꿈 비슷한 것을 꾸다가 튕기듯 벌떡 일어나 앉았다. 김씨네였다.

"무슨 일이요?"

여인네 얼굴이 평소와 달랐다. 머리를 풀어 헤쳤는데 정신을 어디 100리 너머로 배 띄워 보낸 모습이었다. 무언가에 된통 놀랐는지 눈동자 초점이 주위로 흩어져 있고 자그마한 경련이 눈이나 입, 손가락에 퍼져 있었다. 무슨 일인가 큰일이 일어난 게 분명해서 두 남자는 후다닥 일어서서 맞았다.

"무슨 일이요? 예, 무슨 일이요."

"무섭소. 무서워 죽겄소."

"아저씨가 때립디여? 집에 있소?"

"무서워 죽겠소."

"도둑 들었소? 강도 들었소?"

"무서워. 나 죽어."

김씨네는 다리를 후들거리며 무섭다는 말만 되풀이했다. 산발한 모습이었으나 얼굴이 깨끗해 손찌검을 당한 흔적은 없었다. 그녀는 더 이상 버티지 못하고 주저앉다시피 하여 허으응, 울음도 아니고 그렇다고 울음 아닌 것도 아닌, 앓는 소리 비슷하게 울기 시작했다. 문기사가 방으로 끌어들였다. 방에 들어와서도 호랑이 만난 모습 그대로였다.

"정신 좀 채리고 말 좀 하시요, 예?"

"무서워 죽겠소. 허으으응."

"참말로 깝깝하네. 뭔 일인지 말을 해야 알 것 아니요."

구부러지다시피 쓰러져 있는 김씨네는 풍 맞은 사람처럼 떨기 시작했다.

"뭔 일이 나기는 했구만. 가보자구."

"뭔 일인지 말해야 알지. 아줌마 집에 가봅시다."

"나, 난 안 가요. 못 가요."

"아저씨는 어딨소?"

대답이 없이 부들부들 떨기만 했다.

"애들은 있소?"

"시험공부 한다고 독서실에."

"좋소. 그럼 여기서 기다리시요."

"하나는 여기 나랑 있어 주시요."

둘은 난감해졌다. 불 꺼진 밥집을 두드려 세자 엄마를 억지로 끌어다 앉혀두고 휘두를 만한 것을 찾다가 요곳대라고 부르는 기다란 갈고리와 플래시를 집어든 다음 공장을 나와 깊은 밤길을 걷기 시작했다.

"도대체 뭔 일일까. 뭔가에 놀라서 그란 것 같은디."

"그런 얼굴은 첨 보네. 혼이 쏙 빠져나갔등만."

"참말로 자다가 홍두깨네. 진짜로 강도가 들었나."

"일단 집에 가보믄 알겄지라."

차도를 넘어 마을로 접어드는 고샅길을 버리고 바닷가 쪽으로 밭두렁 길을 따라 걸었다. 칠흑같이 어두운 밤이어서 멀리 바다 건너 공단 불빛과 오른쪽으로 누워 있는 공항 불빛이 되려 어둠을 더 살려내고 있었다. 30촉짜리 전구 하나가 오도막히 마루청에 켜 있는 김씨 집에 도착했다.

"김씨 아저씨."

부르는 소리에 대답은 없고 자갈밭에 파도 밀려오는 소리만 들렸다. 집은 겉으로 보기에는 아무 이상이 없어 보였다. 무슨 사건이 일어난 집 같아 보이지는 않았으나 기분이 그래서 그런지 뭔가 괴기스럽고 서늘한 기운이 집 주위에 맴돌고 있는 듯도 했다. 방에는 이부자리가 그대로 있고 옷가지가 널려 있는 것을 빼고는 눈에 띄는 게 없었다. 장롱이나 서랍장도 열린 표시가 없었다. 부역도 그대로였다. 둘은 혹시나 해서 뒷간까지 열어보았으나 마찬가지였다.

"도둑이나 강도가 든 것 같지는 않은디."

"도대체 뭐여, 시방."

"알 수가 읎는 일이구만. 아저씨는 어디 간 거여."

"어디 딴 디서 더 마시고 있능가. 우리랑도 솔찬히 마셨는디."

집 안을 샅샅이 뒤져보아도 별 이상이 없기에 다시 되짚어 걸었다.

"귀신을 봤나."

"참말로 귀신을 본 모양이구만."

그게 신호로 스물스물 이상한 기분이 들기 시작했다.

"아줌마를 워째야 쓴다냐. 병원에라도 데리고 가봐?"

"암튼 가봅시다. 인제 좀 진정했겄지라."

두런거리며 밭두렁을 타고 오는데 마을과 통하는 길목에서 웬 물건 하나가 쑥 나타났다. 누가 먼저랄 것도 없이 둘은 순간 딱 멈춰 섰다.

"누구여?"

물어보는 소리가 양쪽에서 동시에 튀어나왔다. 그걸로 보아 나타난 물건은 사람이었고 그쪽도 이쪽을 보고 어지간히 놀란 눈치였다. 그쪽이 먼저 플래시로 이쪽 면면을 살폈고 다음에 공장장 플래시가 그쪽 얼굴을 훑었다. 마을 이장인 승희네 시아버지였다. 공장장은 안면이 있었다.

"이장님 아니시요?"

"누구시여?"

"저기 홍합공장에 있는 사람들입니다."

"이. 맞어 그렇구만. 잘 만났네."

"도대체 무슨 일입니까?"

"이야기 들었는가?"

"뭔 일이 일어나긴 난 모양인디, 김씨네 아줌마가 지금 우리 공장에 와 있는디 벌벌 떨고 있습니다요. 뭔 일입니까? 이장님이 다 이리 오시고."

"응, 그런가."

이장은 한동안 말을 멈추었다가 이윽고 입을 열었다.

"일 났네. 이 집 남자가 죽었네."

"예? 무슨 말씀이요, 그것이."

"김씨 아저씨가 죽어요?"

"이."

"아니, 아까지 우리랑 술 묵고 헤어졌는디요."

"그랬능가. 하여간 그건 몰르겄네만 거그서 묵고 따로 또 동네 홍수네 가서 더 묵었능가 보데. 질 건너다가 차에 친 모양이여."

기가 막힌 일이었다.

"……."

"……."

"나도 즌화 받고 나와봐서 알었네. 머리가 부딪혔는지 피가 나는디 즉사했더구만."

"세상에, 지금 워딨소."

"저기 주유소 너메. 하여간에 이 집 여자한테는 알려야 쓰는
디 즌화를 받어야 말이제."

"우리 공장에 와 있당께요."

"참 그랬다 그랬지. 하여간 가보세."

"그랍시다. 가봅시다."

이장이 돌아서서 걸었다. 왼손에 플래시를 들었는데 접어서
호주머니에 찔러둔 오른쪽 빈 소매가 거칠게 바람을 탔다. 김씨는
말대로 풀밭에 엎드린 시체가 되어 있었다. 주유소 사람이 치워놓
았다고 했는데 신문지로 덮고 눌러놓은 곳에는 피가 배어 있었다.
추운 날씨에도 사람들이 적잖이 나와 있었다.

"세상에, 이게 뭔 일이여."

둘은 할 말을 잃었다. 같이 술 마시고 헤어진 지가 얼마나 됐
다고 이렇게 싸늘한 시체가 되어 있단 말인가.

"씨발놈이. 그만 묵고 어여 가라고 해도 말도 안 듣고 말좆 꼬
푸로 묵어쌌등만. 야 이 개새끼야, 너 죽었냐? 이 씨부랄 놈아, 뒤
져뿌른 거냐고오. 하이구메, 개새끼. 여이 이장님요, 이 새끼는 뒤
질 놈이 아닌디요이, 긍께 아직 안 죽었는디요이, 살레줘보시요.
살레보랑께. 야 이 새끼야, 너 죽어부렀냐?"

술이 채 깰 사이도 없이 불려 나온 근태 아빠는 친구가 죽었
다는 충격보다는 저가 마신 술 때문에 흔들리고 있었다.

"알았네. 알었응께 집으로 가든지 저리 가 있든지 좀 하소."

이장은 그 와중에도 근태 아빠에게 시달리는 것이 더 괴로운 눈치였다. 원님도 주정뱅이는 피한다는 옛말이 하나도 그르지 않은 현장이었다.

공장에서 나와 홍수네로 갔던 김씨는 그곳에서 근태 아빠를 보았고 둘은 한동안 착실히 더 마시고 헤어진 다음 비틀거리며 차도를 걷다가 차에 치여 죽은 모양이라는 것이 종합적으로 나온 결론이었다. 뺑소니였다. 주유를 하고 난 주유소 직원이 뭔가 사람 같은 것이 하나 자빠져 있다는 손님의 말을 듣고 가보니 길가에 하나 누워 있는 게 날마다 무단횡단 하던 이 동네 사람인데 머리 뒷부분에 자그마한 구멍이 하나 나 있더라고 이장에게 전화를 했다. 파출소에서 신고받고 백차가 도착했다. 공장장은 남아 있고 문기사가 공장으로 돌아왔다.

"도대체 뭣 땜시 이런당가?"

세자 엄마는 아직도 잠이 덜 깬 얼굴로 너 잘 왔다는 눈치였다. 김씨네는 여전히 혼백이 나가 있는 얼굴이었으나 호들갑스럽던 무서움증은 한풀 꺾여 있었다. 문기사는 멍한 얼굴 앞에 다가가 앉았다.

"아줌마, 정신 드시요?"

"정신은 돌아온 모양이여."

대답이 옆에서 나왔다.

"무슨 일이 생긴 줄 아시요?"

김씨네는 초점 없는 눈을 들어 그를 멀끔히 바라보았다.

"왜 그랬소. 왜 무서운 생각이 들었소?"

"그냥. 나 혼자 자는디 이상한 것이 찾아와서 나를 부릅디다. 그것이 사람은 아니고, 근다고 귀신도 아니고 꼭 애기 아부진디."

거기까지 해놓고 몸을 부르르 떨었다. 떠는 것은 그녀만이 아니었다. 번갈아 이쪽저쪽을 쳐다보는 세자 엄마의 눈가에도 파르르 경련이 일었다.

"우리 애기 아부지 어쩌께 됐소, 어딨소?"

이렇게 생각하고 저렇게 궁리하고 해왔던 것들이 문기사의 머리에서 훨훨 날아가버리고 있었다.

"저기요, 놀라지 마시요이. 아저씨가 죽었소."

"엄마야."

놀라는 이는 엉뚱하게도 세자 엄마였다. 김씨네는 침착해 보일 만큼 움직임이 없었다. 그러자 이번에는 문기사의 몸이 떨리기 시작했다.

"그랬소?"

"예, 그랬소."

"어떻게 죽었소?"

"차에 치여서."

"어디서 그랬소?"

"주유소 옆에서 그랬습디다."

"아아이고."

그제야 김씨네는 울기 시작했다. 조용한 밤하늘에 여인의 억
장이 무너지는 울음소리가 연기처럼 피어올랐다. 바다에서는 겨
울로 들어가는 싸늘한 바람이 불어왔다.

아름다운 것은 언제나 눈앞에 있다

    순천에 있는 종합병원 영안실에 들러 난생처음 어른들의 절을 받아보고 김씨는 멀리 떠났다. 가까이서, 또는 멀리서 가족과 친척들이 찾아왔다. 핏줄들과 소원하게 지내왔다는 게 그대로 나타나서 장례는 쓸쓸하다고 해야 될 정도로 조용하게 진행되었다. 김씨네는 넋을 놓고 있었고 상주복을 입은 아들 둘만 쉰 목소리로 눈물을 흘렸다. 근태 아빠만 한 번도 자리를 뜨지 않고 친구와 마지막 대작을 했다. 뺑소니차에 치여 뇌진탕으로 죽었으니 어디에서 보상이 나오는 것도 아니어서 돈 가지고 남은 사람이 다투는, 볼썽사나운 모습도 없었다. 마을 상조계에서 나온 돈(그는 상조회비를 내지 않았지만 자식들이 불쌍하다고 마을에서 특별히 떼어주었다)과 공장에서 한 부조로 장례식은 모두 끝났다. 죽고 나면 참으로 소용없는 게 몸뚱이여서 다부진 몸매의 그도 고작 한 줌 재로 바뀌었다. 재가 된 그를 집안 형제가 거두어 갔다.

어쨌든 일은 계속되었고 김씨네는 다시 공장에 나왔다. 김씨네는 아무리 좋게 봐도 살아 있는 존재가 아니었다. 영혼이 어디로 멀리 날아가버려 육신만 허수아비처럼 삐걱거리며 왔다 갔다하고 있었다. 산발한 퍼머머리는 제초제 먹은 잡초처럼 뿌리부터하얗게 말라갔고 살갗은 진액이 빠져 가문 날 논두렁이 되었다.동작도 더뎠고 눈에 힘이 없었다. 그늘에 앉아 있어야 그나마 봐줄 만했지 햇볕에 서 있기라도 하면 금방 바스러져버릴 것 같았다. 여인네들이 일부러 말도 걸고 했으나 힘없이 간단하게 대답만 하고 마니 뭐라고 말 붙이기가 힘들었다. 강미네도 어려워했고넉살 좋은 석이네까지도 혀만 쯧쯧 차고 말았다. 그 집 살림살이를 뻔히 알고 있어 쉬라는 말도 못했다. 그 힘없는 몸뚱아리라도억지로 놀리지 않으면 안 되는 입장이었다. 그녀는 슬퍼할 시간이턱없이 부족했다.

새벽에 일어나 아이들을 먹여 학교 보내고 저는 도시락 하나싸 들고 공장에 나와 일을 하고 점심땐 식은밥을 두고 망연자실먼 산이나 한동안 바라보다가 꾸역꾸역 배 속에 집어넣고, 퇴근해서는 자꾸 가라앉으려는 몸을 억지로 일으켜 세워 또 아이들 밥먹여 재우고 천장이나 쳐다보다가 엉엉 우는 날들이었다.

그렇게 사는 것도 사는 것이라면 산다는 게 그런 것이었다.

공단 위로 어두운 부분을 더욱 어둡게 만들며 초승달이 떴다.달빛은 공단 불빛과 뒤섞여 바다를 가로질러 발끝까지 미끄러져

왔다. 바다는 아직도 할 말이 많이 남아 있어 파도를 거칠게 키우며 불빛을 하얗게 가루로 만들어냈다. 바람 사이로 자갈 밟는 소리가 가까이 다가왔다.

"좀 어떻습디여."

"울다가 자요."

"애들은."

"그냥 있습디다. 참말로 애들이 그러고 있은께 가슴이 아프요."

"애들 두고 눈이 감어졌나 모르겄소."

"간 사람이야 뭐 알겄소. 남어 있는 사람들이 고생이지."

"바람이 차갑소."

승희네는 조심스럽게 문기사 옆에 앉았다.

"날마다 와주랍디여?"

"그저께 그러고 어저께는 안 그러다가 오늘 또 그럽디다."

"얼른 기운을 차려야 할 건디 참."

"나는 이해가 돼요. 아프다가 죽은 것도 아니고 쪼끔 전까지 펄펄 뛰던 사람이 그렇게 순식간에 그리 돼부렀으니."

문기사는 입을 다물었다. 그녀의 남편도 소리 한마디 남기지 못하고 죽었다. 그의 마음에서 승희네가 잠시 떠나 저만의 세계로 떠돌았다.

"그건 당해본 사람만이 아요이. 시름시름 아프다가 죽으믄 마음 준비도 하고 병수발 하다 보믄 꼴 보기 싫은 생각도 들고 하지

만 믿든 곱든 서방이고 애들 아부진디 한순간에 읎어져버리믄 말
그대로 날벼락이요 날벼락."

"……."

"미순이도 그러고 이 집 아줌마도 그러고 나도 그러고. 모다
불쌍하고 짠하고 그러요."

"……."

"죽은 사람이 뭐 알겄어라우. 어디 존 디로 날아가블믄 그만
이지만 남아 있는 사람이 더 어렵고 불쌍하고 그러요. 꼭 같이 죽
어불 것 같은디도 그래도 다 살어집디다. 새끼들 땜에라도 참말로
징그럽게 살어집디다."

친구 노릇을 해주러 오는 이 여인네는 밤마다 이렇게 목젖이
축축해졌을 것이다. 문기사가 말머리를 조금 돌렸다.

"저기가 여름에 우리가 같이 술 묵던 덴디."

"그러게 말이요. 참말로 엊그제 같소. 하이구. 짠해서 어쩐다
냐. 의지가지읎이 새끼들 데리고 혼자 사는 것도 보통 일이 아닐
건디. 집이라도 한 채 있으면 모를까."

"이 집이 자기 집 아니었소?"

"무슨 자기 집이다요. 밭이랑 해서 저 덕양 사는 사람이 주인
이다요."

"큰일이네. 그렇게 갈라믄 돈 벌어 집이라도 한 채 장만해놓
던가. 그동안 벌어서 뭐 했을까?"

"빚이 좀 많은갑습디다. 공장 생기기 전에는 배에서 내려서

한참이나 안 놀았소. 성제 간에도 사이가 나빠 의절하다시피 살고."

"저 잘난 아들들 냅두고 가졌으까 싶으요. 자꾸 여기 생각이 날 건디."

"그렇기는 허요. 죽으믄 끝이라등만 영 허전하요. 금방이라도 술 묵자고 나타날 것 같은디요."

"그렇게 기다리던 대통령 선거도 못하고 죽어서 섭섭하겄소. 며칠만 기다렸으면 됐을 건디."

"죽고 싶어 죽었소? 하여간 술이 문제요. 문기사도 술 좀 작작 잡수시요."

"말 나온 김에 한잔할까 싶으요."

여인네가 남자 어깨를 쳤다.

"집은 괜찮소? 밤마다 친구 해주는 것도 어려울 건디."

"아까 나오는디 어무니가 뭐 할라고 그 집에 또 가냐, 간다고 살어오냐 뭐가 생기냐, 합디다. 마을에서 나가 젤 만만해서 그러요, 하고 나왔소. 근디 무슨 일로 왔소?"

"그냥 걱정되기도 하고 바람도 좀 쐬고 싶어서 와봤소. 안 춥소?"

그는 낮에 승희네가 밤마다 의지붙이 해주러 간다는 말을 듣고 방에서 뒹굴며 시간을 보내다가 공장장이 교본 들고 바둑판 앞에 앉자 슬그머니 나왔었다.

"괜찮소."

달은 시커먼 하늘 한쪽을 날카롭게 찢고 있고 그곳에서 바람이 불어와 둘의 머리카락을 싸늘하게 건드렸다. 승희네 손이 문기사 손아귀로 바람 따라 흘러 들어갔다. 파도가 같은 간격으로 밀려오며 소리를 냈다.

"그 노래 많이 들었소?"

"예. 들었소."

"한번 불러보시요."

"나가 무슨 노래를 부른다요. 문기사가 불러보시요."

"노래는 나도 못 부르요."

"바람이 통 잘 생각을 안 하요이."

"김씨 아저씨가 섭섭해서 못 떠나고 저렇게 싸돌아댕긴갑소."

"뭔 소리요, 무섭소."

"안 그러면 뭐 하러 바람이 이리 불겄소."

"참말로 그때 김씨가 죽어서 찾아왔으까? 무섭다고 공장에 왔다면서요."

"샛노랗게 질려서 왔습디다."

"사람이 죽으믄 영혼이 있다등만 진짜로 그런갑소이."

"죽어보기 전에는 어떻게 알겄소."

"히유, 언제까지 저러고 있으까."

썰물 따라 바다가 빠져나가면서 자갈밭이 끝나고 개펄이 나타나기 시작했다. 승희네 얼굴이 문기사에게로 향했다.

"언지 가요?"

"왜 가고 싶소, 갈까요?"

"아니 말고. 언젠가는 공장 그만둘 것 아니요?"

"왜 그런 생각을 했소?"

"그냥 그런 생각이 듭디다. 언젠가는 떠날 사람이라고."

"헤헤."

"왜 웃소?"

"모르겠소. 왜 웃음이 나온지."

"그런 일을 당해서 그런지는 몰라도……. 꼭 말도 읎이 가불 것 같아서."

"안 갈 테니께 걱정 마시요."

"말은 그리해도 남자들은 그냥 가부르는 경향이 있습니다."

"쫓아내기 전에는 절대 안 갈 생각이요."

승희네 눈에서 아스라한 공장 불빛이 반짝 반사되고 있었다. 여인은 울고 있었다. 추운 겨울, 저렇게 귀신들이 바람을 몰고 다니는 밤하늘 아래에서, 어쩌지도 저쩌지도 못하는 남자를 곁에 두고 여인네는 조금씩 울고 있었다.

메마른 땅으로 습한 바람이 흘러가듯, 파도가 바싹 마른 모래톱으로 스며들듯 문기사는 승희네의 머리를 감싸 안았다. 고된 일과 세찬 바람에 굳은 낯바닥 사이로 부드러운 입술이 숨어 있었다. 입술이 닿자 여인네는 지그시 눈을 감아 한방울 눈물을 바람에 태워 날리며 안겨 왔다. 여전히 파도 소리는 들리고 공장 불빛은 물결을 타며 흔들리는데, 소나무 가지도 흔들리는데, 그들만 꼭 껴안고 바위처럼 움직이지 않았다.

그들은 알고 있었다. 이 순간 모든 균형 상태가 깨져간다는 것을. 유리 집이 박살 나듯, 모래성이 파도에 허물어지듯 애틋하게 쌓아온 마음이 순식간에 폭발하여 이제는 다른 색깔과 모습으로 바뀐다는 것을.

아이를 배불리게 먹이고도 남았다는 젖이 그의 손 아래 있었다. 그 크고도 깊은 곳이, 생명을 키우는 풍요가 흘러넘치는 그곳이 그의 메마른 손바닥과 만나고 있었다. 여인네는 팔을 뻗어 그의 목을 끌어안았다. 힘이 세어 둘 사이에는 귀신이라고 부를 만한 바람도 끼어들지를 못했다.

"가지 마시요."

"나는 안 가요."

"약속하시요."

"약속하요."

"진짜요이."

"진짜요."

둘은 뭔가가 끝간 데 없이 부족했다. 차가운 자갈돌이 여인네 등에 닿았다. 물새도 울지 않는 밤, 뜨거운 입맞춤이 계속되었다. 물결을 타고 미끄러져 온 공장 불빛만 바람에 헝클어진 머리칼 끝에서 힘겹게 반사될 뿐이었다.

갑자기 여인네의 날카로운 비명 소리가 허공을 꿰뚫었다. 꿈

속과 현실 사이에서 둘은 잠시 푸르르 정신을 떨었다. 김씨네였다.

"뭔 일 났는갑소."

"얼릉 가봅시다."

둘은 자갈밭과 밭두둑을 타고 넘어 마당을 가로질렀다. 30촉 전구가 바람에 제멋대로 흔들리는데 집 안에서 가느다란 비명 소리가 계속 새어 나왔다. 방문을 열었다. 아이들 둘이 구부러져 잠들어 있는 사이에 김씨네가 앉아 있는데 뭔가에 된통 놀란 모양으로 덜덜덜 떨고 있었다.

"왜 그러요, 예?"

승희네가 달려들어 손을 주무르기 시작했다.

"뭔 일이요, 예? 뭐 봤소?"

그러나 계속 떨기만 하면서 벽만 바라보고 있었다.

"이보시요, 정신 좀 채리시요."

"……."

"얼릉 발을 좀 주물르시요."

문기사가 부랴부랴 발을 주무르기 시작했다. 빳빳하게 굳은 몸을 주무르고 물을 떠다 먹이고 말도 걸고 하자 한참 만에 떨림이 가라앉고 여인네의 눈에도 초점이 돌아왔다.

"꿈꿨소?"

김씨네가 고개를 끄덕였다. 발작의 잔기운이 남아 부르르 한 차례 왔다 갔다.

"무서운 꿈을 꿨소."

"뭔 꿈이요?"

"애 아부지가 왔습디다. 겁나게 무서운 얼굴로."

"엄마야."

승희네 얼굴이 문기사에게 왔다가 돌아갔다.

"숭하디 숭한 얼굴로 왔습디다."

"뭐랍디여?"

"암말 않고 포악을 부립디다. 온몸에 피 칠갑을 해갖고 이빨을 내보이는디……"

흉몽이 다시 떠올라 그녀는 얼굴을 무릎 사이에 심고 다시 바르르 떨었다.

"정 떠는갑소."

"사람 몰골이 어찌 그리 숭악한지."

"……"

"무섭습디다."

그 말을 해놓고 김씨네는 고개를 돌리더니 잠들어 있는 아이들의 얼굴을 매만지기 시작했다. 둘은 멍하니 바라보기만 했다. 한동안 시간이 갔다. 벽시계가 11시를 쳤다.

"불쌍한 것들."

"……"

"짠한 것들. 부모를 궂게 만나서 느그들이 욕본다."

승희네와 문기사는 눈빛만 주고받았다.

"이날 이때까지 맛난 거 제대로 묵어보지도 못하고 좋은 옷

한번 입어보지도 못하고……. 짠한 것들. 이 어린 나이에 애비 죽고 참말로 못 볼 꼴들 본다, 느그들이."

"……."

또 자식들 붙잡고 눈물방울깨나 쏟을 것 같았으나 그렇지가 않았다.

"하지만 이 에미가 있는디 느그들 고생이야 시키겄냐. 에미가 살았는디 무슨 걱정이냐. 여봐란듯이 키워줄 테니께 걱정하지 말어라. 불쌍한 것들."

김씨네는 그러면서 두 사람 쪽으로 돌아앉았다. 부스스한 몰골은 그대로였으나 얼굴은 평상시로 돌아와 있었다.

"두 사람 고맙소, 와줘서. 승희 엄마, 잊지 않을라요."

둘은 다시 눈이나 맞췄다.

"인자 그만 가시요. 다 됐소."

두 사람은 집을 나와 걸었다. 초승달이 유난히 가늘었다.

"정 띤 거요. 김씨가 가믄서 정 띠주고 간 거요."

승희네가 돌변한 김씨네에 대한 설명을 했다.

"말로만 들었는디 참말로 그런 것이 있소이."

"그랑께 사람이 앉어서 그냥 죽지는 않는 법이요. 일 당하믄 꼭 죽겄는 것 같다가도 다 저가 살어나는 방법이 있습디다. 그냥 앉어서 죽는 사람은 없습니다. 나도 그랬소."

문기사가 고개를 끄덕였다.

"인자 잘 이기고 살 거요."

둘은 갈림길에서 데려다주겠다, 괜찮다, 밀치고 당기고 하다가 같이 마을 쪽으로 들어섰다. 겨울바람 아래에서 사람들의 집은 어깨를 맞대고 조용히 잠들어 있었다. 골목길을 걷다가 녹색 대문 앞에서 그들은 섰다.

"고생 많이 했소."

"얼릉 들어가시요."

"먼저 가시요. 간 거 볼라요."

"아까는 가지 마라메요?"

여인네가 실풋 웃으며 손으로 사내의 가슴을 툭 쳤다.

"우리 시아부지가 보겄소. 얼릉 가시고 푹 주무시시요."

"저만치 서 있을 텡께 들어가시요."

잠시 눈을 맞추고 나서 승희네가 들어갔다. 캄캄한 집에 불이 켜지고 인자 왔다냐, 노인네 목소리가 들렸다.

"예, 아부지. 인자 왔소."

"좀 어찌드냐?"

"자다가 무서운 꿈을 꿨답디다. 정 떴는갑습디다."

"그랬다냐?"

"무서운 얼굴로 나타나서 포악을 부렸답디다."

"식구들 살려주고 가는구나. 일어나 앉드냐?"

"거울 보고 머리 묶습디다."

"그라믄 됐다. 짠한 것들……. 욕봤다."

"애기들은 자요?"

"너 기다리다가 아까 잔다. 얼릉 들어가봐라."

"주무십시요, 아부지."

"오냐. 얼릉 자거라."

발자국 따라 말소리는 멀어졌다. 골목길을 따라 나오니 차도였다. 여수에서 순천으로 뻗은 4차선 국도는 주유소 불빛을 끝으로 어둠 속으로 파묻혀 있었다. 지난봄 그 자신이 내려왔던 곳. 여전히 어둠을 뚫고 이런저런 차들이 오르내리고 있었다. 저이들은 또 무슨 이유를 달고 올라가거나 내려오고 있는가. 무엇이 저들로 하여금 어디론가로 가게 만드는 것인가.

문기사는 김씨가 치였다는 곳에서 잠시 서 있었다. 한 집안의 가장이 허무하게 떠난 곳. 그가 남긴 빈 공간. 비어 있는 자리. 문기사는 자신이 두고 떠나 온, 정갈한 언어와 체계적인 지식으로 쌓인 도시의 빈자리를 생각했다. 벌써 1년이 넘었다. 이제 그 빈 공간도 무엇으론가 채워졌으리라. 남은 이들이 웃고 울고 떠들고 침묵하면서 점차 빈 곳을 지워갔으리라.

여러 곳에서 무언가에 취해 발버둥을 치다가 마침내 다다른 이곳. 아무 일도 없는 것처럼 바람 아래 숨을 죽이고 밤을 보내는 마을.

혹심했던 겨울과 비가 내렸던 봄 그리고 끝없이 이어지던 한여름 뙤약볕 아래에서의 노동, 태풍을 맞아 무섭게 뒤집어지던 바다, 결코 울지 않고 살아가는 사람들 그리고 한순간에 멀리 가버린 김씨. 그가 만들어놓은 빈자리. 남아 있는 자를 배려하고 떠난 사람. 그가 떠나면서 일부러 꿈에서 찾아왔든 남아 있는 자들이 살아남기 위해 만들어내는 현상이든, 아무튼 그 빈 공간이 무언가로 들어찰 거였다. 정작 어려운 것은 남아서 떠난 자들의 여백까지 책임져야 하는 것일 터였다.

아무튼 좋다. 오고 가는 것이야 어차피 사람의 소관이 아니다. 어떤 것이든 좋다. 견뎌주마, 다가오라. 다시 보이는 승희네 얼굴. 지금 나는 새롭게 시작하고 있는 것이다. 파괴이자 거듭 새로운 질서.

아름다운 것은 스스로 서 있는 자리에서 가능할 것이었다. 돌아볼 것도 없고 쫓아갈 것도 없었다. 언제나 눈앞에 있었다.

그는 어둠 속으로 나 있는 4차선 국도를 버리고 공장을 향해 걸었다. 아마 근 1년 만에 처음으로 꿈도 없이 푹 자게 될 것 같았다. 바다에서 불어오는 바람이 그의 등을 밀었다.

작가의 말

난생처음 유치원에 5일 나간 뒤 또 5일 독감을 앓고 있는 딸아이는 간밤에 자다 깨서 꿈이 말을 잘 안 듣는다고 찡찡댔습니다. 그리고 오늘 새벽 3시 20분경에 동리(東里) 이 반 누구네 집 모친이 돌아가셨다고 6시 30분에 이장님이 스피커로 알려왔습니다. 안개가 자욱합니다. 내일모레면 저 안개 사이 산 아래 무덤이 하나 더 늘 것입니다.

무더웠던 여름 내내 윗옷을 걷어붙이고 소설을 썼습니다. 다 쓰고 나자 옛날 공장에서 같이 일했던 사람들이 컴퓨터에서 튀어나와 내 옆자리에 모여들었습니다. 예전처럼 같이 일하고 우스갯소리도 하고 노래도 부르고 또 이것은 소설일 뿐이라고 변명을 하기도 했습니다.

삶보다 더 진한 소설이 어디 있겠습니까. 저는 거듭하여 부끄러웠습니다.

수상 소식을 듣고 오래전 풍경이 하나 떠올랐습니다. 암담한 표정에 남루한 청년이 초겨울 연못가에 앉아 있는 것이 보였습니다. 가투(街鬪)마저 없던 날이었습니다. 그 무엇에 지쳐 있는 그의 뒤로 한 사내가 나타났습니다.

청년은 저였고 사내는 이강산 형이었습니다. 형은 무겁기 그지없는 집안 살림과 있느니 일거리뿐인 문예운동 판 사무국장직에 치인 와중에도 알뜰하게 후배들을 거뒀으며 저를 다독여 이끌어주었습니다. 생판 뭐가 뭔지 몰라 헤매는 저에게 평생 갈 뼈대를 세워주신 채진홍 선생님도 보였습니다. 그러나 가슴에 스며드는 이들이 어찌 그분들뿐이겠습니까? 삶의 문학 선배님들, 새날 동인, 대전 충남 작가회의 가족들, 서산 식구들…….

허점투성이인 글을 뽑아주신 세 분 심사위원 선생님들께 감사드립니다. 이제 정말 큰일 났구나 싶어 겁이 나기도 합니다. 소갈머리 없는 짓은 않겠다는 약속만은 드릴 수 있겠습니다.

많은 것들이 생생하게 스칩니다. 앞으로도 그 무엇들이 내 앞에 놓여 있을 것입니다. 삶의 매 순간들은 나를 어디에 이르게 하는 장치들일까요.

98년 늦더위 중에

한창훈

홍합

제3회 한겨레문학상 수상작

ⓒ 한창훈 2021

초판 1쇄 발행 1998년 9월 23일
개정 1판 1쇄 인쇄 2021년 8월 26일
개정 1판 1쇄 발행 2021년 8월 30일

지은이 한창훈
펴낸이 이상훈
편집인 김수영
본부장 정진항
문학팀 김준섭 김다인 하상민
마케팅 김한성 조재성 박신영 조은별 김효진
경영지원 정혜진 이송이

펴낸곳 (주)한겨레엔 www.hanibook.co.kr
등록 2006년 1월 4일 제313-2006-00003호
주소 서울시 마포구 창전로 70(신수동) 화수목빌딩 5층
전화 02-6383-1602~3 **팩스** 02-6383-1610
대표메일 munhak@hanien.co.kr

ISBN 979-11-6040-631-3 03810